BRUNO
COMBES

Soixante secondes de bonheur

ROMAN

J'AI LU

Pour contacter l'auteur :
bc-ecrivain@orange.fr

Partagez vos impressions sur les réseaux sociaux :

www.facebook.com/BrunoCombes

www.instagram.com/bruno_combes_auteur

Et sur son site Internet :
https://bruno-combes.com/

À tous ceux qui croient à la puissance de la nature
et à la beauté de l'âme.

La nature ne se venge pas, elle se défend,
comme elle le fait depuis toujours, en épinant les roses,
que l'on offre malgré ça, par amour.

Danny PONCIN

Certains regardent la vase au fond de l'étang,
d'autres contemplent la fleur de lotus
à la surface de l'eau ; c'est un choix.

Le Dalaï-Lama

1

Comme un clown désarticulé

Il est impossible de prévoir ce qui nous attend, d'imaginer ce que nous réserve l'avenir. Nous vivrons de magnifiques surprises, mais aussi de terribles déconvenues.

Le destin s'amusera de nous, il jonglera avec nos peurs et nos espoirs.

Alors, comme un clown désarticulé, nous tenterons de garder l'équilibre sur un fil tendu entre deux rêves.

*

* *

City de Londres, lundi 27 décembre 1999
Sept heures du matin

Elena sursauta dans son lit lorsque la sonnerie du réveil retentit. D'un coup sec de la main, elle stoppa ce bruit strident et tira le drap au-dessus de sa tête. Elle n'avait aucune envie de se lever ; la soirée de la veille avait été bien trop arrosée et la fatigue, accompagnée d'un fichu mal de crâne, l'incitait à se prélasser bien au chaud sous les couvertures. Son employeur, un groupe financier suisse, avait organisé une fête afin de célébrer les résultats exceptionnels de l'année qui venait de s'écouler. Elena en avait profité ; les moments de détente étaient rares, et ce n'est que vers trois heures du matin qu'elle avait regagné son appartement cossu situé à quelques rues de son lieu de travail. Elle avait la responsabilité d'une équipe de tradeurs à la City de Londres où, d'un clic de souris d'ordinateur, elle faisait virevolter des millions de dollars d'un marché financier à l'autre afin de garantir la meilleure rentabilité à ses richissimes clients. C'était un métier aux revenus confortables et aux avantages nombreux, mais en contrepartie, Elena ne comptait ni son énergie ni ses heures de travail quand l'activité le nécessitait. Régulièrement, elle faisait l'impasse sur une partie de ses jours de repos afin de réaliser au mieux les objectifs définis par la direction de la banque.

En cette fin d'année 1999, le monde de la finance retenait son souffle. La crainte du passage à l'an 2000 hantait tous les esprits : le fameux bug informatique tant redouté allait-il avoir lieu ? Personne ne le savait et toutes les mesures possibles avaient été anticipées. Chacun s'y était préparé ; la moindre interrogation avait été analysée, décortiquée, chaque scénario imaginé, disséqué, mais rien ne pouvait garantir une totale sécurité. Il fallait attendre que le calendrier bascule sur ce fameux triple zéro et contrer le plus rapidement possible toute mauvaise surprise éventuelle. Fantasme ou réalité ? Il n'y avait plus que quelques jours à patienter dans une évidente fébrilité. De l'adrénaline pure, et cela ravissait Elena qui, depuis plusieurs mois, avait soumis son équipe à de multiples simulations pour tester sa capacité à réagir, au cas où ! Dans les salles de marché, la tension était palpable, et elle ne ferait que croître jusqu'à la nuit de la Saint-Sylvestre où, face aux écrans d'ordinateur, chacun regarderait s'égrener avec appréhension le compte à rebours jusqu'au 01/01/2000 à 00 h 00.

Afin d'être présente à Londres pour la fin de l'année, Elena avait programmé un retour en France, dans sa famille, pour la période de Noël. Mais au dernier moment, elle avait annulé son voyage, laissant seul son fils Maxime, âgé de quatorze ans, rejoindre ses grands-parents et son oncle. Une activité anormale sur les marchés asiatiques l'avait convaincue de rester opérationnelle, même si sa présence n'était pas forcément indispensable ; son équipe aurait pu aisément gérer cette situation. Ses parents n'avaient pu cacher leur agacement et leur tristesse. Elena leur avait assuré qu'elle viendrait passer une semaine avec eux au cours du mois de janvier. Maxime, comme toujours, s'était plié aux exigences maternelles, mais depuis son arrivée chez ses grands-parents, il refusait de répondre à ses appels téléphoniques. Maxime était bien loin des préoccupations de sa mère et, depuis qu'ils vivaient tous les deux à Londres, leurs relations étaient souvent houleuses.

Elena était désolée que son fils ne veuille plus lui adresser la parole. Elle doutait soudain du bien-fondé de sa décision, surtout que les marchés asiatiques s'étaient calmés aussi vite qu'ils s'étaient affolés.

*
* *

Elena avait grandi dans le sud-ouest de la France, à Lescot, un village situé au beau milieu de la forêt des Landes. Elle avait passé une enfance et une adolescence heureuses avec ses parents et Jérôme, son frère aîné. Hervé, son père, avait hérité de « La forestière Dejean ». Il gérait d'une main de fer des centaines d'hectares de plantations de pins maritimes pour le compte de nombreux propriétaires. Au fil des années, les bénéfices engrangés avaient permis à l'exploitation de devenir la plus importante de la région. Élise, la mère d'Elena, s'occupait de la comptabilité de la société. Quant à Jérôme, le développement commercial était sa spécialité, avec la recherche de nouveaux débouchés de vente, en particulier à l'étranger. Elena n'avait pas souhaité s'investir dans l'entreprise familiale. Son père en avait été profondément meurtri ; il n'avait jamais compris la décision de sa fille de se tourner vers de longues études.

Elena avait toujours été une excellente élève. Après l'obtention d'un baccalauréat avec mention très bien, elle avait intégré une prépa scientifique puis avait décroché son diplôme d'ingénieur de l'École centrale de Paris. Les portes des plus grandes entreprises et administrations s'étaient alors ouvertes ; elle avait l'embarras du choix. Elle accepta un poste de haut fonctionnaire au ministère des Finances. Mais si les premières années elle se sentit flattée par cet emploi prestigieux, peu à peu, la lassitude l'emporta ; elle avait besoin d'un travail moins routinier. Les multiples réunions qui ne débouchaient sur rien et les innombrables rapports qu'elle produisait et que personne ne lisait eurent raison de sa patience. À trente-quatre ans, elle avait eu besoin d'un nouveau challenge.

Depuis trois ans, Elena occupait donc un poste de tradeur senior à la City de Londres. Ce travail la passionnait, mais il était particulièrement chronophage, contrairement à son poste précédent où elle disposait de beaucoup de temps libre qu'elle pouvait consacrer à son mari, Pierre, et à Maxime, leur fils, né lors de sa première année au ministère.

Elena avait rencontré Pierre pendant leur première année de prépa. Une fois de plus, elle avait réussi brillamment cette étape, mais Pierre, lui, avait échoué et s'était dirigé vers un métier manuel. Après une courte formation, il avait été embauché en tant que boulanger dans une boutique proche de la gare de

Lyon, et son travail le comblait. Cependant, à mesure que les années passaient, Elena et Pierre s'éloignèrent ; ils n'évoluaient pas dans les mêmes milieux et, malgré leurs efforts, leur couple s'étiolait. La décision d'Elena de partir pour Londres précipita leur séparation. Chacun se résigna et comprit qu'il s'agissait de la meilleure solution pour eux, contrairement à Maxime, qui fut mis devant le fait accompli : désormais, il vivrait à Londres avec sa mère alors qu'il aurait préféré rester à Paris, où il avait ses habitudes et son réseau de copains. Le départ fut vécu comme un véritable déchirement par le jeune garçon qui dut apprendre à vivre dans un nouveau pays, avec toutes les difficultés que cela comportait.

Un week-end par mois et pendant les vacances scolaires, Pierre accueillait son fils à Paris. À de rares occasions, il venait passer deux jours dans la capitale britannique où il était hébergé dans une pension de famille. Maxime vivait mal cette situation ; il aurait préféré profiter de son père plus souvent et passer plus de temps à Paris. Il encaissait tout cela tant bien que mal, mais avec l'adolescence, les accrochages mère-fils étaient de plus en plus fréquents et le dialogue se compliquait dangereusement. Contrairement à son ex-mari, Elena s'interdisait de refaire sa vie. Son mariage avait été un échec, alors à quoi bon tenter une nouvelle aventure ? Elle pensait que c'était une façon de protéger son fils, mais elle se trompait. Maxime, quitte à ne plus vivre avec ses deux parents, aurait peut-être préféré avoir un beau-père.

Elena se noyait dans le travail pour échapper au doute. Elle fuyait, refusant de voir la vérité en face, et elle se persuadait que ses décisions étaient les meilleures pour elle et pour son fils. Elle avait besoin de nouveaux challenges toujours plus risqués, comme si elle devait se prouver qu'elle faisait partie des meilleurs. L'excellence était son seul souci. Elena pensait que plus elle réussirait dans son activité professionnelle, plus elle aurait un jour l'opportunité d'obtenir les félicitations de son père, alors que lui n'attendait qu'une chose : qu'elle rejoigne l'exploitation familiale. L'incompréhension était totale.

C'est parce qu'elle avait du mal à affronter le regard de son père qu'Elena n'était pas rentrée en France depuis près d'un an. À chaque fois, elle se débrouillait pour trouver une raison pour annuler ou reporter sa venue. Mais toute sa famille lui manquait, en particulier son frère Jérôme, avec qui elle était en contact téléphonique régulier.

Elena pensait souvent à son pays, à sa région, à l'océan, aux forêts de pins, à l'odeur de la résine les jours de canicule, aux promenades le long des dunes lors des forts coefficients de marée. La nostalgie envahissait alors tout son être.

*

* *

Mary, sa confidente et supérieure hiérarchique, avait bien tenté de la convaincre de rejoindre sa famille pour les fêtes de Noël, arguant que l'incertitude des marchés asiatiques n'imposait en rien sa présence, mais en vain. Lors de la soirée organisée par le directeur de la banque, Mary avait constaté que la consommation d'alcool de son amie n'avait rien d'habituel et s'était dit que cet excès était révélateur d'un mal-être profond. Elle s'en inquiéta dès le lendemain matin, à l'arrivée d'Elena.

— Je viens de préparer du café, je t'en offre une tasse ? Je crois que tu as besoin d'un bon remontant.

Elena leva à peine la tête et s'assit lourdement sur l'immense canapé qui faisait face à la baie vitrée du bureau de sa responsable.

— Un grand mug, s'il te plaît ! Effectivement, c'est difficile, ce matin ! soupira-t-elle.

Mary hésitait, de crainte de vexer son amie.

— Tu en as bien profité hier soir, c'est rare de te voir aussi… enjouée.

— Enjouée, peut-être, mais surtout saoule, je crois que c'est le mot qui s'impose !

— Au moins, tu es consciente de l'état dans lequel tu étais !

— Besoin de me détendre, sans aucun doute, murmura Elena, l'esprit ailleurs.

Face au mur de verre qui donnait sur la ville, Mary porta son regard au loin. Son bureau était situé au trentième étage et l'on pouvait découvrir le Tower Bridge et la Tour de Londres à peine voilés par un halo de brume qui s'accrochait aux vieilles pierres. Sans se retourner, elle demanda abruptement :

— Tu as des soucis ?

Elena eut une légère grimace de contrariété. Étaler ses états d'âme ne faisait pas partie de ses habitudes.

— Pas plus que ça, assura-t-elle laconiquement.

— Tu en es certaine ?

Elena recentra la conversation sur ses interrogations professionnelles :

— Pendant cinq jours, ça va être l'enfer d'attendre que ce satané bug informatique… n'arrive pas !

Mary fronça les sourcils. Elle s'assit à côté de son amie, l'air surprise.

— Comment ça, « n'arrive pas » ?

— Même si nous ne pouvons pas affirmer avec certitude que rien de fâcheux ne se produira, toutes les simulations que nous avons réalisées convergent vers la même conclusion : à 99,99 %, les marchés ne subiront aucun impact !

Sa responsable se dirigea vers son bureau pour vérifier une nouvelle fois, sur son ordinateur, que les modèles informatiques, qui tournaient en continu depuis plus d'un mois, ne détectaient rien d'inquiétant.

Elena reprit :

— Mais nous ne pouvons pas faire abstraction des 0,01 % de risques, alors tous au boulot !

précisa-t-elle avant de se lever et de se diriger vers le couloir.

Mary, le regard toujours rivé sur son écran, lui fit signe d'attendre quelques instants.

— Tu as constaté un problème ? s'enquit Elena.

— Non, par contre, je viens de vérifier le programme de présence pour les semaines à venir et je constate que tu n'as autorisé aucune absence pour ton équipe jusqu'au 5 janvier.

— Évidemment ! On doit tous être présents au cas où…

— Au cas où quoi ? la coupa Mary.

Elena s'étonna :

— Que veux-tu dire ?

— Tu étais présente pour Noël alors que tu aurais dû être avec ta famille !

— C'était nécessaire ! affirma-t-elle.

— Les faits ont prouvé que non !

Elena paraissait déstabilisée.

— Où veux-tu en venir ?

Mary se leva et la fixa du regard.

— Je veux dire que cela fait un an que tu n'es pas rentrée en France, que tu as sacrifié ton Noël, que ton fils est parti seul chez ses grands-parents, qu'il ne veut plus te parler, d'après ce que tu m'as dit, et accessoirement… que tu le vis mal. Je me trompe ?

— Non, mais ça change quoi ?

— J'aimerais que tu passes quelques jours en famille avec Maxime. Nous prévoyons un début d'année chargé et j'ai besoin de toi en pleine forme.

Elena écarquilla les yeux et sa réponse fusa :

— Pardon ? Ça va pas ! C'est n'importe quoi et parfaitement impensable !

— Ne sois pas si catégorique.

— Mais enfin, ma présence est indispensable, tu imagines si…

Calmement, Mary l'interrompit :

— Si quoi ? Si les 0,01 % se produisaient ?

Elena balbutia sa réponse :

— Oui… enfin, je dois être présente… c'est primordial…

— Comme ta présence l'était à Noël ?

— Ce n'est pas la même chose.

— Tu n'en as pas envie ? Et ton fils, tu n'y as pas pensé ?

Elena se rembrunit. La lassitude se lisait sur son visage.

— Bien sûr que j'aimerais être avec lui…

Mary prit une enveloppe posée sur un dossier qu'elle tendit à son amie.

— Tiens, et fais-en bon usage. Ne t'inquiète pas, toute ton équipe est là, je suis là, nous gérerons ! Et si un problème survient, le téléphone et le mail existent, tu peux être de retour dans la journée. Alors ?

Elena ouvrit l'enveloppe qui contenait un billet aller-retour Londres-Bordeaux, avec un départ programmé dans l'après-midi et un retour le mardi 4 janvier.

— Pourquoi tu fais ça ?

Mary préféra répondre sur le ton de la plaisanterie :

— Je te jure, ce n'est pas moi, c'est ma secrétaire qui a tout organisé.

Elena sourit.

— Évidemment... mais enfin, il faut...

— Il ne faut rien du tout, il te reste juste le temps de briefer ton équipe, de passer à ton appartement, de boucler ta valise et direction l'aéroport, puis la France !

Elena triturait les billets entre ses mains ; elle ne savait pas comment réagir.

— Bon, merci, je vais...

Sa responsable préféra conclure cette conversation afin d'effacer les derniers doutes de son amie.

— Allez, hop ! Tu as encore un peu de boulot avant ton départ. Alors, ne perds plus de temps. Bonnes vacances !

— On se tient au courant régulièrement ? demanda Elena pour essayer de se rassurer.

— Bien sûr ! fit Mary.

Elena eut du mal à être naturelle avec ses collègues, presque honteuse de s'absenter. Elle ne sentit aucune réticence de leur part, ce qui la surprit. Elle ne savait pas comment interpréter cette étrange sérénité. Était-ce une parfaite maîtrise de la situation ou la satisfaction de ne pas avoir leur cheffe sur le dos pour les derniers jours de l'année ? Elena préféra ne pas insister ; il était temps qu'elle se rende à son appartement avant de prendre la direction de l'aéroport de Londres-Heathrow, où le vol pour Bordeaux était prévu à quatorze heures trente.

Depuis le taxi, elle téléphona à ses parents pour les avertir de son arrivée en fin d'après-midi à Lescot. Ils furent ravis de ce changement de programme. Maxime accepta enfin de parler à sa mère et ne put cacher, lui aussi, son enthousiasme, teinté d'une inquiétude diffuse qu'elle ressentit dans sa voix. Elle s'en inquiéta et voulut en savoir plus.

— Quelque chose ne va pas ?

— Tu as vu les images de Paris aux infos ? J'ai essayé d'appeler papa, c'est toujours occupé.

Il était rare que Maxime parle de son père aussi aisément, et cela interpella sa mère.

— Non, je n'ai rien vu. Il doit être absent, tu essaieras plus tard.

La voix de Maxime trahissait un profond tourment.

— Tu n'as pas vu la tempête ? Il y a beaucoup de destructions ! La forêt du château de Versailles est saccagée. J'ai peur qu'il lui soit arrivé quelque chose, avoua-t-il, la voix tremblante.

Elena ne savait pas encore qu'une dépression particulièrement creuse, d'une puissance rare, avait provoqué d'immenses destructions sur toute la partie nord de la France. Elle pensait que son fils, inquiet, exagérait la situation.

— Ne t'en fais pas, ce soir, je serai là. Tu tenteras de joindre ton père avec mon téléphone portable professionnel.

— Bon, très bien, maman, alors à ce soir.

— Je t'embrasse.

— Bises, maman.

Elena arriva à l'aéroport avec près d'une heure d'avance. Elle enregistra ses bagages et s'installa dans la salle d'embarquement. Elle feuilleta le premier magazine qui lui tomba sous la main, mais son attention fut rapidement accaparée par les informations qui tournaient en boucle sur un des écrans qui diffusaient les programmes de la BBC. La présentatrice égrenait la longue liste des dommages que la tempête, baptisée Lothar, avait causés sur son passage dans le nord de la France et en Allemagne dans la journée du 26 décembre. Un spécialiste météo, interrogé en direct depuis Paris, comparait sa puissance à un ouragan de catégorie 2, avec des vents mesurés à plus de 200 km/h en haut de la tour Eiffel.

Elena prit alors conscience des événements et, au vu des images de la capitale française, de l'inquiétude de son fils.

2

Le jeu de cartes

La vie ne distribue pas toujours les meilleures cartes, chacun possède son propre jeu. À nous de choisir comment l'utiliser.

On peut disposer d'un carré d'as et perdre quand même la partie, ou simplement d'une paire de sept et bluffer l'ensemble de ses adversaires.

Au fond, ce n'est pas la valeur des cartes qui compte, mais ce que nous décidons d'en faire.

*

* *

Forêt des Landes, lundi 27 décembre 1999
Huit heures du matin

Sébastien démarra son 4 × 4 et quitta *La Pignada*, son domicile, avant le lever du jour. Il avait prévu de faire le tour des parcelles de pins maritimes dont les propriétaires avaient confié l'exploitation à la coopérative qu'il dirigeait. Une vingtaine d'hectares devaient subir une coupe en début d'année, mais les cumuls de pluie importants de la fin de l'automne le faisaient hésiter à utiliser sa toute nouvelle machine de bûcheronnage. Il craignait que le passage répété des tonnes d'acier entre les rangées d'arbres soit impossible ; les sols étaient gorgés d'eau. Après avoir roulé quelques kilomètres, il engagea son véhicule sur un chemin de sable qui conduisait à la première parcelle, connue pour être la plus humide. À mesure qu'il progressait, la décision s'imposait : les coupes se feraient manuellement. Le terrain supporterait à peine les allers-retours de la débardeuse pour évacuer les grumes de pins en limitant le tonnage à chaque voyage, mais la machine à couper, il n'était pas envisageable de l'utiliser. Déçu, Sébastien se rendit à l'évidence : il devrait patienter jusqu'au début du printemps pour, enfin, évaluer l'efficacité de cette mécanisation qui promettait, selon les dires du constructeur, de réaliser le travail de quatre bûcherons bien entraînés. L'investissement avait été important, mais Sébastien ne voulait prendre aucun risque. Il nota sur son carnet qu'il devait prévenir chacun des propriétaires que leur chantier prendrait plusieurs semaines de retard. Tout au long de la matinée, il poursuivit ses inspections, qui ne firent que le conforter dans ses premières impressions.

Avant de rentrer chez lui pour le déjeuner, Sébastien fit un détour par la route de Lescot où étaient situés le siège de sa coopérative et la scierie qui débitait chaque année des milliers de tonnes de bois pour les transformer en planches ou palettes. Il devait faire le point avec son équipe avant la fermeture des ateliers jusqu'au 3 janvier. Il fit le bilan avec Claude, son contremaître : le programme était à jour, ce qui le rassura, mais il constata que ses employés étaient préoccupés par le temps de la veille. Les rafales, bien que soutenues, n'avaient pas été exceptionnelles, aux alentours de 80 km/h, mais les hommes étaient quand même inquiets ; le vent n'avait pas présenté les mêmes caractéristiques qu'à l'accoutumée. De puissantes bourrasques de sud avaient alterné avec d'autres, plus classiques, d'ouest. Sébastien les rassura :

— Eh, les gars, du calme ! Il y a peut-être deux ou trois arbres tombés dans les zones les plus exposées, pas plus. J'irai vérifier cet après-midi.

Claude résuma l'inquiétude de ses collègues :

— Tu as vu les dégâts de ce cataclysme dans le Nord, on a subi les restes de cette saloperie. On est situés en limite de la zone touchée.

Sébastien ne paraissait pas préoccupé.

— J'ai vu ça hier soir aux infos. Effectivement, c'est impressionnant. On est passés à travers, tant mieux !

— Moi, ça ne me plaît pas ! Ce matin, ils ont annoncé la même chose pour nous, ça devrait démarrer en fin d'après-midi et durer une bonne partie de la nuit.

Sébastien ne put cacher son scepticisme.

— Comment ça ? Deux dépressions d'une telle intensité en deux jours, enfin, Claude, c'est impossible !

— Je sais, ça paraît irréel, mais tu te rends compte, si ça arrive ?

— Arrête donc, ils font super gaffe, car ils n'avaient pas prévu la puissance de la tempête d'hier, et les critiques envers Météo France commencent à prendre de l'ampleur. Ils exagèrent pour ne pas qu'on les accuse, une nouvelle fois, de ne pas avoir su anticiper un événement majeur.

— Peut-être, mais ça nous fait quand même flipper.

— T'inquiète, ils sont alarmistes par précaution.

Claude insista :

— Tu as vu la baisse de pression atmosphérique depuis ce matin ?

Sébastien pénétra dans le bureau de l'atelier pour jeter un coup d'œil au baromètre. Il écarquilla les yeux quand il constata la chute relevée depuis le début de la matinée.

— Ah oui, quand même, la descente est raide ! On est passé de 1 015 à 1 004 millimètres de mercure !

Sébastien se rendit compte que son contremaître n'exagérait pas la situation qui se profilait pour les prochaines heures. Désormais, c'était certain, une nouvelle dépression très creuse se dirigeait tout droit vers la forêt des Landes. Il jeta un coup d'œil à sa montre : il était midi passé et il devait rentrer à *La Pignada* où Océane, sa fille, l'attendait pour le déjeuner. Ils vivaient tous les deux, et il n'aimait pas la laisser trop longtemps seule, même si Éloïse, sa belle-mère, la grand-mère d'Océane, habitait juste en face de chez eux. Il se dirigea vers son véhicule et d'un geste de la main, salua ses ouvriers.

— Allez, les gars, ne psychotez pas trop, des coups de vent, on en a vu d'autres ! Profitez donc de cette fin d'année en famille. Amusez-vous et reposez-vous, je vous veux en pleine forme à la rentrée ; on a du boulot !

Il démarra et alluma son poste de radio pour écouter les informations de la mi-journée. À mesure que le journaliste détaillait les prévisions météorologiques pour les vingt-quatre heures à venir, l'inquiétude de Sébastien s'intensifia. Une nouvelle tempête était annoncée pour la nuit suivante, avec des rafales estimées à près de 130 km/h. Cette fois-ci, même si la trajectoire précise n'était pas encore connue, le sud-ouest de la France serait touché.

Alors qu'il garait sa voiture dans la cour, Sébastien leva les yeux ; quelques trouées de ciel bleu apparaissaient entre les nuages, et les cimes des pins ne montraient aucune agitation. Rien ne laissait présager des événements alarmants, mais il connaissait bien ces dépressions venues de l'océan où, en l'espace de quelques heures, tout pouvait changer. Il se rassura en se disant que les vents annoncés, même s'ils restaient très puissants, n'étaient en rien comparables aux mesures enregistrées la veille dans le nord du pays. Il y aurait des arbres par terre, quelques tuiles envolées, mais pas plus qu'à chaque épisode tempétueux hivernal.

Lorsqu'il ouvrit la porte, des effluves de viande grillée emplirent ses narines. Océane avait profité des braises du feu dans la cheminée pour faire cuire une épaisse entrecôte, un des plats préférés de son père. Sébastien posa sa veste sur le canapé du salon et constata que la table était dressée. Avec le bruit de la hotte aspirante, sa fille ne l'avait pas entendu ; elle préparait des pommes de terre rissolées pour compléter le repas.

— Océane, c'est super gentil ! fit-il en s'approchant.

Elle sursauta.

— Papa ! Tu m'as fait peur. Tu arrives juste à l'heure, c'est super.

Il posa sa main sur sa tête et caressa lentement sa chevelure brune avant de l'embrasser. Il remarqua ses traits tirés.

— Tu as l'air fatiguée ? s'enquit-il.

Résignée, elle haussa les épaules.

— Depuis ce matin, ça ne va pas trop, je suis angoissée, avec une impression bizarre. Mais bon, j'ai l'habitude… Allez, assieds-toi, je vais sortir la viande du feu, sinon, ça va être trop cuit.

Océane se dirigea vers la cheminée pour récupérer l'épaisse entrecôte. Son père regarda sa frêle silhouette ; cela faisait quatorze ans qu'il ne la quittait pas du regard, qu'il était inquiet pour elle à chaque fois qu'elle ressentait « une impression bizarre », comme elle disait. Il la protégeait parfois trop ; il s'inquiétait comme un père démuni face à un mal diagnostiqué à l'âge de six ans et dont les nombreux spécialistes qu'elle avait consultés s'accordaient sur deux points : l'évolution de la maladie était impossible à prévoir, et les effets des traitements qu'elle devait supporter pour atténuer les symptômes étaient parfois compliqués à gérer.

Océane déposa le plat sur la table.

— Je te laisse faire pour la découpe, trop épais pour mes petits bras, plaisanta-t-elle.

Sébastien ne dit rien ; les yeux cernés de sa fille et son teint pâle l'inquiétaient. Océane, qui connaissait son père par cœur, le rassura :

— Ça va, je te dis, je n'ai pas fait de crise, juste de la fatigue. Ces changements de temps que nous connaissons en ce moment, tu sais que j'y suis sensible. Ça va passer…

Sébastien baissa les yeux ; sa tristesse était palpable, mais il préféra changer de conversation :

— Bon, testons cette cuisson.

— Elle est parfaite, ironisa Océane.

— Effectivement, confirma-t-il en mordant dans le premier morceau de viande.

Le repas se déroula dans une ambiance calme, mais faussement détendue. Océane n'avait pas faim ; elle se força à avaler la moitié de la portion que lui avait servie son père.

— Mamie m'a proposé d'aller marcher cet après-midi.

— Je croyais qu'une de tes amies du collège devait venir te voir ?

— Oui, Aude. Elle en profitera pour nous accompagner, elle connaît mamie, ça ne la dérangera pas. Et puis... ça me fera du bien de prendre l'air.

La maladie dont souffrait Océane l'isolait parfois de ses camarades. Son réseau d'amis était limité et elle avait besoin de contacts pour ne pas s'enfermer dans une solitude trop pesante qui ne ferait qu'exacerber son mal-être. Son père ne pouvait que se féliciter de ces quelques heures passées en compagnie d'Aude.

— Je dois finir le tour de plusieurs parcelles. Je pense que j'en aurai jusqu'à la nuit. Par contre, ne rentrez pas trop tard, la météo va changer et un fort coup de vent est attendu à partir du début de soirée.

— J'ai prévu de rester chez mamie jusqu'à ton retour. Elle doit ranger toutes ses confitures, ça lui fera plaisir que je l'aide. Quand j'entendrai ta voiture, je n'aurai qu'à traverser la cour.

— Très bien, et vous allez vous balader jusqu'où ?

Océane tergiversa :

— Jusqu'au bois des Loups... On rentrera en longeant la rivière... en contrebas du village.

Sébastien fronça les sourcils et se leva pour préparer son café. Il savait que sa belle-mère, comme presque tous les jours depuis quatre ans, passerait par le cimetière.

— Tu sais, il ne faut pas trop vivre dans le passé…

— Je sais, papa. Avec mamie, c'est l'occasion. Aude sera avec nous, je n'y resterai pas longtemps.

— Ce n'est pas ce que je voulais dire. C'est toi qui décides, tout cela est tellement difficile.

— Et toi, papa ?

— Moi ?

— Tu y vas quelquefois ?

Sébastien sentit des larmes monter, il ne se retourna pas.

— Peu… mais tu sais, je n'ai pas besoin d'une tombe pour penser à elle…

La jeune fille s'approcha de son père et lui enserra la taille de ses bras. Elle posa sa tête contre son dos.

— Elle me manque tellement, murmura-t-elle d'une voix enrouée par l'émotion.

Amalia, la mère d'Océane, avait perdu la vie dans un accident de la circulation, un matin, sur la route de son travail, lorsque sa fille avait dix ans.

*

* *

Amalia avait rencontré Sébastien lorsqu'il avait acheté une ancienne grange délabrée à ses parents. Il avait alors patiemment retapé le bâtiment en ruine, y consacrant la quasi-totalité de son temps libre. À l'époque, il venait de lancer son activité d'exploitant forestier ; la coopérative n'en était qu'à ses débuts. Les allers-retours depuis Mont-de-Marsan, où il avait passé sa jeunesse et suivi ses études, n'étaient plus possibles pour développer avec efficacité son activité. Le choix de ce bâtiment au lieu-dit *La Pignada*, face au domicile des parents d'Amalia, offrait une position idéale au beau milieu du massif landais.

Avec le temps, ils se rapprochèrent. Amalia, qui occupait le poste de secrétaire à la mairie du village de Lescot, suivait avec attention l'avancement des travaux ; elle était heureuse de voir ce bâtiment revivre. À chacune de ses visites sur le chantier, elle était impressionnée par la capacité de travail de Sébastien. Bien sûr, pour les plus gros travaux il faisait intervenir des artisans locaux ou des amis quand ils étaient disponibles, mais tout le reste, il l'avait réalisé seul. Amalia avait remarqué que lorsqu'il était toute la journée sur le chantier, Sébastien s'octroyait une courte pause pour avaler rapidement un sandwich accompagné d'une bouteille de soda. Un samedi, elle avertit ses parents qu'elle ne déjeunerait pas avec eux et prépara un pique-nique. Elle se dirigea, un peu avant l'heure du repas, vers la grange où Sébastien était en train de piquer les murs afin de pouvoir retravailler les joints. C'était un travail fastidieux et particulièrement harassant. Le jeune homme accepta avec joie la proposition d'Amalia. La pause s'éternisa ; ils appréciaient de se découvrir et de discuter d'autres sujets que de l'avancement des travaux. Chacun, avec retenue et pudeur, se livra peu à peu sur ses souhaits et ses espoirs pour l'avenir. Amalia se montra passionnée par les projets professionnels de Sébastien, et lui apprécia sa douceur et sa réserve.

C'est ainsi que les deux jeunes gens s'éprirent peu à peu l'un de l'autre et devinrent inséparables. Ils s'unirent au cours de l'été 1984 ; leur avenir s'annonçait radieux...

Océane naquit à la fin de l'année 1985. Malgré un accouchement difficile, les parents étaient ravis et réintégrèrent leur domicile quelques jours après la naissance. Le jeune couple profita du congé de maternité d'Amalia durant lequel Sébastien mit son activité professionnelle entre parenthèses. Le temps s'écoulait paisiblement. Amalia reprit des forces et profita du moindre moment de complicité avec sa fille. Tout se déroula pour le mieux jusqu'au premier anniversaire d'Océane et à une remarque étrange de sa grand-mère paternelle. Elle prit son fils à part et lui confia ses inquiétudes : sa petite-fille lui paraissait parfois déconnectée du monde extérieur. Lors de ces moments fugaces, aucun stimulus ne pouvait la faire réagir, puis tout reprenait normalement quelques instants plus tard. Sébastien balaya la remarque de sa mère, prétextant qu'à son âge, sa fille ne pouvait pas satisfaire toutes les attentes de grands-parents parfois impatients. Malheureusement, la mère de Sébastien avait vu juste : les mois passèrent et les ruptures de contact d'Océane ne firent qu'empirer. Amalia minimisa d'abord le trouble de sa fille, mais devant l'insistance de son mari, elle accepta de consulter le médecin du village qui les rassura. La vie reprit, mais les absences d'Océane devinrent de plus en plus nombreuses. Sébastien ne pouvait cacher son inquiétude. Amalia, quant à elle, s'enferma dans une forme de déni. Pour elle, sa fille grandissait et ses troubles ne seraient bientôt qu'un mauvais souvenir. Lorsque la petite fille intégra la classe de maternelle, la maîtresse ne tarda pas à faire part à ses parents de son isolement et de son regard parfois vide. Sa mère, une fois de plus, éluda la remarque et fit passer ce comportement pour une timidité excessive. Physiquement, la petite fille se développait normalement, et elle valida les apprentissages de la maternelle sans trop de difficultés. Elle suivit le cours préparatoire avec des remarques identiques de la part de son professeur des écoles.

Une nuit, quelques semaines avant les six ans d'Océane, Amalia fut réveillée par des gémissements inhabituels venus de la chambre de sa fille. Elle se précipita, suivie de Sébastien. Leur enfant était en sueur et dans un état de tremblement intense ; ses pieds heurtaient violemment le mur, une salive épaisse et mousseuse s'échappait de sa bouche. Amalia pensa à un cauchemar et tenta, sans y parvenir, de la réveiller. Sébastien alluma la lampe de chevet. Océane avait les yeux révulsés et un filet de sang se mélangeait à sa salive. Ses spasmes ne se calmaient pas. Amalia s'affola, se mit à crier et à secouer sa fille, mais rien n'y fit. Sébastien se doutait de ce qui se passait, il prit sa femme dans ses bras et l'implora de ne plus essayer de la réveiller. Il se dirigea vers le téléphone et appela le SAMU qui mit près de trente minutes à arriver sur place. Pendant ce temps, Océane s'était réveillée dans un état de confusion totale, balbutiant des sons qui n'avaient aucun sens. Son père, avec la plus grande attention, lui essuya le visage avec un gant humide. Amalia était obsédée par le sang qui coulait de la bouche de sa fille, elle craignait une hémorragie interne. Sébastien savait qu'elle s'était mordu la langue jusqu'à provoquer des plaies. Le médecin du SAMU diagnostiqua une crise de convulsions : une « crise comitiale », selon ses termes. La petite fille fut hospitalisée à l'hôpital de Mont-de-Marsan où elle subit une batterie d'examens qui confirmèrent ce que craignait son père et ce que refusait d'admettre sa mère : elle était atteinte d'épilepsie. Un des médecins du service de neurologie leur expliqua qu'elle avait « de la chance ». En effet, toutes les évaluations qu'elle avait subies ne révélaient aucune cause traumatique, vasculaire, tumorale ou infectieuse. Le diagnostic exact fut : « épilepsie idiopathique temporale gauche ». Amalia était effondrée. Sébastien interrogea le médecin pour comprendre, plus en détail, l'état d'Océane. Celui-ci lui expliqua que la zone de son cerveau qui provoquait ces troubles était située au niveau de la tempe gauche. En cas de crise dite partielle, seule une brève rupture du contact avec le monde extérieur se produisait, avec un retour à un état normal dont l'enfant ne se rendait pas compte. Par contre, lors de décharges plus intenses, une crise convulsive généralisée avait lieu. Le médecin insista : c'était ce type d'événement qu'il fallait absolument éviter, car à force de se répéter, un retard de développement pouvait se produire sur un cerveau en pleine évolution. Océane reçut un traitement à base de neuroleptiques associé à un suivi régulier. Sa mère questionna le médecin : elle voulait connaître l'origine de cette maladie. Le neurologue parut embarrassé ; il avait eu accès au dossier médical de la naissance. Durant l'accouchement, le cordon ombilical s'était enroulé autour du cou du bébé, ce qui l'avait privé d'oxygène durant quelques secondes et, sans aucun doute, avait détruit une infime partie d'une zone profonde et limitée de son cerveau. Le médecin précisa qu'aucun examen n'était assez sensible pour isoler la région exacte.

À partir de ce jour, Amalia se sentit responsable du mal dont souffrait sa fille ; la culpabilité l'emporta et la poussa à croire à l'impossible : que sa fille guérisse de ce mal inconnu. Elle se renseigna de toutes parts, consulta les spécialistes les plus réputés à travers le pays, avec l'espoir d'une intervention qui permettrait à Océane de vivre comme tous les enfants de son âge. Dans un premier temps,

Sébastien laissa faire sa femme qui se consacra totalement à sa quête, mais après deux ans, il décida que cela suffisait. Les crises se succédaient et Océane avait besoin de repos. Il avait compris qu'elle ne guérirait jamais et la voir, tel un cobaye, passer de multiples examens n'était plus supportable. Amalia abdiqua et reprit le travail à mi-temps, mais la culpabilité ne fit que se renforcer. Durant quatre années, elle fit l'effort de rendre la vie de sa fille la plus douce possible, mais quelque chose s'était rompu en elle ; l'espoir s'était définitivement enfui.

Et puis, un jour, l'accident... La voiture d'Amalia se déporta sur une longue ligne droite pour s'encastrer dans un arbre après avoir effectué trois tonneaux.

Depuis le décès de sa femme, Sébastien ne pensait qu'à une chose : la tranquillité de sa fille ! Océane était suivie par un neurologue de Bordeaux chez qui, tous les six mois, un bilan était fait et son traitement éventuellement réajusté. Un psychologue l'aidait à supporter sa différence. Elle avait désormais quatorze ans. Sa vie de collégienne s'organisait en fonction de son état de fatigue. Elle refusait des invitations avec tristesse mais dignité. Lorsque la moquerie de certains camarades transparaissait, elle ne leur en voulait pas. Comment pouvaient-ils comprendre une maladie invisible renvoyant à des croyances d'un autre temps ?

Patiemment, Sébastien avait construit des murs de protection autour d'Océane. En plus de sa maladie, elle souffrait de ne plus pouvoir serrer sa mère dans ses bras, alors son père compensait le manque en la surprotégeant. C'était un poids pour la jeune fille qu'elle devenait et qui aurait aimé avoir plus de liberté et s'autoriser à vivre quelques rêves.

*

* *

— J'entends la voiture de la mère d'Aude ! Je vais la rejoindre, on va directement chez mamie. À ce soir, papa.

— Fais attention à toi et ne rentrez pas trop tard, ce mauvais temps annoncé ne me dit rien qui vaille.

Océane soupira.

— Je sais, mais on ne va pas s'envoler ! Et puis, des coups de vent, il y en a déjà eu, et il y en aura d'autres.

Sébastien embrassa sa fille et sourit.

— Effectivement, tu as raison.

À travers la vitre de la porte-fenêtre du salon, il la regarda sauter dans les bras de son amie. Deux jeunes filles dans l'excès de l'adolescence. Il savait qu'à cet instant, elle ne pensait pas à sa maladie et, pour lui, c'était l'essentiel. Avant de poursuivre sa tournée, Sébastien vérifia le baromètre : la pression avait encore chuté de six millimètres en deux heures. Il se dirigea vers son véhicule et porta son regard vers le ciel ; rien ne bougeait !

— Ce n'est pas normal ! Pas un souffle de vent avec une pression si basse, murmura-t-il.

Sébastien écouta les prévisions qui annonçaient toujours des rafales, certes puissantes, mais habituelles pour des intempéries hivernales. Il décida de modifier son programme de l'après-midi et prit d'abord la direction des plantations les plus à l'ouest, en bordure de l'océan. De là, il aurait le meilleur point de vue pour évaluer l'intensité du mauvais temps qui se dirigeait sur la région.

Il grimpa sur la dune qui séparait la plage des premières rangées d'arbres et regarda vers le plein ouest. Au loin, les couleurs du ciel et de l'eau se confondaient, un gris-bleu qui contrastait avec l'écume blanche des rouleaux de la marée montante. Toujours pas de vent, juste une brise légère. Sébastien connaissait trop bien cette région et les caprices de la météo pour savoir que la situation était inhabituelle, mais de là à imaginer ce qui allait se produire…

3

Le mystère de la nature

L'homme tente par tous les moyens de maîtriser la planète et la multitude de ses richesses. Il s'engage alors dans une lutte qui, inexorablement, conduit à sa destruction.

La nature nous offre le plus précieux des cadeaux : la vie ! Qu'attendons-nous pour la protéger au lieu de chercher à l'apprivoiser ? Combien de signes avons-nous déjà reçus pour nous inciter à abandonner la bataille ?

Il n'existe qu'une issue : accepter que le combat n'ait aucun sens, accepter le mystère, le mystère de la nature…

*
* *

L'avion en provenance de Londres avait atterri à l'aéroport de Bordeaux-Mérignac à quinze heures quarante-cinq précises. Le vol s'était déroulé sans encombre, sauf au cours de la descente vers la capitale girondine qui avait été perturbée par quelques secousses.

Lorsque Elena sortit de l'aérogare après avoir récupéré ses bagages, une pluie fine et continue s'abattait sur la ville. Le temps était gris et des bourrasques de vent fouettèrent son visage quand elle traversa le parking pour récupérer la voiture de location qu'elle avait réservée. Elle pénétra dans le préfabriqué ; à peine avait-elle refermé la porte qu'un des employés derrière le comptoir l'interpella :

— Vous êtes Mme Dejean ?

— Oui, bonjour !

— Votre voiture est prête ! Elle est garée juste à gauche en sortant, les papiers sont dans la boîte à gants, le plein est fait. Merci de parafer le dossier de réservation. Vous la gardez jusqu'au 3 janvier, c'est bien ça ?

Elena s'agaça devant un tel empressement, qu'elle prit pour une forme d'impolitesse. Elle se raidit.

— C'est exact ! Mais prenons un peu de temps. Je vis en Angleterre, je conduis rarement, si vous pouviez me résumer le fonctionnement du véhicule ?

— Écoutez, madame, vu les circonstances, ça ne va pas être possible. Voici les clefs !

Elena insista :

— Merci de me donner quelques explications !

L'employé soupira mais céda :

— Très bien, mais rapidement, car avec ce qui s'annonce, nous allons fermer plus tôt que d'habitude.

Elena avait du mal à comprendre cet affolement.

— Mais enfin, de quoi parlez-vous ?

— La tempête, madame. Vous n'êtes pas au courant ?

Elena se souvint alors des images diffusées par la BBC lorsqu'elle patientait en salle d'embarquement.

— La tempête d'hier ? J'ai vu un reportage avant de partir de Londres, c'était très impressionnant.

L'employé écarquilla les yeux.

— Ah non, pas celle-ci, elle est terminée ! Nous allons subir la même chose dans le sud du pays, Météo France l'a confirmé aux informations de la mi-journée. Regardez, le vent commence à forcir. La décision vient de tomber, l'aéroport suspend ses vols à partir de dix-huit heures !

Elena, habituée au temps britannique, maussade et perturbé, préféra plaisanter :

— De la pluie et du vent. En ce qui me concerne, ça ne me changera pas beaucoup.

L'employé s'impatienta :

— Écoutez, nous allons fermer. Je vous présente le véhicule et... bon voyage. Vous allez dans quelle direction ?

— Rejoindre ma famille dans les Landes.

— Dépêchons-nous et faites attention sur l'autoroute, contrôlez votre vitesse, la voiture risque d'être déportée.

Incrédule et exaspérée, Elena préféra se débrouiller seule.

— Donnez-moi les clefs, ça va aller. À la semaine prochaine !

Elle claqua la porte et se dirigea vers le véhicule. La pluie avait redoublé d'intensité. Elle déposa ses bagages dans le coffre puis s'engouffra dans l'habitacle afin de se mettre à l'abri. Elle fit rapidement le tour des commandes et quitta le parking pour rejoindre la rocade bordelaise en direction de l'autoroute A63. Après une demi-heure de conduite, Elena commença à sentir que le véhicule se déportait ; le vent s'intensifiait. Elle n'était pas inquiète ; la pluie se calmait, la visibilité s'améliorait et elle n'avait qu'une heure de route jusqu'au domicile de ses parents. Elle cala sa vitesse sur l'allure modérée du flot de la circulation.

Lorsqu'elle arriva au niveau de la bifurcation de l'autoroute d'Arcachon, trois immenses pins venaient de s'abattre sur la bretelle d'accès ; les voitures s'agglutinaient et formaient un bouchon de plusieurs centaines de mètres. Elena dut rouler au ralenti avant de pouvoir reprendre sa route vers le sud. Elle pensa qu'elle avait de la chance de ne pas se diriger vers le bassin ; les services techniques n'étaient pas encore sur place, la circulation risquait d'être bloquée un long moment.

Il était dix-sept heures, la luminosité faiblissait. Le long de l'autoroute, Elena voyait les arbres plier sous la force des rafales. Elle s'agrippait au volant pour contrôler la trajectoire de la voiture. Désormais, l'inquiétude l'envahissait ; le vent était puissant. Des morceaux de branches s'arrachaient des cimes des arbres et s'envolaient à l'horizontale avant de retomber sur l'autoroute, obligeant les conducteurs à une attention de tous les instants et à quelques embardées difficilement contrôlées. Elena n'avait qu'une hâte : quitter cette autoroute ! Plus que vingt kilomètres, et la sortie en direction de Lescot serait en vue.

Lorsque, enfin, elle put s'engager sur la départementale, son angoisse redoubla. La nuit était désormais tombée et ses phares éclairaient les premières rangées d'arbres qui, ne pouvant résister à la force des éléments, cassaient net ou se déracinaient. Malgré les amas de branchages qui s'entassaient sur la route, Elena arrivait encore à avancer lentement, zigzaguant pour se frayer un chemin. Plus que cinq kilomètres et elle serait enfin à l'abri de cette vision apocalyptique. Brusquement, à la sortie d'un virage, un immense pin s'écrasa en travers de la route et bloqua définitivement sa lente progression. Frappée de stupeur, elle fixa ce tronc dans la lumière de ses phares. Le bruit du vent était insupportable. Une crainte terrible s'empara d'elle, elle n'osait plus bouger. Tout à coup, un deuxième arbre s'écrasa juste devant sa voiture. Par réflexe, elle enclencha la marche arrière et chercha des yeux un endroit moins exposé afin de se mettre à l'abri. Les branches qui, désormais, tapissaient la totalité de la route bloquèrent sa fuite en se coinçant sous son véhicule. Elle essaya d'ouvrir sa portière, mais en vain. Deux autres pins vinrent s'écraser lourdement derrière la voiture. Elena était prisonnière, les battements de son cœur s'affolèrent, elle sentit une oppression dans sa poitrine. Le hurlement du vent et les craquements qui précédaient chaque chute la terrorisaient, et l'obscurité ne faisait que renforcer son affolement. Maintenant, elle craignait pour sa vie. Elle s'efforça de se calmer, posa ses mains sur ses oreilles et son front contre le volant ; elle ne supportait plus ce bruit. C'est alors que son esprit bascula en mode survie. Que pouvait-elle faire, seule au milieu de ce désastre ? Elle eut le réflexe d'éteindre ses phares quelques instants dans l'espoir d'apercevoir une lumière, soit celle d'un autre naufragé de la route, soit celle d'une habitation. Mais aucune lueur n'apparaissait dans la nuit noire. Elle pensa à son téléphone portable professionnel et s'en saisit, mais tout son corps tremblait et elle n'arrivait pas à appuyer sur les touches. À force d'insister, elle réussit à taper les dix chiffres du numéro de ses parents… Rien, aucune tonalité, les poteaux téléphoniques n'avaient pas résisté, ils étaient déjà à terre. Elle balança son téléphone sur le siège passager et fondit en larmes. Elle avait peur de mourir au milieu de cet inimaginable fracas. Puis elle se reprit ; il fallait qu'elle quitte son véhicule au plus vite. Une nouvelle fois, elle essaya d'ouvrir sa portière, sans plus de succès. Tout à coup, elle aperçut la silhouette d'un homme qui s'agrippait à sa voiture. Il hurlait, mais elle avait du mal à entendre ce qu'il disait.

— Protégez-vous, je vais briser la vitre, baissez-vous !

Elena ne réagit pas, la scène lui paraissait irréelle. L'homme avait du mal à tenir debout, il cria une nouvelle fois :

— Vite, dépêchez-vous !

Elle vit la main de l'homme s'élever ; il tenait un marteau. Elle n'eut que le temps de protéger son visage avec son bras ; la vitre explosa et des éclats de verre tapissèrent l'habitacle. D'un coup, un appel d'air s'engouffra dans la voiture. D'une main, l'homme prit appui sur la portière et de l'autre saisit la poignée intérieure. Il tira sèchement ; la surface de résistance au vent étant moindre, il réussit à débloquer l'ouverture.

— Agrippez-vous à moi !

Dans un geste réflexe, Elena récupéra son sac et son téléphone et attrapa la main de l'homme. Elle hésita, mais il ne lui laissa pas le choix et l'extirpa brutalement du véhicule.

— Sortons de cet enfer, suivez-moi ! s'époumona-t-il.

Comme un automate, elle obéit, ne sachant où il l'entraînait. Des aiguilles de pin venaient frapper violemment son visage. Elle se protégeait à l'aide de son sac à main qu'elle utilisait comme un bouclier. Tout à coup, elle aperçut, stationné sur un chemin de terre, un engin agricole. Sans avoir eu le temps de réaliser quoi que ce soit, elle se retrouva dans la cabine, propulsée par les bras vigoureux de l'homme qui referma la porte.

— Asseyez-vous là, lui ordonna-t-il en indiquant une large banquette.

Elle tremblait de peur et de froid. Cet individu, d'où sortait-il ? Elle était perdue !

— Accrochez-vous, ça risque de secouer !

Elena s'agrippa fermement aux montants métalliques des sièges avant que la cabine fasse un demi-tour sur elle-même. La manœuvre fut rapide et précise. L'homme enclencha la marche avant et les tonnes d'acier se mirent à progresser sur le chemin en direction de la forêt. Les larges chenilles écrasaient avec facilité les branchages de toutes sortes. Dans la lumière des puissantes torches, Elena vit deux troncs effondrés en travers du chemin forestier. L'engin ne ralentit pas. Elena poussa un cri. Le conducteur la rassura :

— Ne vous en faites pas, je vais dégager l'accès. Nous allons passer.

Elena n'en croyait pas ses yeux. La tête du bras articulé de l'engin enserra de ses puissantes mâchoires le premier tronc, le découpa et déposa les morceaux en bordure de forêt. L'homme répéta la même opération avec précision pour le deuxième arbre.

— Ça y est, la voie est libre, en espérant que d'autres chutes ne nous retarderont pas. Normalement c'est bon, on va longer une clairière côté ouest, rien ne devrait chuter.

Il remarqua les tremblements d'Elena.

— Ça va aller. Regardez là-bas, la lumière, c'est chez moi, vous y serez à l'abri. Et puis, vous savez, la cabine est protégée par des arceaux de sécurité.

— C'est effrayant, j'ai cru mourir ! Qu'est-ce qui se passe ?

— Je ne sais pas, je n'ai jamais vu ça ! Les vents sont d'une puissance jamais atteinte.

— Je veux que ça s'arrête, je veux que ça s'arrête ! répéta Elena. Je ne supporte plus ce bruit !

— Nous sommes arrivés. Je vais stopper la machine dans la cour, à côté de l'entrée de la maison.

Une fois le moteur coupé, l'homme entrouvrit la porte de l'engin et fit un signe de la main à une femme âgée qui guettait son arrivée à travers la fenêtre de la cuisine.

— Faites-moi confiance ! lança-t-il.

De nouveau, il prit le bras d'Elena et l'entraîna à l'intérieur de l'habitation. Il claqua la porte et lui proposa d'ôter son manteau trempé par la pluie.

— Venez vous réchauffer à côté de la cheminée.

À peine avait-il fini sa phrase que sa fille lui sauta dans les bras.

— C'est quoi, papa ? Qu'est-ce qui se passe ? J'ai l'impression que tout va s'envoler.

Tout à coup, ce fut le noir complet ; seul le feu de bois apportait un peu de clarté dans la pièce.

— Il fallait s'y attendre, soupira-t-il.

— Papa, dis-moi, ça va s'arrêter ?

— Bien sûr, répondit-il sans conviction.

Il demanda à sa belle-mère de rester près du feu avec sa fille et Elena le temps qu'il démarre le groupe électrogène situé sous le préau extérieur.

— Je ne veux pas que tu ressortes ! C'est trop dangereux ! le supplia sa fille.

— J'en ai pour cinq minutes, je reviens. Ne t'inquiète pas, aucun arbre ne peut tomber sur la maison, et le toit n'est pas dans l'axe des vents dominants. Ça va aller !

Durant l'absence de son père, la jeune fille resta assise sur un banc face à la cheminée, les yeux rivés sur les flammes, comme absente. Sa grand-mère s'approcha et posa la main sur son épaule, craignant que le stress intense ne déclenche une crise chez sa petite-fille.

— Ça va ?

— Je suis terrorisée, mamie.

— Je sais, ma petite, respire tranquillement, la lumière va revenir.

La grand-mère s'adressa à Elena, restée silencieuse depuis son arrivée :

— Est-ce que tout va bien ?

Elena, tremblante, laissa échapper un léger sourire avant de bafouiller sa réponse :

— Je ne sais pas… j'ai l'impression de vivre un cauchemar…

Le bruit caractéristique du groupe électrogène se fit entendre. Sébastien, revenu dans la pièce, ouvrit le placard où était situé le compteur électrique et bascula l'alimentation. Lentement, les filaments des ampoules éclairèrent à nouveau la pièce. Sa belle-mère lui fit signe qu'elle s'inquiétait pour sa petite-fille. Il regarda Elena, recroquevillée sur elle-même, assise près de la cheminée.

— Je vous ai peut-être un peu secouée tout à l'heure, mais il y avait urgence, dit-il.

— Je vous remercie, mais je ne comprends toujours pas ce qui se passe et...

— Vous êtes à l'abri, c'est le plus important avec cette tempête.

— Je suis où ? s'enquit-elle.

— Vous êtes à *La Pignada*, chez moi. Voici Océane, ma fille, et Éloïse, ma belle-mère. Je m'appelle Sébastien.

Le vent hurlait et s'engouffrait de toutes parts. La charpente craquait, les tuiles se soulevaient à chaque rafale pour retomber lourdement. Au-dehors, les bruits de tôle, d'impacts de toutes sortes se mêlaient dans un indescriptible fracas.

— Je m'appelle Elena. Vous êtes sûr que l'on ne risque rien ? Vous entendez ce vacarme ?

— La maison est située en contrebas et protégée des vents les plus puissants.

— Oui, mais là, quand même...

Éloïse intervint :

— Mon gendre dit vrai. Cela fait soixante-dix ans que je vis ici, et notre maison n'a jamais subi aucun dommage à chaque coup de vent, alors que nos voisins ont toujours eu, au moins, quelques tuiles envolées.

Elena se détendit quelque peu.

— Je me souviens, quand j'étais adolescente, l'auvent de notre maison n'avait pas résisté et un chêne était tombé. Il empêchait d'accéder à la route de Lescot. À l'époque, ça ne m'inquiétait pas plus que ça, alors qu'aujourd'hui…

Sébastien s'étonna :

— Vous êtes du village ?

— Pour être exacte, j'ai quitté la région à l'âge de dix-huit ans, je vis à Londres désormais. D'ailleurs, on n'est pas loin de Lescot, non ?

— Trois kilomètres, affirma Sébastien. Vous venez passer quelques jours dans votre famille ?

— Mon fils est déjà chez ses grands-parents depuis le début des vacances, je devais les rejoindre en fin d'après-midi.

— Sacré périple depuis Londres…, fit remarquer Sébastien.

— Par avion, puis une voiture de location. Ça se fait facilement… d'habitude.

— Et vos parents habitent à Lescot ?

Océane, qui avait du mal à contenir son angoisse, réagit sèchement aux multiples questions de son père :

— Papa, tu es lourd avec tes questions, arrête. Tu crois que c'est le moment de faire la causette ?

Sébastien se leva et s'approcha de sa fille, dont tout le corps était secoué de légers spasmes.

— Comment te sens-tu ?

— Ça va aller, soupira-t-elle.

— Tu devrais prendre ce que t'a prescrit le médecin quand tu ne te sens pas bien.

Éloïse alla chercher dans la cuisine un verre d'eau et un comprimé qu'elle apporta à sa petite-fille. Sébastien posa sa main sur le front d'Océane ; c'était un geste qui, d'habitude, la calmait. Elle bascula sa tête en arrière et ferma les yeux. Le père et la fille restèrent ainsi, sans bouger, quelques instants. Elena n'osait rien dire. Éloïse lui sourit comme pour la rassurer devant cette scène qui paraissait la surprendre. La pendule de l'entrée sonna vingt heures ; le vent ne faiblissait toujours pas. Les rafales claquaient depuis près de trois heures. Combien de temps encore cet enfer allait-il durer ? Tout à coup, le talkie-walkie posé sur la table de l'entrée s'alluma, et un grésillement continu se fit entendre. Sébastien vérifia que sa fille était plus calme avant de se diriger vers l'appareil.

— Allô, Sébastien à l'écoute.

— Putain, c'est quoi ce truc de fou ? vociféra Claude.

— C'est toi ? Comment ça va ?

— Tout s'écroule, c'est de la folie !

Sébastien insista :

— Je sais, mais toi et ta famille, vous êtes à l'abri ?

— Le toit du hangar s'est barré, mais la maison tient. Je suis sorti pour mettre le 4 × 4 à l'abri. J'apercevais l'océan démonté, tu te rends compte, je peux voir l'océan de chez moi !

Sébastien eut un mouvement de recul.

— Mais alors…

— Eh oui, les parcelles le long des dunes sont par terre, je peux juste distinguer quelques troncs encore debout.

— Quelle folie !

— Ma station météo a pété, juste avant, il y a eu plusieurs rafales enregistrées à 160 km/h. La pression remonte à peine, il y en a encore pour plusieurs heures, c'est certain !

— Rien ne peut tenir debout à cette vitesse !

— La bécane, tu vas devoir la sortir avant le printemps. Il va falloir couper tout ça et vite !

— Je m'en suis servi pour aller secourir une conductrice coincée sur la route.

— Ça va pas, non ? Avec ce temps, c'est super dangereux !

Elena, qui entendait la conversation, baissa la tête. Sébastien le remarqua.

— Elle est sacrément efficace en tout cas ! Reste à l'abri et conserve cette fréquence. Appelle-moi si tu as besoin d'aide.

— OK, toi aussi, fais gaffe. Tout le monde va bien à *La Pignada* ?

— Ma belle-mère est avec nous et le groupe est en marche. On attend.

— On se rappelle quand ça se sera calmé !

— À plus tard, Claude.

Sébastien raccrocha et se dirigea vers sa fille. Son corps ne tremblait plus, le comprimé avait fait son effet.

— Vous savez, je n'ai pas pris de risques inconsidérés pour venir vous secourir, dit-il à Elena. Claude, mon contremaître, exagère toujours un peu.

— Je crois que vous n'êtes pas venu me « secourir », mais me sauver plus exactement.

Je serais morte écrasée ou de peur dans cette voiture, c'est certain, assura-t-elle.

Sébastien haussa les épaules, et Elena poursuivit :

— Et d'ailleurs, comment saviez-vous que j'étais là ?

— J'étais en train de mettre l'abatteuse à l'abri lorsque j'ai aperçu la lumière de vos phares.

— Merci d'être venu à mon secours.

Gêné, Sébastien préféra se justifier :

— La bécane est toute neuve, c'était l'occasion de la tester. Et puis, la route n'est qu'à cinq cents mètres de la maison.

— Avec deux arbres en travers à découper.

— Pour arriver jusqu'à votre voiture, j'en avais déjà débité une dizaine.

Elena ne savait que dire.

— Alors... encore merci !

Éloïse interrompit leur conversation :

— J'ai l'impression que les rafales sont moins puissantes, ou je m'y habitue, enfin, façon de parler.

— Vous avez raison, fit Elena alors que Sébastien vérifiait la pression atmosphérique.

— Ça remonte, mais ça souffle encore très fort. Demain, ça va être difficile, les dégâts vont être impressionnants. J'espère qu'il n'y aura pas de victimes.

Tout à coup, Elena se rembrunit. Dans l'affolement de la situation, elle n'y avait pas pensé. Son fils et sa famille, peut-être leur était-il arrivé quelque chose ? Elle se précipita sur son sac à main et se saisit de son portable.

— Ce n'est même pas la peine d'essayer, les réseaux téléphoniques sont coupés, précisa Sébastien.

— Et vous, tout à l'heure, avec votre interlocuteur ?

— Ce sont des fréquences radio classiques. Si votre famille dispose d'un poste, on peut tenter.

— Je sais qu'ils en ont un à l'usine, mais chez eux, je ne pense pas.

Sébastien fronça les sourcils.

— À l'usine ?

— Oui, l'exploitation « La forestière Dejean ».

— Vous êtes de la famille Dejean ?

— Je suis la fille d'Hervé Dejean.

Le visage de Sébastien se ferma. Il s'approcha de la cheminée et attisa les braises. Elena, surprise de ce brusque changement de comportement, ne put cacher son étonnement.

— Quelque chose ne va pas ? demanda-t-elle.

Sébastien ne réagit pas. Éloïse préféra intervenir :

— Ça se calme un peu. Si quelqu'un a faim ou soif, n'hésitez pas ! Je ne supporte plus de rester sans rien faire, à attendre que cette folie cesse enfin.

Océane, allongée sur le canapé, fit signe à sa grand-mère de lui apporter un autre verre d'eau. L'effet du comprimé l'avait plongée dans un état de léthargie, elle s'exprimait lentement.

— Merci, mamie, fit-elle.

— Et toi, Sébastien, tu ne veux rien ?

— Non ! répondit-il sèchement.

Éloïse se dirigea vers Elena, qui, inquiète, lui demanda :

— Mais enfin, que se passe-t-il ?

Sans se retourner et fixant les flammes, Sébastien rétorqua :

— Rien, cette tempête énerve tout le monde !

La vieille dame effleura de sa main celle d'Elena et lui fit signe de ne pas y prêter attention.

— Vous n'avez pas faim ? Vous êtes sûre ?

— Faim... non, juste un peu d'eau, merci...

Elena ne savait quoi penser ni comment réagir. Que faisait-elle là ? Elle était à quelques kilomètres de sa famille, au beau milieu d'une tornade, entourée d'un homme qui l'avait sauvée et qui désormais l'ignorait, d'une adolescente apathique sous l'effet de médicaments et d'une grand-mère pleine de compassion à son égard.

Ce qu'ignorait Elena, c'est qu'elle avait prononcé le nom qu'il ne fallait pas dire : Dejean !

*

* *

Lorsque Sébastien avait pris la décision de s'installer à son compte, le père d'Elena venait de prendre la direction de l'entreprise familiale. La quasi-totalité des marchés revenait à « La forestière Dejean » qui, au fil des générations, s'était évertuée à racheter ou à ruiner les concurrents potentiels. Alors, voir un jeune homme obtenir la confiance de quelques propriétaires n'était pas supportable pour la puissante famille et son nouveau dirigeant. Hervé Dejean appliqua les bonnes vieilles méthodes d'intimidation qu'il avait apprises de son propre père et de son grand-père. Il ne s'en faisait pas ; il était certain que le nouvel entrepreneur rejoindrait bientôt la longue liste des exploitants qui avaient tenté de s'opposer au monopole Dejean. Mais après une saison, Sébastien avait su gagner la confiance de quelques sylviculteurs. Il avait compris qu'il ne fallait pas s'efforcer de convaincre les grosses exploitations, car les Dejean ne le supporteraient pas. Malgré cela, dès la première année, il fut la cible de toutes les attaques, d'abord discrètes, puis, devant son intransigeance et sa capacité à supporter la pression, plus sournoises : des pertes de matériel inexpliquées, des contrats signés qu'il perdait sans explication ni contrepartie. Sébastien encaissait et, patiemment, repartait de l'avant. Devant cette résistance inattendue, Hervé Dejean se déplaça en personne à *La Pignada* afin de proposer à Sébastien de racheter son activité avec, en prime, une coquette somme d'argent pour les locaux où il avait installé sa scierie. Le jeune homme refusa poliment, mais fermement, ce qui eut pour effet immédiat de déchaîner la colère du père d'Elena, qui multiplia les pressions de toutes sortes et fit de ce conflit une affaire personnelle. Mais de saison en saison, Sébastien continuait de tracer son chemin et engrangeait de nouveaux clients. Ce que n'avait pas su prévoir Hervé, c'était que Sébastien représentait une bouffée d'oxygène pour les propriétaires qui se lassaient de ce quasi-monopole. Avec Sébastien et son équipe, la gestion de leurs bois se faisait en parfaite harmonie, ce qui n'était plus le cas, depuis bien longtemps, avec « La forestière Dejean » qui conduisait l'ensemble des processus sans l'avis de qui que ce soit. Durant des années, la bataille fut rude. Sébastien crut à plusieurs reprises devoir déposer le bilan, mais ses clients continuaient à lui faire confiance et l'entreprise poursuivait sa croissance. Les coups bas ne cessaient de pleuvoir, mais Sébastien s'en inquiétait peu ; la santé financière de son activité lui permettait, désormais, d'encaisser largement le choc. Il s'en amusait même parfois avec ses ouvriers, lorsque le matin Claude découvrait les pneus d'engins crevés ou une parcelle dont les bornes avaient mystérieusement bougé de plusieurs mètres durant la nuit pour gagner quelques lignes de plantations à couper. Pour le jeune entrepreneur, ce comportement était ridicule, et il s'en accommodait largement.

Cette bataille cessa brusquement le jour du décès d'Amalia. Le rapport de police indiquait que l'épouse de Sébastien avait perdu le contrôle de son véhicule pour éviter une collision avec un animal sauvage. Mais des bûcherons travaillaient près du lieu de l'accident, et une débardeuse Dejean chargée de tonnes de bois avait croisé la route de la jeune mère. La voiture d'Amalia fut retrouvée dans le fossé à quelques centaines de mètres de la sortie du chemin d'où l'engin provenait. Curieusement, le lieutenant de gendarmerie ne crut pas utile d'interroger le conducteur de la débardeuse. Sébastien n'insista pas. Il venait de perdre celle qu'il aimait et, en plus de gérer sa peine, sa seule préoccupation était de protéger Océane pour la préserver de toute interférence extérieure qui renforcerait son chagrin et pourrait altérer son fragile état de santé. Ce n'est que quelques mois plus tard que le lieutenant de gendarmerie qui avait rédigé le procès-verbal avoua à Sébastien qu'Hervé Dejean était venu le voir pour plaider la cause de son chauffeur et le dédouaner de toute responsabilité. L'officier venait d'être muté dans la région et n'avait pas voulu faire de vagues. Personne ne saurait jamais si le père Dejean était intervenu pour faire taire des rumeurs qui auraient eu un impact défavorable sur ses affaires, ou si l'implication de son chauffeur était réelle. Sébastien fit le choix de ne pas relancer l'affaire ; à quoi bon, Amalia n'était plus là et aucun procès ne pourrait la faire revenir. Océane était son unique priorité.

Quant à Éloïse, à l'époque, elle avait fait son enquête et rencontré le chauffeur, qui lui avait juré n'être en rien responsable de la sortie de route de sa fille. Il lui avait dit avoir vu la voiture arriver à très vive allure et précisé qu'il avait alors attendu avant de s'engager sur la voie goudronnée. C'est à cet instant que, sans raison apparente, il avait vu le véhicule freiner violemment avant de glisser, se retourner et s'encastrer contre un arbre. Il avait tenté de secourir Amalia, mais il était déjà trop tard. Éloïse savait que cette version était la vérité. Une mère se trompe rarement lorsqu'il s'agit de son enfant. À de nombreuses reprises, elle avait craint qu'Amalia fasse une « bêtise ». La veille de l'accident, sa fille était passée la voir et avait évoqué, une nouvelle fois, cette culpabilité qu'elle traînait, qui la rongeait au plus profond de son être et qu'elle n'arrivait plus à supporter. Amalia avait plongé dans une sévère dépression. Elle se sentait responsable de la maladie de sa fille et rien ne pouvait atténuer ce poids qui, malgré les efforts de ses proches, lui était devenu insupportable. Lorsque, le soir, Éloïse fit part de son inquiétude à Armand, son mari, celui-ci lui assura que le temps apaiserait la souffrance de leur fille. Mais Éloïse savait... Alors, à quoi bon en vouloir à la famille Dejean et encore plus à Elena qui ne connaissait rien de cette histoire ?

Peu à peu, Éloïse avait fait son deuil. D'une certaine façon, elle respectait le choix de sa fille, même si elle avait laissé Océane et Sébastien seuls face à leur peine. Depuis le décès de son mari, Éloïse n'avait plus jamais évoqué le sujet avec qui que ce soit, et surtout pas avec Sébastien, de peur qu'il ne s'écroule. Océane avait besoin de lui. Éloïse savait qu'il se doutait de quelque chose, qu'il était conscient des zones d'ombre qui subsistaient autour de l'accident de sa femme, mais de là à admettre qu'Amalia avait décidé de les quitter… Sébastien avait besoin d'une autre explication pour supporter ce drame.

*
* *

Éloïse déposa un verre d'eau sur la table et s'assit à côté d'Elena.

— Vous êtes sûre, vous ne souhaitez rien manger ?

— Non, merci, vous êtes gentille, mais tant que je n'aurai pas eu de nouvelles de mon fils et de ma famille, je ne pourrai rien avaler.

— Je comprends. Demain, quand le mauvais temps sera derrière nous, vous pourrez vous rendre chez vous. Et votre fils, comment s'appelle-t-il ?

Elena sembla réfléchir un instant.

— Maxime, il se prénomme Maxime. Quelle étrange soirée…

— Effectivement, mais écoutez, le vent faiblit. Je crois que nous avons passé le plus difficile.

Elena ne put cacher son étonnement :

— Vous êtes d'un calme surprenant. Nous sommes quatre dans cette pièce et vous êtes la seule à maîtriser les événements, vous prenez soin de chacun.

Éloïse poussa un soupir.

— Je fais ce que je peux, je protège ma petite-fille qui…

Elle hésita avant de poursuivre :

— J'aide son père autant que je le peux, mais je vieillis. Ce n'est pas toujours facile.

Sébastien s'était absenté pour contrôler le bon fonctionnement du groupe électrogène. Océane avait les yeux fermés, elle paraissait dormir.

— Je peux me permettre de vous demander quelque chose ? fit Elena.

— Bien sûr !

— Je ne comprends pas le changement de comportement de votre gendre. C'est de ma faute ?

— Vous savez, Sébastien est également exploitant forestier, comme votre famille, alors parfois, il y a des tensions, mais rien de grave, ne vous inquiétez pas.

Elena insista, son caractère direct s'imposa.

— Au point de ne plus rien dire ?

Éloïse haussa les épaules.

— Chacun vit les événements comme il le peut…

— Tout est vraiment bizarre ce soir, j'ai l'impression d'être dans un mauvais rêve depuis mon arrivée à l'aéroport.

— C'est un cauchemar pour tout le monde ! confirma Éloïse.

Sébastien, qui était revenu dans la pièce, s'adressa à sa belle-mère :

— Les bourrasques se sont calmées, la maison a tenu, mais le toit de la grange s'est envolé sur tout le côté ouest. Les ravages dans les forêts doivent être… Nous verrons demain. Je vais monter Océane dans sa chambre, elle ne risque plus rien. Je resterai avec elle cette nuit. Je redescends, je dois recontacter Claude.

Il s'approcha du canapé, passa un bras derrière le cou d'Océane et l'autre sous ses genoux, et monta lentement les marches. Elena s'étonna de ce comportement bien trop protecteur, selon elle, compte tenu de l'âge de la jeune fille.

— Votre petite-fille a des problèmes de santé ?

Éloïse se raidit.

— Et pourquoi donc ?

Elena se rendit compte de sa bourde.

— Désolée, ça ne me regarde pas.

— Elle est… fatiguée et sensible, rétorqua la grand-mère.

— Ah… d'accord, bien sûr, nous sommes tous épuisés.

Éloïse jeta un coup d'œil vers la pendule. Sébastien venait de redescendre sans croiser le regard d'Elena qui le fixait, interrogative.

— Elle dort, je remonterai plus tard.

— Très bien. Tu as vu, il est déjà vingt-trois heures, lui fit remarquer sa belle-mère.

— Oui, la tempête est désormais derrière nous. Vous restez ici cette nuit ?

— Non, je vais attendre encore un peu et rentrer chez moi avec Elena, j'ai de la place. Et puis tu n'es pas loin, s'il y a un problème.

— C'est mieux ! dit Sébastien d'un ton sec en se dirigeant vers sa radio pour tenter de joindre son contremaître.

Elena accusa le coup et s'adressa à Éloïse alors que Sébastien discutait déjà avec Claude :

— Au moins, c'est clair ! Il est toujours comme ça ?

— Que voulez-vous dire ?

— Un peu… bourru.

Éloïse changea de conversation :

— Je suppose que vos bagages sont restés dans votre véhicule. Ce n'est pas grave, pour une nuit, j'ai ce qu'il faut chez moi.

Elena confirma d'un hochement de tête, le regard toujours fixé sur Sébastien. Elle n'arrivait pas à cerner cet homme. Éloïse rapporta de la cuisine une miche de pain, des couverts et une terrine de foie de canard.

— Je ne sais pas vous, mais moi, maintenant, j'ai faim !

Elle remarqua qu'Elena ne quittait pas son gendre des yeux.

— Ne le jugez pas trop vite…

— Je ne le juge pas, j'essaie de comprendre.

— Je ne suis pas sûre qu'il y ait quoi que ce soit à comprendre… Prenez donc un morceau de pain au moins.

Elena s'exécuta et posa maladroitement une question qui glaça Éloïse :

— Peut-être s'inquiète-t-il pour sa femme, elle est absente ?

Un long moment de silence s'imposa. Sébastien, occupé à lister les premiers dégâts avec Claude, n'avait pas entendu la remarque d'Elena.

Éloïse poursuivit :

— Vous savez, je n'en étais pas sûre lorsque vous êtes entrée dans la maison, mais maintenant que je sais qui vous êtes, je me souviens de vous lorsque vous étiez à l'école. Vous êtes partie il y a longtemps de Lescot !

— Effectivement, j'ai quitté ma famille après le bac. J'ai fait mes études, puis j'ai travaillé à Paris avant de rejoindre Londres.

— Je crois ne jamais vous avoir revue depuis, le temps passe…

— Je ne reviens pas souvent, fit Elena.

— Alors, c'est normal… que vous ne sachiez pas.

— Quoi donc ? s'étonna-t-elle.

— Amalia, ma fille, la femme de Sébastien, nous a… quittés il y a quatre ans.

4

Laissons-nous porter

Il y aura des certitudes et des doutes, des espoirs et des renoncements, de l'amour et de la haine.

Les rires succéderont aux pleurs, le bleu du ciel aux pluies d'orage. Les pires souffrances laisseront la place aux caresses les plus douces.

C'est ainsi, nous n'y pouvons rien, nous sommes ballottés par le cycle de l'existence.

À quoi bon essayer de contrôler un futur qui, de toute façon, nous échappera ? Alors, laissons-nous porter, les peines n'en seront que plus supportables.

*
* *

Allongé sur le canapé dans la chambre de sa fille, Sébastien avait très peu dormi cette nuit-là. Il s'était assoupi vers trois heures du matin, quand la tempête avait enfin délivré ses dernières colères. Lorsqu'il ouvrit les yeux, le jour n'était pas encore levé ; seule la lumière de la pleine lune descendante éclairait faiblement la pièce à travers les persiennes. Il remarqua, sur le sol, le journal intime de sa fille où, depuis le décès de sa mère, elle consignait ses états d'âme. Il le prit pour le déposer sur le bureau, lorsque son attention fut captée par un simple mot : « maman ». Il pensa à Amalia. Il ne put se retenir et lut ce qu'Océane y avait noté la veille au soir : *« J'ai peur, tellement peur, suis-je condamnée à vivre éternellement dans la crainte du lendemain ? Quelques rêves à vivre… Maman, tu me manques. »* Les yeux de Sébastien s'embrumèrent et une immense nostalgie l'envahit. Il déposa le carnet et prit garde de ne pas faire de bruit lorsqu'il descendit l'escalier. Quelques braises scintillaient encore dans la cheminée. Il s'empressa de réalimenter le foyer ; il avait éteint le groupe électrogène lorsqu'il était monté se coucher. Il enfila sa parka, releva son col et attrapa la lampe torche et le talkie-walkie sur le meuble de l'entrée. Lorsqu'il posa sa main sur le loquet de la porte, son ventre se noua. Il craignait de découvrir les conséquences désastreuses de cette nuit d'apocalypse. Au-dehors, le ciel était parsemé de nuages qui, par intermittence, estompaient la blancheur de la lune. Le sol était jonché de petites branches et d'amas d'aiguilles de pin. Il se dirigea vers le hangar. La partie ouest du toit n'était plus qu'un trou béant, les plaques de fibrociment n'avaient pas résisté à la puissance des éléments et s'étaient envolées pour se fracasser au sol, dans le pré en contrebas. Il fit le tour des habitations. Le support de l'antenne de télévision avait été arraché de la cheminée, mais il fut rassuré de ne découvrir aucun autre dommage apparent sur les bâtiments. Le jour pointait à l'horizon. En sortant de la cour, Sébastien fut saisi de stupeur ; ce qu'il voyait dépassait ses prévisions les plus pessimistes. Il ne reconnaissait plus rien, le paysage avait changé. Aussi loin que portait son regard, la désolation régnait en maître. Les parcelles situées en direction de l'océan avaient subi les assauts les plus violents. Seuls quelques arbres étaient encore debout, comme des âmes égarées au milieu de nulle part ; tous les autres étaient à terre, soit cassés net, soit déracinés et enchevêtrés les uns dans les autres. Sébastien resta figé un long moment jusqu'à ce que son talkie-walkie le sorte de sa torpeur.

— Allô ? Claude à l'appareil !

Sébastien ne réagit pas tout de suite. Son contremaître réitéra son appel :

— Tu m'entends ?

— Je suis en ligne, bafouilla Sébastien.

— Tu as vu ça ? Putain, quel désastre !

— Ce que je vois est… inimaginable.

Claude ne fit que confirmer les propos de son patron :

— J'ai tenté de prendre le tracteur pour aller faire un premier bilan, je ne peux passer nulle part.

— Tu n'as rien, toi, au moins ? Et ta famille ?

— Ça va, ça va, la maison a résisté. Ma femme est terrorisée, mais on est entiers, c'est le principal !

— Tu as des nouvelles des collègues ?

— Chez Lionel, un arbre a éventré la grange… Le grand-père était dessous. Les pompiers sont sur place, ils ont pu se frayer un chemin après deux heures de boulot. Il paraît qu'il y a peu d'espoir.

Sébastien grimaça.

— Fait chier ! Je suis sûr qu'il y aura d'autres victimes.

— C'est à craindre, répondit Claude, fataliste.

— Et à la scierie, tu crois qu'il y a de la casse ? s'enquit Sébastien.

— Au moins, aucun arbre ne peut tomber sur les bâtiments. Par contre, là-haut, quand ça souffle…

— Bon, on verra ça, je te laisse. À plus tard, Claude.

— On se tient au courant.

— OK, ça marche.

Le jour était désormais totalement levé. Sébastien, une nouvelle fois, balaya lentement le paysage du regard, comme pour s'assurer qu'il ne s'agissait pas d'un mauvais rêve. Il se dirigea vers la route où, la veille au soir, il avait secouru Elena. En passant devant chez lui, il vérifia qu'Océane n'était pas encore descendue. Sébastien marchait lentement et dut, à plusieurs reprises, enjamber des troncs qui s'étaient écrasés au sol, en travers du chemin. À mesure qu'il progressait, il constatait que les destructions, même si elles étaient significatives, étaient moins importantes que celles qu'il venait de découvrir en direction de l'océan. Les parcelles situées en première ligne avaient servi de protection pour celles qui se trouvaient plus à l'intérieur des terres. Lorsque, enfin, il arriva au niveau de la voiture de location, le goudron n'était plus visible. Le sol était tapissé de branchages et d'aiguilles qui formaient une épaisse couche recouvrant même une partie du toit et du capot du véhicule. Sébastien s'efforça d'ouvrir le coffre afin de récupérer les bagages d'Elena, mais la serrure était coincée. À force d'insister, il débloqua la fermeture d'une des portes arrière et, après avoir basculé la banquette, saisit les deux sacs de voyage dans le coffre. Les dégâts sur la voiture étaient considérables ; la pluie s'était introduite toute la nuit par la vitre brisée, les sièges avant étaient gorgés d'eau. Les branchages qui s'étaient fracassés contre la tôle avaient détérioré la carrosserie. Dépité, Sébastien balança un des sacs sur son dos et, l'autre sac à la main, il prit le chemin de *La Pignada*.

Lorsqu'il arriva dans la cour, il aperçut, à travers la fenêtre de la cuisine de sa belle-mère, le scintillement de la flamme de la lampe à pétrole. Il toqua à la porte et déposa les sacs sur le rebord de la fenêtre.

— Bonjour, Sébastien, fit Éloïse d'une voix lasse.

— Vous avez pu vous reposer un peu ?

— Je me suis allongée, c'est déjà ça. Et toi ?

— J'ai dû plonger deux ou trois heures, je crois.

— Et la petite, elle dort toujours ?

— Depuis qu'elle s'est couchée. Ce comprimé l'assomme, mais bon... c'est mieux ainsi.

— C'est préférable à une crise au beau milieu d'une nuit comme on a vécu. Et puis, c'est ponctuel.

— Sans doute, mais à son âge...

Le silence s'imposa un instant avant qu'Éloïse change de conversation :

— Je viens de faire un tour dehors. C'est désolant ! Je n'ai jamais rien vu de tel.

— Effectivement ! Il va falloir gérer les choses les unes après les autres. Je ne sais pas encore quelles sont les priorités. Je vais remettre le groupe en route, nous pourrons au moins déjeuner chaud. Océane ne devrait plus tarder à se lever.

— Tu peux me faire passer les sacs que tu as déposés, s'il te plaît ?

Sébastien fit glisser les bagages sur le sol de la cuisine. Éloïse savait que son gendre ne demanderait aucune nouvelle d'Elena.

— J'attends... qu'elle se réveille et nous vous rejoignons.

Le visage de Sébastien se ferma.

— Elle dort ? Elle a bien de la chance ! ironisa-t-il.

Éloïse tenta d'apaiser la rage intérieure de son gendre :

— Je l'ai entendue tourner et virer dans son lit jusqu'à quatre heures du matin.

— Comme tout le monde ! rétorqua-t-il.

Éloïse préféra ne pas insister. Sébastien avait beaucoup à faire, et ce n'était pas le moment de parler d'un sujet bien trop douloureux. Plus tard, peut-être.

Éloïse avait à peine refermé sa porte qu'elle vit Elena sortir du couloir. Cette dernière offrit un léger sourire à son hôtesse avant de s'asseoir, les coudes sur la table et la tête entre les mains.

— Je m'inquiète pour mon fils ! expliqua-t-elle. Mon portable ne passe pas, j'ai tenté de joindre ma famille à de multiples reprises. Rien, les appels n'aboutissent pas.

Éloïse posa sa main sur l'épaule d'Elena.

— Même si les destructions extérieures sont considérables, à l'abri d'une maison, il y a peu de risques qu'il se soit passé quelque chose de fâcheux, ayez confiance !

Elena leva enfin la tête et, devant le regard bienveillant de la vieille dame, elle pensa à ce qu'elle lui avait confié quelques heures auparavant et s'interrogea : avait-elle le droit de s'inquiéter pour son fils alors que cette femme qui était là, en train de la rassurer, avait perdu sa fille ? Elle se sentit gênée.

— Je suis désolée.

— Et de quoi donc ? Vous n'êtes pas responsable de la fureur d'une tornade.

— Je ne... parlais pas de ça...

Une larme glissa sur la joue d'Éloïse.

— Là aussi, vous n'y êtes pour rien. C'est la vie..., paraît-il.

Elle se reprit rapidement et poursuivit :

— Allons, on nous attend pour le petit déjeuner. Si vous souhaitez vous débarbouiller un peu avant, allez-y.

Elena ne savait pas comment Sébastien allait réagir vu son brusque changement de comportement de la veille au soir.

— Je… ne sais pas si c'est une bonne idée.

— Si, c'est une très bonne idée ! assura Éloïse. Après ce que nous venons de vivre, nous avons besoin de reprendre des forces !

— Mais, votre gendre…

— Ne vous en faites pas. Il est fatigué, épuisé même, et une fois de plus, ne lui en voulez pas trop.

— Je ne lui en veux pas, il m'a sauvé la vie. Je n'ai pas compris son attitude, voilà tout !

— Comme je vous l'ai dit…

La réaction d'Elena fut brutale :

— Je suis une Dejean ! Et alors ? Ne plus faire attention à moi juste pour des chamailleries entre deux familles, allons, ce n'est pas sérieux !

Éloïse avala sa salive avant de répliquer :

— D'abord, il n'a pas à faire attention à vous ! Et pour ce qui est des « chamailleries », dès que vous aurez retrouvé votre famille, vous devriez leur poser la question, c'est un peu compliqué, heureusement que les jeunes générations…

Éloïse ne termina pas sa phrase.

— Que voulez-vous dire ?

— Rien… Dépêchons-nous, mon gendre a beaucoup à faire et je ne veux pas le retarder.

— Bien sûr, fit Elena avant de filer dans la salle de bains.

Elle se passa un gant d'eau fraîche sur le visage et noua ses cheveux en queue-de-cheval pendant qu'Éloïse posait ses bagages sur le lit de la chambre. Elena ne supportait pas de porter ses habits de la veille, mais elle préféra ne pas faire attendre la vieille dame.

— Vous voyez, même s'il est parfois difficile à cerner, Sébastien est un brave homme. Après vous avoir secourue, il a aussi sauvé vos bagages, dit fermement Éloïse. Et maintenant, allons-y, fit-elle d'un ton plus apaisé en ouvrant la porte d'entrée.

Sur un cadre photo posé sur un des meubles de la cuisine, Elena reconnut Sébastien, à côté d'une jeune femme mince et élégante. Son regard croisa celui d'Éloïse qui ne montra aucune réaction.

— Allons-y, répéta-t-elle.

Les deux femmes traversèrent la cour, accompagnées du ronronnement du moteur du groupe électrogène. Elena ne put cacher son désarroi lorsqu'elle découvrit les destructions dans les forêts aux alentours de *La Pignada*. Elle fixa Éloïse comme si elle attendait une explication. La vieille femme hocha la tête et l'invita à entrer chez Sébastien qui préparait le café.

— Laisse-moi faire, va donc t'asseoir, fit Éloïse.

Son gendre s'exécuta ; lorsqu'il passa à côté d'Elena, il murmura un presque inaudible « Bonjour ».

— Bonjour, et merci, fit-elle simplement, debout au beau milieu de la pièce.

Éloïse n'avait aucune envie que l'ambiance pesante de la veille perdure et vienne s'ajouter aux multiples problèmes qui n'allaient pas cesser de s'accumuler tout au long de la journée. L'urgence n'était pas d'exprimer des ressentiments et des incompréhensions. Elle prit avec autorité les choses en main.

— Asseyez-vous donc ! Vous préférez du thé ou du café ?

— Du café, merci. Ça sent très bon.

Elena, les yeux rivés sur la table, n'osait pas croiser le regard de Sébastien. Éloïse poursuivit :

— Elena est ravie que tu aies pu récupérer ses bagages, n'est-ce pas ?

— Je vous remercie, je ne pensais pas les retrouver intacts.

— De rien. À l'abri dans le coffre, c'est normal, marmonna-t-il.

Elena releva enfin la tête.

— Et la voiture, je suppose qu'elle est dans un sale état ?

Sébastien triturait son talkie-walkie, à la recherche d'un canal qui émettrait.

— L'avant est inondé et la carrosserie est sacrément dégradée.

— J'appellerai la société de location, les assurances sont là pour ça. Ils viendront la récupérer ! lança-t-elle.

Sébastien soupira ; la remarque d'Elena le fit réagir :

— Oui, quand les autres auront bossé pour qu'ils puissent emprunter les routes ! Et vous allez les contacter comment ?

Malgré l'agacement de Sébastien, Elena poursuivit son idée :

— Il me faut absolument une voiture, comment vais-je faire pour rejoindre ma famille ? Je m'inquiète pour mon fils !

À cet instant, Océane descendit l'escalier d'un pas lent. Son visage paraissait reposé. Elle s'approcha de son père et l'embrassa. Instantanément, la voix de Sébastien s'adoucit :

— Comment vas-tu ?

— Ça va, j'ai dormi comme une masse. Ça a duré encore longtemps cette nuit ? demanda-t-elle en se frottant les yeux.

— Les vents ont perdu de l'intensité vers vingt-trois heures pour s'arrêter vers deux heures du matin, précisa sa grand-mère. Viens donc m'embrasser, ma petite.

Océane s'approcha. Éloïse l'enserra de ses bras.

— Mamie, je t'ai déjà dit de ne plus m'appeler « ma petite » ! Je n'ai plus trois ans… juste quatorze.

Sébastien regarda sa fille ; elle grandissait, son corps se transformait et devenait, peu à peu, celui d'une femme. Océane ressemblait de plus en plus à sa mère, la même silhouette longiligne, le même teint pâle qui contrastait avec le brun de ses cheveux et le vert de ses yeux. À quoi pensait-il à cet instant ? Sans doute à cette crainte de l'avenir qui le tiraillait.

Comment Océane allait-elle gérer sa maladie et cette vie d'adulte qui pointait le bout de son nez ? Quatorze ans ! L'âge où l'on s'autorise les espoirs les plus fous, l'âge où les doutes sont aussi puissants que les rêves. Allait-elle pouvoir y faire face ? Quelle place réserverait-elle à son père ? Lui qui, depuis sa naissance, et encore plus depuis la disparition d'Amalia, organisait son existence autour de son seul bien-être.

— Oui…, ma petite.

— Tu m'énerves, mamie !

— Allez, va donc t'asseoir, et commence à te servir, ton chocolat est bientôt prêt.

Avant de s'installer, Océane s'approcha d'Elena et lui tendit sa joue. D'abord surprise, cette dernière eut un mouvement de recul puis embrassa l'adolescente et en fut particulièrement émue. Sébastien ne paraissait pas contrarié par l'initiative de sa fille.

— Tu as l'air en pleine forme ? s'autorisa Elena.

— Ça va. Hier soir, j'ai eu si peur, mais tout s'est bien passé.

Elena comprit tout de suite qu'Océane ne faisait pas allusion à la tempête, mais à sa maladie. Elle pensa à Maxime.

— Tu as à peu près le même âge que mon fils.

— Et il n'est pas avec toi ? s'étonna Océane tandis que sa grand-mère les rejoignait autour de la table.

— Ne sois pas indiscrète ! intervint Sébastien.

— Il n'y a rien d'indiscret, précisa Elena.

— Alors ? insista Océane.

— Il est chez ses grands-parents. Je rejoignais ma famille pour quelques jours quand j'ai été bloquée. J'espère pouvoir les retrouver le plus tôt possible. Je n'arrive pas à les joindre avec mon portable. Habituellement, je capte à peu près partout, mais là, il n'y a aucun réseau.

— Waouh, un portable ! Tu as trop de chance, c'est rare ! fit Océane en écarquillant les yeux.

— C'est pour le travail, tu sais, je dois être joignable n'importe quand et n'importe où.

La jeune fille ne put cacher sa curiosité :

— Ben, tu fais quoi comme boulot pour ne pas être tranquille une seconde ?

— Océane, arrête, s'il te plaît ! lui ordonna son père.

— Laissez-la, il n'y a rien d'indiscret. Je travaille à Londres, pour une banque suisse.

— Et alors, elle ne ferme jamais, ta banque ?

Elena se mit à rire.

— Excuse-moi ! Tu vois, tu réussis à mettre un peu de bonne humeur. Bien sûr que si, les agences de la banque ont des horaires d'ouverture. Je travaille à la City, où j'ai la charge de faire fructifier les placements de clients fortunés. Je dois donc, avec mon équipe, surveiller les marchés dans le monde entier pour calculer des bénéfices-risques afin d'investir au bon moment.

— Trop classe, la City. La prof d'anglais nous en a parlé au collège. On a fait un cours sur les dangers du bug informatique de l'an 2000.

— Ah, je l'avais oublié celui-là, soupira Elena. Des sommes colossales sont en jeu. J'espère que rien de fâcheux ne va se passer et que d'ici à la nuit du réveillon, les réseaux seront de nouveaux opérationnels, ou au moins ma messagerie électronique.

— C'est cool, tu parles anglais couramment alors ?

— Bien sûr, Maxime également. Il vit avec moi à Londres depuis que je me suis installée en Angleterre.

— Tu entends, papa, c'est trop la classe !

Embarrassée par la remarque d'Océane, Elena plongea son regard au fond de son bol. Un moment de silence s'imposa avant que Sébastien réagisse :

— Je ne sais pas si vous aurez votre « bug ». Pour nous, c'est sûr, il est passé avec quelques jours d'avance, nous n'avons plus besoin de calculer de « bénéfices-risques ». Et même en travaillant vingt-quatre heures sur vingt-quatre, ce n'est pas avec un portable ou un ordinateur que nous allons le régler ! Et pour les réseaux, ici, on ne résout pas un problème d'un clic de souris. C'est d'abord l'homme, avec ses bras, qui fait le boulot !

Elena n'osa rien dire. Éloïse chercha à capter son regard. Lorsque, enfin, elle put lui faire un signe, elle la rassura d'un sourire appuyé avant de prendre part à la conversation :

— C'est certain, les hommes et les machines ne vont pas manquer de travail, mais chacun son métier. Le vôtre est différent, c'est tout.

— Bien sûr, chuchota Elena. Mais je connais aussi un peu le travail du… bois.

Sébastien, qui savait qu'il était allé trop loin, préféra se contenir.

— Pourtant, vous êtes partie d'ici.

— À dix-huit ans pour mes études, cela fait vingt ans !

Océane, qui se levait pour aller à la salle de bains, s'étonna une nouvelle fois :

— Tu es d'ici alors, ta famille aussi ?

— Comme je te l'ai dit tout à l'heure, je rentrais les voir.

— Tu aurais pu être juste de passage, en vacances. Tu es d'où ?

Elena se racla la gorge et marmonna d'une voix presque inaudible :

— Je suis Elena Dejean… La… forestière, à Lescot.

— OK. C'est bien, alors on est voisins. Allez, je monte me débarbouiller, à l'eau froide, je suppose, papa ?

Le père sourit à sa fille et lui précisa que sa douche allait être à peine tiède.

Elena était touchée par le naturel et la simplicité de cette jeune fille. Ses questions étaient certes directes, mais elles ne paraissaient pas dictées par une curiosité mal placée. Elena était cependant surprise par la dualité qui régnait chez elle : son comportement révélait une réelle maturité et, en même temps, une immense fragilité paraissait l'envahir parfois. Elena se livra à quelques confidences inattendues :

— Elle est attachante, fit-elle, le regard toujours fixé vers le haut de l'escalier. Maxime est quelquefois plus… difficile. Il ne me pardonne pas de l'avoir arraché à sa vie parisienne lorsque j'ai accepté le poste à Londres.

Éloïse se permit une remarque d'une affligeante banalité, dans le but de rompre ce monologue qu'elle savait gênant pour son gendre qui n'aimait guère l'étalage des états d'âme :

— Tous les enfants sont différents.

Elena acquiesça d'un signe de tête et poursuivit :

— Il ne voit son père que très rarement. Ce n'est pas facile, il vit à Paris. En tant que parent, on pense bien faire, dit-elle en s'adressant à Sébastien, mais on se trompe… souvent. Maxime a le même âge qu'Océane, quatorze ans…

Tout à coup, Elena se tut. Elle venait de prendre conscience du trouble qui s'était installé. Elle s'excusa :

— Désolée, la fatigue sans doute.

Sébastien triturait le fond de sa tasse avec sa cuillère. Éloïse savait que les paroles d'Elena l'avaient touché, mais elle fut étonnée qu'il s'exprime, car il n'était pas homme à se confier.

— Je ne sais pas si on se trompe, on fait ce qu'on peut avec ce qu'ils nous offrent. Car un enfant, quel qu'il soit, quels que soient ses handicaps et ses forces, c'est d'abord un cadeau…

Éloïse commença à débarrasser la table. Cela faisait tellement longtemps qu'elle n'avait plus entendu Sébastien parler de la sorte qu'elle préféra ne pas réagir.

— C'est beau, ce que vous dites, lâcha Elena.

Sébastien haussa les épaules.

— Je ne sais pas, c'est la vérité, voilà tout !

— Océane vous ressemble beaucoup...

Elena se souvint de la photo et se reprit :

— Les mêmes attitudes et le même caractère, semble-t-il – elle hésita –, assez mystérieux.

— Vous décodez peut-être les gens un peu vite. À vivre seuls tous les deux, nous avons pris nos habitudes. Le temps a fait son œuvre. Avec votre fils, je suppose que ce doit être pareil ?

— Je ne sais pas, nous nous disputons souvent.

— Une forme d'attachement, assura Sébastien.

— Vous aussi, vous jugez rapidement.

— Vous avez sans doute raison.

Elena ne quittait plus Sébastien du regard. Le mystère qui auréolait cet homme ne faisait que se renforcer. Elena sentait chez lui la même dualité que chez sa fille : une grande force et une profonde faiblesse. Elle se surprit à le détailler. Sa chevelure châtain clair, bouclée, lui tombait sur les épaules et éclairait son visage mal rasé et tanné par le soleil, le froid et les embruns océaniques. Ses joues étaient creusées, une barbe de trois jours trahissait un homme qui prenait peu soin de son apparence. Elena pensa qu'il devait avoir, à quelques années près, le même âge qu'elle. Il était d'une haute stature et très sec, presque maigre. Sébastien se leva et reprit son talkie-walkie. Il chercha à joindre Claude, sans succès. France Bleu Landes qui, depuis le matin, servait de relais d'information et d'entraide pour les sinistrés, diffusait la longue liste des messages personnels.

Sébastien ne relança pas la conversation ; dehors, beaucoup de travail l'attendait.

— Bon, je vais d'abord dégager le chemin jusqu'à la route. La nouvelle machine va servir plus tôt que prévu. Après, on décidera des autres priorités à traiter.

— Je vais laisser la radio allumée, on ne sait jamais, fit Éloïse.

Sébastien avait déjà la main sur le loquet de la porte lorsque Elena l'interpella.

— Vous pensez qu'avec votre talkie-walkie, vous pouvez essayer de contacter... mon fils chez ses grands-parents ?

Sébastien resta immobile un instant avant de se retourner.

— Votre fils, non, mais la société Dejean, c'est déjà fait... Aucune réponse.

Elena n'en croyait pas ses oreilles. Elle se mit à bafouiller :

— Ah bon, euh... merci. Enfin, comment avez-vous pu ?

— Peu importe. Je renouvellerai ma tentative plus tard. Et, dès que la route ou les chemins jusqu'à Lescot seront dégagés, je vous y conduirai.

— Je ne sais pas quoi vous dire.

— Ne dites rien, je n'ai encore rien fait !

Elena n'en revenait pas. Comment cet homme qui, la veille au soir, avait décidé de ne plus lui parler pouvait-il de nouveau lui proposer son aide ?

— Mais je croyais que… Dejean… enfin…

Éloïse intervint :

— Je lui ai dit que nos deux familles avaient quelques… tensions.

Sébastien eut un sourire crispé et reprit sa posture rigide et fermée.

— On peut dire ça comme ça. Mais ici, ce sont les hommes qui passent en premier, sans l'aide de portables ou d'ordinateurs.

— Merci !

— Je vous ai déjà dit de ne pas me remercier, je n'ai rien fait. Je dois y aller, la pluie vient de cesser et quelques éclaircies ont fait leur apparition ; le chemin ne va pas se dégager tout seul.

Il sortit en claquant la porte.

Elena était complètement déboussolée ; elle se tourna vers Éloïse, à la recherche d'une explication.

— Vous désirez un autre café ? Il en reste encore un peu, lui proposa la grand-mère.

— Avec plaisir. Si je peux me permettre, je dois en penser quoi de tout ça ?

— Que voulez-vous dire par « tout ça » ?

Elena s'installa près du feu et but une première gorgée. Elle enserra la tasse pour se réchauffer les mains.

— Votre gendre est très énigmatique. Pourquoi tente-t-il de m'aider si son ressentiment envers ma famille est si fort ?

— Que voulez-vous que je vous dise ? fit Éloïse. C'est un homme profondément bon, que la vie a sacrément cabossé. Il a, seul, la responsabilité de sa fille et de la coopérative, alors quelquefois il s'enferme dans son monde. Et là, personne ne peut l'en extraire. C'est une forme de protection.

Tout à coup, la voix d'Océane se fit entendre :

— Je suis gelée, c'est des glaçons qui coulent !

— Tu n'exagères pas un peu ? Il doit quand même rester un peu d'eau chaude dans le cumulus, rétorqua sa grand-mère.

Océane ne répondit pas et s'adressa à Elena :

— Papa est parti ?

— Oui, si j'ai bien compris, il souhaite d'abord dégager l'accès jusqu'à la route.

— OK, tu entends ce bruit ? D'habitude, ça me rassure, mais là, il y en a partout, c'est angoissant.

— Quel bruit ? demanda Elena.

— Les tronçonneuses !

— Et c'est un bruit qui te rassure ?

— Oui, confirma Océane. Tu n'as jamais senti cette odeur de résine de pin, après une coupe ? C'est apaisant…

— Je ne m'en souviens plus. Je devais avoir dix-sept ans la dernière fois que j'ai accompagné mon père dans les bois, avoua Elena avec nostalgie.

— Tu sais, quand maman était encore là, elle m'emmenait tout le temps me balader. C'est elle qui m'a appris à aimer la forêt, ses bruits et ses odeurs. On rejoignait souvent papa sur les chantiers, c'était bien…

Le regard de la jeune fille se perdit dans les flammes tandis que sa grand-mère lui tendait un verre d'eau et des comprimés.

— Tu sais que tu dois les prendre à heures fixes, et il est déjà tard.

— Merci, mamie, dit-elle simplement avant d'avaler le tout d'un geste lent.

Elena n'osait poser aucune question, mais elle s'étonnait qu'une jeune adolescente soit déjà contrainte de prendre un traitement en continu. Océane lui lança un regard triste.

— Tu es surprise ? Hier soir, ce matin.

— Non…

Éloïse faisait la vaisselle du petit déjeuner, tout en écoutant sa petite-fille.

— Ça fait si longtemps, des années, matin et soir, surtout ne jamais interrompre le traitement. Et si un événement qui peut déclencher une crise se produit, comme hier soir avec la tempête, il faut que je prenne quelque chose de plus fort, qui m'assomme… Et ce sera ainsi toute ma vie. Ton fils, je suis sûre qu'il ne doit pas s'intoxiquer comme moi !

— Effectivement, il est en pleine forme.

À peine avait-elle terminé sa phrase qu'Elena se rendit compte de sa maladresse et se reprit :

— Excuse-moi, je ne voulais pas dire…

— Ce n'est pas grave, fit Océane.

— Si je peux me permettre, de quoi souffres-tu ?

— Je suis épileptique ! répondit Océane sans hésitation.

Elena s'autorisa un instant de réflexion.

— Ah ? Je ne sais pas trop ce que c'est... Le principal, c'est qu'un médicament te soulage.

— Tu vois, c'est ça le problème, personne ne sait trop ce que c'est, alors on me regarde parfois comme une bête curieuse et on m'évite. Certains, qui ont pu assister à une crise, me prennent pour une folle ou une envoûtée. Oui, une envoûtée ! On m'a même dit ça une fois. Moi, je n'ai envie que d'une chose : vivre ma vie et qu'on me considère comme une personne normale. Mais c'est loin d'être le cas.

Une fois de plus, Elena se sentit démunie et ne sut réconforter la jeune fille comme elle l'aurait souhaité.

— Ce doit être difficile à vivre.

Océane préféra s'adresser à sa grand-mère :

— J'espère que rien de grave n'est arrivé chez Aude, la maison de ses parents est située en pleine forêt.

— Ne t'inquiète pas. Dans la journée, nous aurons des nouvelles rassurantes de tout le monde. Du moins, je l'espère...

— Tu as raison. Je monte ranger ma chambre.

— À tout à l'heure..., ma petite.

— Mamie ! Non ! rétorqua Océane dans un grand éclat de rire, avant de disparaître dans l'escalier.

Une fois de plus, Elena était frappée par la maturité de la jeune fille. Océane avait le même âge que Maxime, mais elle paraissait tellement plus adulte.

— Votre petite-fille fait preuve de beaucoup de courage, je ne sais pas si mon fils réagirait aussi bien, dit-elle à Éloïse.

— Elle n'a pas le choix.

— Elle me touche, elle est attachante. On a envie de la protéger.

— C'est ce que fait son père depuis toujours, et en particulier depuis…, quatre ans.

Les deux femmes essuyèrent la vaisselle ; ni l'une ni l'autre ne ressentaient le besoin de parler. Puis Elena regagna la maison d'Éloïse afin de profiter de la salle de bains. Elle allait enfin pouvoir se changer.

Malgré l'eau à peine tiède, elle prit une longue douche et se frotta vigoureusement. Elle s'habilla d'un jean, d'un tee-shirt, d'un pull épais, et enfila sa paire de baskets. Elle laissa ses cheveux bruns détachés. Elle qui d'habitude passait près de vingt minutes à se maquiller laissa son visage à l'état naturel.

Elle revint dans la chambre pour ranger ses affaires, s'assit sur le lit et essaya, une énième fois, de joindre son fils et ses parents. Une énième fois, elle n'eut qu'un signal de dérangement.

5

Les souvenirs

Les souvenirs, c'est en même temps ce qu'il y a de plus doux et de plus angoissant. Ils nous permettent d'avancer et de construire notre avenir, mais aussi nous sclérosent lorsqu'ils sont trop pesants.

Les souvenirs ne changent pas, contrairement à nous qui, chaque jour, évoluons.

Alors que faire ? Nous contenter d'un rassurant immobilisme qui nous apaise lorsque la mélancolie s'installe, ou choisir de conserver les bons moments et d'assumer les mauvais pour se reconstruire et aller de l'avant ?

*

* *

Il était plus de midi lorsque Sébastien revint à *La Pignada*. Depuis le début de la matinée, il s'affairait à découper, trier et entasser les fûts de bois en bordure du chemin. Il avait atteint son objectif ; la route départementale qui conduisait à Lescot était accessible. Dans la cabine de son abatteuse, il avait suivi en continu les infos que diffusait la radio locale. Les mauvaises nouvelles s'accumulaient, mais la solidarité s'organisait et chacun offrait ce qu'il pouvait aux sinistrés dans le besoin : un toit pour les plus nécessiteux, un groupe électrogène, de la nourriture ou des bras qui s'efforçaient d'effacer les traces du désastre. Si les destructions de forêts se comptaient par centaines d'hectares, les bâtiments avaient mieux résisté. Bien sûr, de nombreux hangars où le vent avait pu s'engouffrer avaient été endommagés, mais la plupart des maisons n'avaient pas subi de dégâts significatifs. Seule la toiture de quelques demeures situées près de l'océan avait cédé sous la force des bourrasques les plus puissantes. Les chutes d'arbres sur les habitations étaient rares : dans cette région où les forêts recouvrent la quasi-totalité de la surface, les habitants ont prévu un périmètre de sécurité qui les protège de ce genre de mésaventure.

Sébastien avait eu une longue conversation avec Claude, qui lui avait confirmé le décès du grand-père de Lionel, un de ses employés. Les secours n'avaient pas réussi à sauver le vieil homme. Claude, lui aussi, s'affairait à dégager l'accès à la route départementale depuis son domicile. Les équipes de pompiers sur place espéraient pouvoir rendre possible la circulation, au moins celle des engins agricoles, pour la fin de la journée. Sébastien et son contremaître s'étaient donné rendez-vous à la scierie dans l'après-midi pour évaluer les dommages et les travaux à prévoir pour une remise en activité rapide. Les volumes de bois à traiter dans les prochains mois allaient être colossaux. Les entreprises locales et régionales ne suffiraient pas à absorber de telles quantités. Sébastien savait déjà que, comme ses confrères, il devrait faire appel à de l'aide extérieure, et notamment à des entrepreneurs venus d'Espagne, qui avaient l'expérience requise pour le traitement des bois de pins des Landes. Il avait prévu de se rendre à la coopérative avec l'abatteuse, ce qui lui permettrait de progresser plus rapidement. Quant à Claude, il devrait se frayer un chemin de façon plus classique, à l'aide du tracteur et de la tronçonneuse. Deux employés dont Lionel, qui ne tenait plus en place depuis la mort de son grand-père, proposèrent leur aide. Malgré le refus de Claude, l'insistance du jeune homme l'emporta ; il avait besoin de se changer les idées et surtout de se sentir utile.

Lorsqu'il poussa la porte de son domicile, Sébastien fut accueilli par une douce odeur de cuisine qu'il ne connaissait pas, bien différente des grillades qu'Océane avait l'habitude de lui préparer lorsqu'elle était en vacances. Il s'avança dans l'entrée et vit sa fille et sa belle-mère assises sur le canapé, non loin de la cheminée. Il ne put cacher son étonnement. Il retira ses bottes et sa parka ; il semblait chercher Elena. Ce n'est que lorsqu'il pénétra dans le salon qu'il découvrit la jeune femme absorbée dans la préparation du repas. Elle avait pris possession de la cuisine et n'avait pas remarqué la présence de Sébastien, dont le regard interrogatif passait d'une pièce à l'autre. Il paraissait contrarié. Océane l'interpella.

— Papa, viens donc te réchauffer, tu as été au froid toute la matinée. Tu dois être frigorifié !

— Je te remercie, mais j'étais protégé par la cabine, ça change tout, précisa-t-il.

— C'est vrai, c'est la première fois que tu te sers de ta nouvelle machine, je n'ai pas l'habitude, dit sa fille avant de se diriger vers la cuisine.

— La... deuxième, rectifia Sébastien en lançant un regard réticent en direction d'Elena. L'eau n'était pas trop froide ? Je vois que vous avez pu vous changer, lui fit-il remarquer.

— J'ai pu prendre une douche, c'est le principal.

Sébastien remarqua que quelque chose avait changé. Elena paraissait plus enjouée. D'un signe de tête, il interrogea sa belle-mère, qui prit la parole.

— Le vieux Calioc est passé ce matin. Il est monté à pied.

— Ah bon, s'étonna-t-il, et pour quelle raison ?

— Voir si tout allait bien.

— C'est plutôt lui qui aurait pu avoir besoin d'aide.

— Tu le connais, ce vieil original, badina Éloïse.

— Quelle tête de mule ! Ça a dû lui prendre une bonne heure aller-retour. Je lui ai pourtant dit de me contacter sur le poste mobile si nécessaire.

Elena quitta la cuisine et s'adressa à Sébastien :

— Il a eu des nouvelles de chez moi, ils vont tous bien. Quelques dégâts à la maison, mais c'est tout.

— Mais… comment a-t-il su que vous étiez là ?

— Il nous a expliqué qu'avec la lumière des phares hier soir, il s'était douté que vous étiez venu en aide à un naufragé de la route.

— Pourquoi pas, mais comment a-t-il pu contacter les Dejean… pardon, votre famille ?

Toute à sa joie, Elena poursuivit :

— Depuis ce matin, mon père tentait d'accrocher toutes les fréquences disponibles et il est tombé sur celle de M. Calioc qui lui a proposé de vérifier si j'étais bien ici. J'ai tenté de le suivre pour pouvoir leur parler, mais il a refusé avec fermeté.

Sébastien sourit.

— Ah ça, pénétrer chez Calioc, à part ma belle-mère et quelques anciens du village, c'est impossible !

— J'ai bien compris.

— Et… il vous a donné la fréquence ?

— Votre mère lui a posé la question… Il ne s'en souvenait plus.

— Quel vieux fou ! Il connaît la mienne par cœur, il ne la leur a pas transmise ?

— Il est parti aussi vite qu'il était venu, dit Elena. Le principal, c'est qu'ils aillent tous bien.

— Je l'appellerai tout à l'heure. Il va se douter de la raison de mon appel, et s'il veut bien répondre, peut-être que vous pourrez parler à votre famille.

— Merci.

— Merci de quoi ? Je n'ai encore rien fait, s'agaça-t-il.

Tout à coup, l'électricité se coupa.

— Merde, pesta Sébastien, le groupe, il doit être à sec !

Il se dirigea à grandes enjambées en direction du hangar. Quelques minutes plus tard, la lumière revint et Océane put enclencher l'allumage automatique de la gazinière.

— Merci, papa. Elena est en train de nous mijoter une spécialité anglaise, ça a l'air trop bon ! s'exclama la jeune fille.

— En ce qui me concerne, je ne suis pas intervenue, la recette me paraît un peu trop originale à mon goût, mais pourquoi pas ? précisa Éloïse.

La crispation de Sébastien était visible. Il préféra essayer de joindre le vieux Calioc qui ne répondit pas malgré plusieurs tentatives. Il abandonna et contacta son contremaître pour qu'ils puissent échanger les dernières informations qui arrivaient au compte-gouttes. Il était désormais acquis que les destructions massives concernaient l'ensemble du sud-ouest de la France, où des centaines de milliers d'hectares de forêts étaient à terre.

— Tu te rends compte, ils lui ont donné un nom, à cette putain de tempête. Après Lothar dans le Nord, on a eu droit à Martin dans le Sud. Ils n'ont que ça à foutre, donner des noms aux tempêtes ! Ils n'ont qu'à venir nous aider, plutôt ! pesta Claude.

Sébastien, le casque sur les oreilles, soupira.

— Des ronds-de-cuir… J'ai appris qu'avant que l'anémomètre de Biscarrosse soit détruit, une rafale à 171 km/h avait été mesurée. Je crains qu'au fil des jours les mauvaises nouvelles ne s'accumulent.

— Bon allez, je te laisse, je dois affûter les chaînes des tronçonneuses avant de manger un morceau. À tout à l'heure, à la scierie.

— À plus, Claude.

Le visage de Sébastien était fermé ; au-delà des multiples soucis pratiques qu'il avait à régler, il ne savait pas comment gérer la présence d'Elena. Si, la veille, il n'avait bien évidemment pas hésité à lui venir en aide, la savoir chez lui le tourmentait et bouleversait ses habitudes. Il avait construit un cocon de protection autour de sa fille, et il n'y avait pas de place pour une autre femme, surtout une Dejean. Elena n'y était pour rien, Sébastien le savait, mais c'était plus fort que lui ; la simple idée que la fille d'Hervé Dejean soit assise à sa table lui était proprement insupportable. Des tas de souvenirs tournoyaient dans sa tête, des souvenirs douloureux qu'il avait enfouis au plus profond de lui et qui resurgissaient au pire moment. Depuis la nuit passée dans la chambre d'Océane, le visage d'Amalia lui revenait inlassablement à l'esprit, le son de sa voix, leurs moments de complicité, mais aussi l'accident et l'incertitude sur la responsabilité des Dejean. C'était comme s'il revivait cette terrible période. Alors, il s'était fixé pour objectif qu'Elena retrouve au plus vite les siens. Qu'elle puisse passer une autre nuit à *La Pignada*, qu'elle partage d'autres confidences avec Océane, qu'Éloïse continue à se sentir aussi à l'aise avec elle, tout cela était inimaginable. Et pourtant, sa fille s'était rarement sentie aussi libre avec une inconnue. Océane lui avait parlé de sa maladie comme elle ne l'avait jamais fait auparavant avec un adulte. Sébastien avait l'impression qu'Elena lui volait une partie de sa fille. Sa décision était prise : il allait faire le maximum pour que, dès la fin de la journée, il puisse conduire cette femme de l'autre côté du village, jusqu'au domicile de ses parents.

C'est sa fille qui le sortit de son mutisme.

— Alors, papa, tu es prêt à découvrir cette spécialité venue d'Angleterre ?

Elena, qui n'était pas dupe et qui sentait les réserves de Sébastien à son égard, se permit d'ajouter :

— Ce sont des *baked beans*, des haricots blancs cuisinés dans une sauce tomate sucrée. Les Anglais en mangent aussi pour le petit déjeuner, je vous ai évité ça !

— Très bien...

Elena poursuivit :

— Je suis si heureuse d'avoir eu des nouvelles rassurantes de ma famille. La cuisine, c'est une façon… de mettre un peu de gaieté dans toute cette tristesse. Et puis, Océane avait tellement envie de découvrir cette recette !

La dernière remarque d'Elena fit sortir Sébastien de ses gonds. Il ne put se contenir ; il ne supportait pas cette complicité.

— Vous croyez qu'il y a quelque chose à fêter ? Vous n'êtes plus à Londres, avec toutes les facilités d'une capitale. Vous êtes au beau milieu d'une forêt que les hommes ont mis des dizaines d'années à planter, entretenir, améliorer, et qui a été dévastée en une nuit… et vous mettez « un peu de gaieté dans toute cette tristesse » ! Mais dans quel monde vivez-vous ?

— Je suis désolée, ce n'est pas ce que je voulais dire, je me suis mal exprimée, s'excusa Elena.

— Peut-être, mais vous l'avez dit ! insista-t-il.

Habituellement, Sébastien était un homme qui canalisait ses émotions et intériorisait ses doutes et ses angoisses. Il était même parfois trop secret et ne s'autorisait que très rarement à exprimer ses états d'âme, toujours pour la même raison : Océane ! Il se devait de la protéger, quitte à s'oublier et à ne pas tenir compte de ses propres envies. Elle grandissait, et si cette protection la rassurait et l'apaisait lorsqu'elle était encore une enfant, désormais, elle avait besoin de plus de liberté, de se sentir plus responsable. Sébastien le savait, mais il n'arrivait pas à desserrer son étreinte, sans doute de crainte de voir sa fille lui échapper et, d'une certaine façon, de plonger, lui, dans une forme de solitude qu'il redoutait. Depuis qu'Amalia avait disparu, sa vie s'organisait autour de son travail et de sa fille. Que se passerait-il si tout un pan de cette vie s'écroulait ? L'inconnu le terrorisait, et Elena était apparue tel un catalyseur de ses craintes.

Avec la fatigue et le travail colossal qui l'attendait, Sébastien n'était plus capable de se contenir ; il en devenait méchant envers cette femme sortie de nulle part qui encaissait, dans une totale incompréhension.

Une nouvelle fois, Elena essaya de se justifier :

— Excusez-moi, je comprends vos inquiétudes, je ne voulais pas…

— Mais non, vous ne comprenez rien ! Vous n'êtes pas devant votre ordinateur, à résoudre des problèmes en basculant d'un écran à l'autre, explosa Sébastien.

Océane essaya de raisonner son père :

— Arrête, papa ! Elena voulait simplement nous faire plaisir.

— Ne te mêle pas de ça ! La situation est assez compliquée ! rétorqua-t-il sèchement.

Il plongea le regard dans son assiette dont il ingurgita le contenu d'un trait, sans trop savoir ce qu'il avalait.

Éloïse, dans son rôle habituel, s'efforça d'apaiser l'ambiance :

— Ce plat est excellent, je vais en reprendre un peu, quelqu'un m'accompagne ? proposa-t-elle.

Fébrile, Elena, même si elle n'avait plus faim, tendit son assiette. Océane fit de même en s'adressant à son père :

— Et toi, tu as tout avalé d'un coup, donc ça te plaît, tu as besoin de forces.

La réponse de Sébastien fusa :

— Non ! Je n'ai pas l'habitude de ce genre de cuisine. Des haricots sucrés, merci bien, ironisa-t-il en ricanant.

Océane ne reconnaissait pas son père, son attitude l'exaspérait. Elle se leva et lança non sans insolence :

— Tu me fatigues, tu es insupportable, je ne te comprends plus. OK, tu as tes problèmes, mais on a tous les nôtres. Je monte dans ma chambre !

Éloïse et Elena ressentaient également le besoin d'exprimer leur mécontentement face au comportement de Sébastien. Elles attendaient néanmoins qu'il réagisse, ce qui ne tarda pas.

— Elle m'énerve, elle pourrait comprendre que j'ai des tas de soucis à gérer !

Jusqu'à présent, Elena s'était contenue. Sébastien l'avait secourue, elle se sentait redevable. Mais son naturel de femme d'affaires plus habituée à un rôle de leader qu'à supporter des brimades et des moqueries reprit le dessus.

— Écoutez, je vous suis reconnaissante de votre assistance, et je vous renouvelle mes remerciements, même si vous vous évertuez à les refuser. Je ne cherche plus à comprendre pourquoi ! J'ai juste une chose à vous dire : je souhaite vous laisser tranquille et retrouver les miens au plus vite. Dès que ce sera possible, je partirai, quitte à faire le chemin à pied !

Éloïse tenta d'intervenir :

— Mais, vous ne pouvez pas…

Elena posa sa main sur son bras et l'interrompit :

— Éloïse, je crois que j'ai abusé de votre hospitalité et que je ne suis plus la bienvenue ici, si je l'ai jamais été d'ailleurs !

Sébastien n'eut aucune réaction, son visage était fermé. Avant de se lever pour repartir, il dit simplement à Elena :

— Si tout se passe bien, cet après-midi, nous aurons dégagé l'accès à la scierie. Les voisins auront fait de même sur leurs propriétés. Je pense qu'il est donc envisageable que je vous conduise chez vos parents en début de soirée. Le 4 × 4 pourra se frayer un chemin.

— Très bien, ce sera mieux ainsi ! fit-elle avant que Sébastien claque la porte.

— Je ne le comprends plus. Cette tempête le stresse trop, dit Éloïse.

— Peut-être, mais moi aussi, je suis inquiète pour mes proches, pour mon travail, je ne peux plus communiquer avec personne, je ne suis pas désagréable pour autant.

La vieille femme haussa les épaules et se leva pour débarrasser. Elena l'invita à se rasseoir.

— Ah non, si je dois partir ce soir, alors nous allons déguster la tarte aux pommes que vous avez préparée. Je vais chercher Océane ! Vous êtes d'accord ? insista-t-elle.

— Bien sûr, dit la vieille femme, désabusée mais heureuse de passer un moment de convivialité avec sa petite-fille et cette femme qui était venue bouleverser leurs habitudes.

Éloïse savait que son gendre avait eu un comportement irrespectueux, mais jamais elle ne lui donnerait tort, elle trouverait toujours une excuse ou une explication pour justifier son attitude. Au fond d'elle, elle savait que les intempéries et leurs conséquences épuisaient et inquiétaient tout le monde, en particulier Sébastien qui allait devoir gérer une multitude de problèmes présents et à venir. Mais lorsqu'il s'adressait à Elena, son énervement paraissait ne pas avoir de limites. Bien sûr, le fait qu'elle appartienne à la famille Dejean ne jouait pas en sa faveur, mais quelque chose de bien plus profond le tourmentait. Éloïse l'avait bien compris : il ne supportait pas la présence d'une autre femme chez lui, même après seulement une journée, c'était plus fort que lui. Elena devait quitter *La Pignada* au plus vite !

Il était près de seize heures lorsque Sébastien, Claude, Lionel et un autre ouvrier se retrouvèrent à la scierie. Chacun de son côté, ils avaient pu dégager l'accès jusqu'à la coopérative. Pour Sébastien, la progression avait été plus aisée grâce aux puissantes mâchoires hydrauliques de l'abatteuse, qui avaient coupé et débité très vite les arbres qui entravaient les voies d'accès. Claude et son équipe avaient eu plus de difficultés ; ils ne disposaient que des moyens de coupe classiques. Ils avaient même cru devoir rebrousser chemin, mais leur volonté avait eu raison des embûches rencontrées.

Les quatre hommes firent une inspection minutieuse de l'ensemble des bâtiments et des équipements. Comme ils s'y attendaient, aucune dégradation majeure n'était à déplorer ; seules quelques tuiles de l'auvent de l'entrée n'avaient pas résisté et étaient venues s'écraser contre des piles de planches.

De tous côtés, le bruit des tronçonneuses se faisait entendre. Plusieurs équipes dégageaient la route qui conduisait au village de Lescot. Sébastien demanda à Claude et Lionel de vérifier chacune des machines afin d'être prêts lorsque l'électricité serait rétablie et que les premières cargaisons de bois viendraient envahir l'aire de stockage. Sébastien emprunta le 4 × 4 de son contremaître et rejoignit la route goudronnée, où il eut l'agréable surprise de constater qu'à part quelques branches encore à terre, l'accès à Lescot était redevenu possible. Il croisa une des équipes qui broyaient les dernières têtes d'arbres.

— Dites donc, les gars, vous avez fait un sacré boulot, c'est super !

Un des ouvriers stoppa sa tronçonneuse et la posa au sol.

— Comment ça va ? Je ne t'avais pas reconnu. On n'arrête pas depuis ce matin, mais le principal, c'est qu'enfin l'accès à Lescot soit possible.

Sébastien voulait en savoir un peu plus sur l'état des routes de l'autre côté du village, en direction du sud et... de la propriété de la famille Dejean.

— Par hasard, tu ne saurais pas si les autres accès sont dégagés ?

L'ouvrier ralluma sa cigarette avant de répondre :

— Toutes les équipes ont travaillé sans relâche. Sur la route de Mont-de-Marsan, ils ont pu bénéficier de l'aide des pompiers. Donc, de ce côté-là, c'est bon aussi. EDF est déjà sur place pour reconnecter les lignes. Par contre, ici, ce ne sera pas avant des jours ; les poteaux haute tension sont à terre. Pour les endroits les plus isolés, j'ai entendu dire qu'il faudrait patienter plusieurs semaines !

Sébastien ne pouvait cacher sa satisfaction ; il avait la confirmation que l'accès au domicile des parents d'Elena était libre. Il allait donc pouvoir, comme il l'avait prévu, la raccompagner dès ce soir.

— Merci, je vais te laisser bosser, la nuit ne va plus tarder. Au milieu de tout ce fracas, c'est bien de voir toute cette entraide.

L'homme écrasa son mégot et se saisit fermement de la poignée de sa tronçonneuse.

— Allez, j'y retourne ! Tu as raison, heureusement que l'on peut compter les uns sur les autres. Et toi, ta coopérative, pas trop de dégâts ?

— Rien qui empêche de bosser, c'est le principal.

Sébastien remonta dans le véhicule et se dirigea vers la scierie. Claude s'efforçait de décoincer une large porte coulissante déformée par les assauts du vent. Pendant ce temps, Lionel et son collègue, à l'aide d'un large balai, repoussaient l'eau qui s'était infiltrée dans le hangar réservé aux machines.

— Ça va aller, les gars ? leur demanda-t-il.

— Pas de souci, tout est OK, dès que l'électricité est rétablie, on peut démarrer, confirma son contremaître.

Sébastien grogna presque :

— J'ai pu avoir des nouvelles. Il paraît qu'il va falloir attendre plusieurs jours au minimum !

Claude soupira.

— Merde ! Avec tout ce bois qu'on va avoir à traiter.

Lionel poursuivit :

— De toute façon, nous n'avons pas le choix, faudra faire avec, dit-il d'un ton résigné.

Sébastien posa sa main sur son épaule.

— Toutes mes condoléances pour ton grand-père. Si je peux faire quoi que ce soit, n'hésite pas. Et tu me tiendras au courant pour la date des obsèques.

Lionel avala sa salive et répondit, la voix tremblante :

— Merci, mais avec tout ce qui se passe, je ne sais pas quand ce sera… C'est encore plus triste, les pompes funèbres ne seront là que demain. Heureusement que le médecin du village a pu venir pour commencer à…

Lionel ne put poursuivre, la voix étranglée par l'émotion.

— Du courage, et puis si tu ne veux pas travailler malgré la situation, c'est toi qui décides, affirma Sébastien.

— J'ai besoin de m'occuper l'esprit, tu peux compter sur moi, assura le jeune homme.

— Parfait ! Bon, les gars, je vous laisse, je rentre à *La Pignada* avec l'abatteuse. Je dois conduire la naufragée de la route chez elle.

— Ce soir ? Mais il va faire nuit ! Ça ne peut pas attendre demain matin ? On ne sait jamais, s'il reste des saloperies sur la route, s'étonna Claude.

— Elle est pressée, dit Sébastien laconiquement.

— Ah bon, alors…

Il grimpa dans la cabine et salua ses collègues.

— À demain. Je serai là vers neuf heures.

Lorsque Sébastien arriva en vue de son domicile, la nuit était déjà tombée. Il gara son engin et traversa la cour d'un pas rapide. Sa fille et sa belle-mère étaient assises face au feu de cheminée.

— Bonsoir, tout va bien ? lança-t-il d'un ton presque joyeux.

Océane le regarda avec étonnement et ne put s'empêcher de lui répondre brutalement :

— On dirait que tu as eu de bonnes nouvelles, tu parais de meilleure humeur !

— La scierie n'a pas subi de dommages, il manque juste l'électricité, il va falloir attendre. Par contre, toutes les routes conduisant à Lescot sont dégagées.

— Pouvoir se rendre au village, c'est essentiel, fit Éloïse.

Sébastien balaya du regard la large pièce.

— Elena… n'est pas avec vous ?

Sa fille poursuivit sur le même ton :

— Avec ce que tu lui as dit, elle est en train de préparer ses affaires. Je suppose que tu la conduis chez elle dès ce soir ?

— Oui, elle sera heureuse de retrouver les siens, affirma-t-il.

— Et toi de la voir partir ! rétorqua sa fille.

Sa grand-mère lui fit signe de se calmer. Elle n'avait pas envie de revivre l'ambiance du déjeuner. Sébastien poursuivit :

— Je vais lui annoncer que nous partons dans dix minutes. Avec la nuit, je préférerais ne pas rentrer trop tard. Et puis, je suis crevé. J'ai besoin de me reposer.

À cet instant, Elena poussa la porte et se trouva face à Sébastien. Ils se fixèrent du regard.

— J'ai une bonne nouvelle, dit-il après quelques instants : vous allez pouvoir retrouver les vôtres, la route est dégagée. Je vais vous y conduire, vous êtes prête ?

— Oui, mes sacs sont devant la porte. Je vais simplement dire au revoir à votre fille et à votre belle-mère.

— Je vous attends dehors.

Elena était heureuse de retrouver sa famille, et en particulier son fils, mais en même temps, elle était presque triste de quitter ce lieu qui l'avait abritée au cours de cette nuit d'apocalypse, ces deux femmes qui l'avaient accueillie à bras ouverts et qui, malgré son appartenance à la famille Dejean, ne l'avaient pas mal jugée. Elena avait passé à peine vingt-quatre heures à *La Pignada,* et pourtant, les au revoir furent empreints d'une certaine émotion. Elle embrassa d'abord Éloïse en la remerciant de son accueil et de sa bienveillance, puis elle s'approcha d'Océane dont les yeux brillaient de larmes contenues. Elle glissa dans la poche de sa veste son propre numéro de portable noté sur un Post-it.

— Tiens, un jour, les réseaux fonctionneront à nouveau, si tu as envie de prendre de mes nouvelles… Allez, ma belle, à bientôt peut-être.

— Tu n'es pas loin, j'espère que l'on se reverra, dit timidement Océane.

Avant de sortir, Elena précisa :

— Je ne suis là que pour quelques jours, je rentre à Londres le 4 janvier. Promis, lors de ma prochaine visite à Lescot, je passerai vous saluer.

Un dernier signe de la main et elle referma la porte.

Elena s'installa dans le véhicule, ses bagages étaient déjà sur le siège arrière. France Bleu Landes égrenait les innombrables messages des auditeurs qui n'avaient pas de nouvelles de leurs proches. Malgré la réouverture de la route à la circulation, Sébastien faisait attention de ne pas percuter un obstacle, et la lumière de ses phares lui servait de guide. Après une quinzaine de minutes de progression lente et silencieuse, Elena se permit d'intervenir :

— C'est vraiment impressionnant, les forêts sont dévastées.

Sébastien répondit d'une voix posée qui contrastait avec son attitude dédaigneuse :

— Il va y avoir un travail que personne n'est encore capable d'estimer. Je ne vais pas avoir beaucoup de repos dans les mois qui viennent, votre père non plus.

Elena se demanda pourquoi il parlait de son père si calmement alors qu'il semblait le détester, mais elle poursuivit :

— Elle a sans doute voulu nous dire quelque chose…

— Qui donc ?

— La nature !

— Vous avez raison, mais avons-nous compris ? Je crains que non.

Elena haussa les épaules et se tut. Le véhicule s'engagea sur la route sud à la sortie de Lescot. Dans quelques kilomètres, Elena retrouverait son fils.

— J'espère que pour votre fameux bug, tout va bien se passer, lui lança Sébastien.

Elle eut un rire nerveux avant de rétorquer :

— Je pensais que cela ne vous intéressait pas !

— Je ne voulais pas…

Elle lui coupa la parole :

— De toute façon, si je ne peux pas les joindre, l'affaire sera vite réglée. Et puis, avec ce cataclysme, je ne sais plus trop ce qui est le plus important. Bug, pas bug, nous verrons. Par contre, ici, ce qui s'est passé, c'est bien réel !

Sébastien tourna la tête un instant vers sa passagère mais ne releva pas. Un dernier virage et le cœur d'Elena se serra ; elle ne reconnaissait rien, et pourtant, la maison où elle avait grandi était là, juste au bout du chemin.

— Si ça ne vous dérange pas, je préfère vous déposer ici.

— Bien sûr, je comprends. Merci, répondit-elle en cherchant à croiser le regard de Sébastien.

— De rien, marmonna-t-il.

Elena attrapa ses sacs et descendit de voiture. Sébastien ne fit pas demi-tour tout de suite ; avec la lumière de ses phares, il l'éclaira jusqu'à l'entrée de la maison. Elena s'arrêta à mi-chemin, et il crut qu'elle allait se retourner, mais elle n'en fit rien.

Lorsque Maxime aperçut, à travers la fenêtre, la silhouette de sa mère, il se précipita au-dehors, hurlant de bonheur. Elena se mit à courir ; ils s'enlacèrent longuement. Sébastien eut un sourire teinté d'émotion, puis il enclencha la marche arrière et reprit la route de *La Pignada*. Il ne put apercevoir Elena qui, avant d'entrer dans la maison au bras de son fils, lança un regard au bout de l'allée.

6

La richesse de nos âmes

Nous vivons dans un monde où la force est la règle et la douceur l'exception, où un homme vêtu d'un costume sera mieux considéré qu'un mendiant en guenilles.

Nous vivons dans un monde où l'argent est signe de réussite et la pauvreté un vecteur de méfiance, où la parole de celui qui hurle aura plus de portée que celle de celui qui réfléchit.

Nous accordons trop d'importance à ce qui est matériel, quantifiable, visible, alors que la richesse, la vraie, est celle de nos âmes, nues et vulnérables.

*
* *

Elena posa ses sacs dans l'entrée et ôta son manteau. C'est alors qu'elle fut parcourue d'un frisson.

— Mais qu'est-ce qu'il fait froid ici ! Et pourquoi est-on dans le noir ? Le feu dans la cheminée n'est pas allumé ? Et tes grands-parents, où sont-ils ? demanda-t-elle.

Le jeune garçon eut une moue navrée.

— Papi a dit que la maison serait inhabitable pendant quelques jours, le temps que ses ouvriers réparent la toiture.

Elena leva alors la tête et constata qu'une partie du plafond du salon s'était effondrée et que le toit était recouvert d'une bâche de plastique. Quelques seaux, posés au sol, récupéraient l'eau des fuites qui n'avaient pas pu être colmatées.

— Ah, d'accord ! Mais alors, tu dors où ? Il n'y a personne dans la maison ? Et ton oncle Jérôme, où est-il ? s'enquit Elena.

— Lorsque le vent a commencé à souffler super fort, mamie était terrorisée. Moi, je faisais confiance à papi qui nous assurait que nous ne risquions rien. Et puis, tout à coup, je crois qu'il devait être presque minuit, des tuiles se sont envolées les unes après les autres, certaines ont éventré le plafond du rez-de-chaussée et se sont écrasées par terre. Je n'ai jamais eu aussi peur, je ne faisais que trembler. Nous avons tous quitté la maison. Papi nous a emmenés nous réfugier dans un des deux petits gîtes. Depuis, on est installé là-bas. Demain, les travaux de réfection doivent commencer.

Maxime avait les yeux cernés, il paraissait épuisé et encore sous l'emprise de la terrible angoisse qu'il avait vécue. Elena le serra dans ses bras.

— Ça va aller maintenant, ne t'inquiète pas, je suis là.

Maxime se mit à pleurer, ses sanglots le faisaient hoqueter. Sa mère posa sa main sur sa tête et lui caressa doucement les cheveux.

— Vas-y, pleure, lâche toute cette anxiété que tu as en toi, ça va te faire du bien.

Quelques minutes passèrent avant que Maxime se calme. Pendant ce temps, Elena balayait du regard l'entrée et le salon plongés dans l'obscurité. Les bâches de plastique ondulaient et claquaient au moindre souffle de vent. Elle tourna son regard vers l'escalier, et des souvenirs de son enfance lui revinrent à l'esprit.

*

* *

Elena avait huit ans lorsque ses parents décidèrent de faire construire cette maison beaucoup plus spacieuse que celle dans laquelle ils vivaient. Depuis sa naissance, elle partageait une chambre avec Jérôme, son frère aîné, qui, contrairement à elle, fut ravi d'investir un nouvel espace. L'adolescence débutait et le jeune garçon appréciait de pouvoir disposer d'une chambre rien qu'à lui. La petite Elena ne comprenait pas pourquoi, désormais, elle devait dormir seule. Alors, bien trop souvent au goût de son frère, elle venait lui rendre visite des heures durant. Si, au début, Jérôme s'agaçait du comportement de sa sœur, il ne tarda pas à s'en accommoder. Elena et Jérôme avaient toujours partagé une sincère et naturelle complicité. Le grand frère protégeait sa petite sœur, il l'avait toujours fait, que ce soit à l'école du village, au collège ou au lycée. Quand Elena décida de s'exiler à Paris, Jérôme lui téléphona très souvent et lui rendit visite chaque fois que son emploi du temps le lui permettait. Lorsqu'elle s'installa à Londres, leurs rencontres s'espacèrent, mais ce lien qui les unissait demeura malgré l'éloignement.

Jérôme travaillait dans l'entreprise familiale ; il n'avait pas eu le choix, mais cela le satisfaisait. Ses études avaient été laborieuses, contrairement à celles de sa sœur, et il fut ravi, après la classe de terminale, de pouvoir investir son énergie dans le projet familial, conduit d'une main de fer par leur père. Il savait que sa sœur avait fui pour essayer de se libérer de l'emprise paternelle. Il la connaissait assez bien pour comprendre qu'elle n'y était jamais parvenue et que son départ pour Paris puis pour Londres n'était qu'une fuite stérile, toujours plus lointaine. Lorsqu'il s'était marié avec Christine, une jeune femme du village, Jérôme avait naturellement choisi sa sœur pour seul témoin. Elena fit de même lorsqu'elle épousa Pierre, le père de Maxime.

Elena était heureuse de revoir les siens. Elle était sûre que, malgré ses rares visites, Jérôme et sa mère ne lui feraient aucun reproche, alors que les retrouvailles avec son père seraient, sans aucun doute, plus délicates. Elle le savait et, même aujourd'hui, à trente-huit ans, elle redoutait de se retrouver face à lui.

*

* *

Maxime essuyait ses dernières larmes en frottant ses joues avec la paume de sa main. Il venait de vider ce trop-plein de tension qu'il n'avait pas eu l'opportunité de libérer plus tôt. Voir sa mère avait été le déclencheur ; il avait eu si peur pour elle qu'il avait imaginé le pire. Lorsque, le matin, il avait découvert les dégâts qu'avaient subis la maison et les forêts alentour, sa crainte n'avait fait que s'amplifier. Il s'inquiétait aussi pour son père, et il en fit part à sa mère :

— Et papa, tu crois que ça va ? J'ai encore essayé de le joindre, mais rien ne passe...

Elena n'avait pas l'habitude que Maxime parle de son père ; depuis leur divorce, le sujet était devenu tabou entre eux. Elle eut du mal à le rassurer :

— Eh bien... je pense que ça va. Tu sais, avec ces intempéries, les lignes téléphoniques ont été détruites. Je ne sais pas quand tu pourras avoir des nouvelles...

— Tu crois qu'il lui est arrivé quelque chose ? s'inquiéta le jeune homme.

Délicatement, elle arrangea quelques mèches qui tombaient sur le front de son fils.

— Ne t'en fais pas ! Avec mon portable, nous retenterons tout à l'heure puis demain matin, et plus tard, jusqu'à ce que tu puisses lui parler. D'accord ?

Maxime eut un léger sourire :

— Très bien, dit-il en baissant les yeux.

— Mais au fait, comment as-tu su que j'arrivais et que faisais-tu dans la maison ?

— Depuis qu'on nous a dit que tu allais bien, dès que j'entends une voiture, je vais vérifier si ce n'est pas toi. Je passe par la maison, c'est le meilleur endroit pour avoir une vue complète sur l'allée.

— Et tes grands-parents te laissent venir ici, avec ce trou béant dans le toit ? Ça peut être dangereux, certaines tuiles sont bancales !

— Mamie n'était pas trop d'accord, mais papi m'a laissé faire.

Dépitée, Elena lança :

— Alors, s'il t'a laissé faire…

— Bon, allez, viens, on va les retrouver, dit Maxime en prenant sa mère par la main.

Lorsqu'ils entrèrent dans le studio, la mère d'Elena était en train de cuisiner sur un vieux réchaud à gaz installé sur le plan de travail de la kitchenette. Son père, assis sur le lit, était plongé dans un tas de dossiers étalés sur la couverture. Deux lampes à pétrole éclairaient les vingt mètres carrés, et une odeur âcre de combustible emplissait l'atmosphère.

— Ça y est, maman est là ! fit Maxime d'une voix enjouée.

Elena s'approcha de sa mère.

— Bonjour, ma fille, je suis si contente que tu sois enfin arrivée ! Quel plaisir de te retrouver saine et sauve !

— Bonjour, maman ! Vous aussi, ça va ? Nous avons tous eu si peur !

— Dis-moi, tu n'as pas un peu maigri depuis l'année dernière ? s'autorisa Élise d'une voix douce, presque gênée.

Elena sourit ; elle retrouvait sa mère et ses remarques teintées d'inquiétude, et cela lui faisait du bien.

— Tu as l'œil, j'ai perdu quelques kilos, c'est vrai. Le boulot est trop prenant, je saute quelques repas parfois, fit-elle.

— Ce n'est pas bon pour ta santé, tout ce stress. Bon, allez, j'arrête de rabâcher ; après ce que nous venons de vivre, apprécions d'être ensemble.

— Tu as raison, maman. Au fait, Jérôme et sa famille, ça va ?

— Ils sont chez les parents de Christine avec la petite.

— Pourquoi ? Il ne m'a pas dit qu'ils avaient déménagé !

— Non, ils vivent toujours à l'étage de la maison, mais au vu des dommages, ils ont préféré partir pour quelques jours en attendant que le toit soit réparé.

— J'ai vu ça, le plafond éventré, c'est impressionnant !

Pendant qu'Elena discutait avec sa mère, son père rangeait lentement le dossier qu'il consultait. Puis le père et la fille s'embrassèrent.

— Je suis heureuse de te voir, papa, dit Elena d'une voix neutre.

— Bonsoir. Quelle nuit nous avons passée ! s'exclama son père.

— Effectivement, sur la route, les arbres tombaient les uns après les autres, c'était effrayant ! Heureusement que j'ai été secourue.

Son père se racla la gorge avant de répondre.

— Je sais, chez Dervain !

— J'ignore son nom. Son prénom est Sébastien, il habite à *La Pignada*…

Son père l'interrompit pour changer de conversation. Elena ressentit le même malaise qu'avec Sébastien. Ce n'était pas le moment de poser des questions, l'urgence était ailleurs.

— Dès demain, les ouvriers vont intervenir, dit-il. Ils vont changer les liteaux cassés et recouvrir de tuiles neuves la partie endommagée. Ils s'attaqueront au plafond jeudi. Le temps de chauffer, et nous pourrons réintégrer notre maison vendredi.

— Si vite ? Mais l'électricité ne sera pas encore revenue, fit remarquer Élise.

— Il y a la cheminée, nous ne manquons pas de bois… façon de parler. Le groupe peut aussi être connecté à la chaudière, affirma Hervé, sûr de lui.

Sa mère fit signe à Elena de ne pas insister ; l'irritation de son mari n'était pas compatible avec une discussion apaisée et constructive.

Tout à coup, Elena aperçut, à peine éclairé par la lueur de la lampe à pétrole, un matelas posé au sol, coincé entre la baie vitrée et le lit. Elle reconnut les affaires de son fils, étalées sur la couette. Elle pointa du doigt cet espace réduit :

— Tu as dormi là ? demanda-t-elle à son fils.

— Ben oui, où veux-tu que je m'installe ?

— Mais dans l'autre logement, juste à côté.

— Il est occupé depuis le week-end dernier, précisa Élise, embarrassée.

— Nous n'allons pas les mettre dehors, surtout en ce moment, renchérit Hervé. Ce n'est l'affaire que de quelques jours. Mes ouvriers vont régler tout ça au plus vite, et chacun réintégrera son espace et reprendra ses habitudes !

Elena regarda son père qui s'était remis à farfouiller dans ses dossiers d'assurance. Il n'avait pas changé ; toujours la même arrogance, le même besoin d'avoir le dernier mot. Elena se surprit, pour une fois, à ne pas se limiter à approuver ses propos et osa exprimer son ressenti :

— Peut-être, mais le temps que tout rentre dans l'ordre, nous allons nous installer où ? Vous occupez le premier studio, le deuxième est loué et la maison est inaccessible !

— Si tu as une baguette magique, je suis preneur, rétorqua son père.

Hervé n'avait pas l'habitude de vivre dans l'incertitude et de ne pas avoir une maîtrise totale des hommes et des événements. Et là, dans une situation que personne ne pouvait prévoir, il se sentait incapable d'influer sur quoi que ce soit. La nature ne se commande pas, elle décide et nous nous adaptons. Hervé y était confronté, il subissait et ne le supportait pas.

— Je n'ai aucun pouvoir surnaturel, rétorqua sa fille. J'aimerais juste savoir où me poser avec Maxime.

— Où tu veux ! répliqua sèchement son père.

L'atmosphère devenait de plus en plus tendue. Élise décida d'intervenir :

— Nous pourrions leur laisser le studio, dit-elle à son mari, pour une nuit...

— Il n'en est pas question ! la coupa Hervé. D'ailleurs, il ne s'agit pas d'une nuit, mais de trois. Et me geler dans cette baraque, certainement pas.

Au moins, c'était clair ! Elena ne chercha pas à discuter, elle était déjà lasse de se heurter au caractère intransigeant de son père. Elle pensa qu'il aurait pu faire un effort ; ils étaient ensemble si rarement. Mais à quoi bon insister ? Cela ne servirait à rien, sauf à envenimer une situation déjà assez complexe. Elle se tourna vers sa mère.

— Avec Maxime, nous allons prendre votre chambre dans la maison. On profitera de la salle de bains. On se réchauffera avec une ou deux couvertures supplémentaires. Personne n'y voit d'inconvénient ? demanda-t-elle ironiquement.

Sa mère acquiesça d'un signe de tête et son père marmonna :

— Si tu veux ! Mais les ouvriers commencent tôt demain matin.

— Ce n'est pas grave ! fit Elena. Avec tous ces bouleversements, le sommeil, on y pensera plus tard !

— Très bien, maugréa Hervé.

— Le repas est bientôt prêt, annonça Élise. Depuis hier soir, c'est régime boîtes de conserve. Maxime, tu veux bien ajouter une assiette, s'il te plaît ?

Elena s'approcha de sa mère :

— Qu'est-ce que tu nous as préparé de bon ?

— Haricots blancs, saucisses. Pour la grande cuisine, espérons que le soir du réveillon, ce sera possible.

Elena pensa aux *baked beans* qu'elle avait cuisinés quelques heures auparavant chez Sébastien. Elle sourit et osa une plaisanterie que seul Maxime comprit :

— Sucrés ou salés ?

— Que veux-tu dire ? s'étonna sa mère. Des haricots sucrés, très peu pour moi !

Le jeune garçon ne put s'empêcher de commenter la remarque de sa mère :

— T'inquiète, mamie, les haricots sucrés, c'est une spécialité de maman. Enfin, plus exactement, une spécialité anglaise. Après plusieurs tentatives, on arrive à s'y habituer, s'amusa-t-il.

Elena se précipita sur son fils et le serra dans ses bras.

— Tu as fini de raconter des bêtises ? Qu'est-ce que tu m'as manqué, toi !

— Arrête, tu m'étouffes, dit-il en essayant de se dégager.

— Allez, les enfants, quand vous aurez fini de vous chamailler, on pourra passer à table, railla Élise.

Le regard d'Hervé allait de ses papiers d'assurance à sa fille. Mais dès qu'il croisait celui d'Elena, il détournait la tête. Un mélange d'attente et d'incompréhension. L'attente de retrouver la complicité qui les unissait lorsqu'elle était encore une enfant, et l'incompréhension d'avoir vu se dégrader leur relation lorsqu'elle avait décidé de faire sa vie loin de la propriété familiale.

Ils se mirent à table et Hervé s'adressa à son petit-fils :

— Au fait, tu as parlé à ta mère de ce dont tu nous rebats les oreilles depuis deux jours ?

— De quoi parle papi ? demanda Elena.

— Je te l'ai dit tout à l'heure. Papa… je n'ai pas de nouvelles. À Paris, il y a eu beaucoup de dégâts.

— Les moyens de communication sont quasiment inexistants. De nombreuses lignes sont à terre. Je suis sûre que dès qu'il le pourra, il te contactera. Je te le répète, avec mon portable, nous essaierons de le joindre.

Elena sortit son téléphone de sa poche, le posa sur la table et poursuivit :

— Tu vois, il n'y a aucun réseau. Je te le confie et dès qu'une barre ou deux apparaîtront, tu l'appelleras.

— Merci, maman !

— Il se libérera… entre deux pétrissages de baguettes, ironisa Hervé.

Elena hocha la tête en signe de réprobation.

— Tu ne peux pas t'en empêcher… Pierre fait ce qui lui plaît et c'est le plus important. Un jour, tu m'expliqueras pourquoi tu ne l'as jamais apprécié. Mais nous sommes divorcés, tu devrais être satisfait !

Élise regarda sa fille avec insistance. Jamais elle n'avait osé parler ainsi à son père, lui tenir tête et remettre en question ses certitudes.

Hervé se réfugia dans le silence jusqu'à la fin du repas. Il paraissait déstabilisé.

— Maman, regarde ! s'écria Maxime.

Une barre venait de s'afficher sur l'écran du portable. Elena n'en croyait pas ses yeux ; elle se rapprocha de la baie vitrée, et une deuxième barre apparut. Elle fit défiler son répertoire jusqu'au numéro de Pierre et tendit l'appareil à son fils.

— Tiens, va dehors, ça captera encore mieux. Tu n'as plus qu'à appuyer sur la touche verte. Tu peux parler avec lui aussi longtemps que tu le souhaites ; il y a encore de la batterie.

Maxime se précipita à l'extérieur. Elena le surveilla par la fenêtre de la cuisine au cas où les nouvelles ne seraient pas celles qu'il espérait. Très vite, elle fut rassurée ; elle vit un sourire éclairer le visage de son fils. Elle tranquillisa sa mère, satisfaite de savoir que le père de son petit-fils allait bien. Quant à Hervé, aucune réaction, rien ! Maxime revint après une dizaine de minutes.

— *Yes*, il va bien ! Dans son quartier, il n'y a même pas eu une seule coupure d'électricité, c'est fou, ça, s'étonna le jeune garçon.

Elena était heureuse pour son fils.

— Tu pourras le rappeler demain, si tu le souhaites.

Maxime eut un sourire malicieux.

— C'est déjà prévu, à midi pile !

— Alors, c'est parfait. Bon, et si on allait se reposer, je suis crevée.

— OK, maman !

Élise les accompagna pour s'assurer que la chambre n'était pas trop humide. Elle en profita pour sortir de l'armoire deux autres couvertures ainsi qu'une épaisse couette.

— Il fait super froid ! fit Maxime en se frottant les bras.

— Tu devrais revenir dormir avec nous dans l'appartement, proposa sa grand-mère.

— Certainement pas, je reste avec maman !

Elena fut touchée par sa réaction. Malgré l'atmosphère glaciale des lieux, elle signifia à sa mère que tout irait bien.

— On vous attend demain pour le petit déjeuner, fit Élise.

— Très bien, à demain donc. Au fait – elle hésita un instant –, papa... ça va ?

La réponse d'Élise fut, comme toujours, très évasive, vu la relation que sa fille entretenait avec son père.

— Avec ces satanées intempéries, il ne va plus savoir où donner de la tête, mais à part ça, rien de spécial.

— Bon... eh bien, bonne nuit, je file me réchauffer.

Élise était gênée de laisser sa fille et son petit-fils dans cette chambre où la température ne devait pas excéder huit degrés. Mais puisque son mari était d'accord, il n'était, bien évidemment, pas question de contester.

— Bonne nuit. La salle de bains est opérationnelle, l'eau doit être encore tiède, précisa-t-elle.

— Je sais, maman, je sais...

Élise disparut dans le couloir. Maxime s'était déjà glissé sous les couvertures et il ne tarda pas à s'endormir.

Elena ne trouvait pas le sommeil, des tas d'interrogations se bousculaient dans sa tête. Ce qu'elle venait de vivre depuis son arrivée à l'aéroport de Bordeaux lui paraissait irréel. Comment avait-elle pu passer, en l'espace d'une journée, de la vie trépidante de la City londonienne où tout était calculé, prévu, où chacune de ses décisions était appliquée dans l'instant, à l'incertitude la plus totale, avec cette étrange impression de ne plus rien contrôler ? Elena était devenue dépendante des événements, des caprices de la nature et surtout des autres, et elle avait du mal à l'assumer. Sébastien, cet homme qui l'avait sauvée, qui lui portait la plus grande attention et l'instant d'après la repoussait comme une étrangère qui n'avait rien à faire chez lui. Quoi qu'elle fasse, il était parfaitement imperméable à toute forme de remerciement. Sa fille Océane, aussi attachante que son père était mystérieux. Elena avait passé peu de temps avec cette jeune fille, et pourtant, elle pensait à elle. Était-ce la réalité ou la situation dramatique qui exacerbait ses sentiments ? Et que dire d'Éloïse, cette grand-mère qui semblait sortie d'un conte de fées ? Une seule préoccupation paraissait l'animer : faire preuve de bonté sous toutes ses formes.

Elena fixa le plafond. Elle grelottait ; elle remonta la couette pour recouvrir son nez. « Chez moi, je suis chez moi », se répéta-t-elle comme pour se persuader de l'obligation d'être heureuse d'avoir retrouvé les siens. Son père, comme à son habitude, avait imposé son avis. Devant lui, Elena avait toujours cédé, puis fui, ne supportant plus son intransigeance. Pourtant, aujourd'hui, malgré le manque de forces et de repères, elle avait trouvé le courage de lui faire face. Où avait-elle puisé cette énergie ? Elena n'en avait aucune idée, et cela lui faisait peur. Encore une chose qui s'était imposée à elle sans qu'elle puisse avoir le moindre contrôle.

Sa gorge se serra lorsqu'elle pensa à sa mère, cette femme qui avait passé sa vie à se soumettre aux désirs de son mari. Elena n'avait jamais su si, au fond, cela la dérangeait. Était-elle malheureuse ou cela lui convenait-il ? Il s'agissait de l'histoire de ses parents, pas de la sienne, mais elle ne pouvait s'empêcher de se poser mille questions. Elle en avait plusieurs fois parlé à son frère, qui lui répétait inlassablement de ne pas s'en occuper et que chacun vivait comme il le souhaitait. Jérôme avait le don de se détacher des aléas de la vie ; elle était impatiente de le revoir.

Il était plus de minuit et elle n'avait toujours pas trouvé le sommeil. Elle se demandait comment elle allait pouvoir supporter deux nuits supplémentaires dans ces conditions. Puis elle vit son portable, posé sur sa valise, s'allumer. Elle se leva en prenant garde de ne pas réveiller son fils. Il s'agissait d'un numéro inconnu avec un indicatif local. Elle décrocha et chuchota :

— Allô ?

— C'est moi…

La voix était si faible qu'elle ne la reconnut pas tout de suite.

— Mais qui êtes-vous ?

— C'est moi, Océane. Je ne te dérange pas ?

La surprise d'Elena fut totale ; elle sortit de la chambre avant de répondre :

— Non, non. Mais, il est plus de minuit, tu ne dors pas ?

— Je n'y arrive pas, le contrecoup de tout ça, sans doute. Papa m'a dit hier soir que certains réseaux téléphoniques avaient été réparés. Je ne veux pas le réveiller, il dort, il était épuisé. Mais j'avais besoin de parler à quelqu'un, et tu m'avais donné ton numéro, alors...

La voix d'Océane était saccadée. Elena entendit à plusieurs reprises la jeune fille déglutir.

— Calme-toi. Tente de respirer lentement. Ça va aller, je t'assure.

— Tu es sûre que je ne te dérange pas ?

— Bien sûr que non ! lui assura-t-elle. De toute façon, je suis comme toi, je n'arrivais pas à fermer l'œil. Moi aussi, ça me fait du bien de te parler.

— Et ton fils, ça va ? Je suppose qu'il était heureux de te retrouver ?

Elena sentit du vague à l'âme dans la remarque d'Océane. Elle choisit de ne pas s'appesantir sur ce sujet.

— Il dort profondément. Il a pu avoir des nouvelles de son père, il est rassuré.

— C'est bien, fit simplement la jeune fille.

— Allez, on va essayer de dormir maintenant. Et surtout, n'hésite pas, si tu en ressens le besoin, rappelle-moi.

Océane paraissait un peu plus calme.

— Merci, je vais raccrocher et remonter sans faire de bruit dans ma chambre.

— Moi, je vais me glisser à nouveau sous les couvertures pour me réchauffer, il fait un froid de canard ici !

— Il n'y a pas de cheminée ou un groupe électrogène ?

— C'est un peu plus compliqué que ça..., dit Elena en levant les yeux.

— Ah, d'accord, essaie quand même de faire de beaux rêves.

— Merci, dors bien..., ma petite.

— Tu me fais sourire. Au fond, tu sais, ça ne me dérange pas que ma grand-mère m'appelle comme ça.

— Je sais ! assura Elena. J'ai bien compris, c'est un jeu entre vous.

— En même temps, ce n'était pas difficile à deviner, plaisanta la jeune fille. Bonne nuit.

— À toi aussi, Océane.

7

Reconnaître les signes

L'existence, ce n'est rien d'autre qu'un long cheminement, fait de rencontres, d'aventures, de surprises et d'illusions, de déceptions et d'espoirs, de vaines attentes et d'amours sincères. Elle peut être d'un calme étonnant ou d'un bouillonnement incessant.

Mais le plus important, ce n'est pas d'attendre quoi que ce soit, c'est d'être en capacité de reconnaître les signes que la vie nous envoie comme autant de traces à suivre et de corps à enlacer.

*

* *

Le jour n'était pas encore levé lorsque Elena et Maxime furent réveillés en sursaut par un vacarme qui venait de l'extérieur. Elena jeta un coup d'œil rapide au réveil posé sur la table de nuit ; il était à peine six heures. Maxime se frotta les yeux, grommela et enfouit son visage dans l'épaisse couette. Sa mère se leva, enfila rapidement ses vêtements et se dirigea vers la porte d'entrée. À mesure qu'elle progressait dans le couloir, elle reconnaissait des voix d'hommes qui, afin de couvrir le bruit des moteurs, n'hésitaient pas à crier pour se comprendre. Interloquée par un tel raffut, elle ouvrit vigoureusement la porte et découvrit des camions et des engins de levage portant le logo de la société familiale. Elle se souvint de la remarque de son père, la veille au soir ; mais elle ne pensait pas que les ouvriers seraient opérationnels si tôt, avant le lever du jour. Au beau milieu de ce ballet parfaitement réglé, son père hurlait ses consignes à chacune des équipes. Elena l'interpella. Il lui jeta un coup d'œil rapide, mais ne lui prêta guère plus attention et poursuivit l'organisation des travaux. Elle insista, mais sa voix se perdait, couverte par le ronronnement des moteurs des chariots élévateurs. La première équipe était déjà sur le toit et s'affairait à la recherche de la partie la plus endommagée ; les tuiles volaient et venaient s'éclater dans la benne positionnée contre le mur de la maison. Une nouvelle fois, elle s'efforça de capter l'attention de son père, toujours sans succès. Elle eut pour seule réponse un rapide signe de la main lui indiquant qu'elle devait patienter. Agacée, elle lui coupa la parole et cria :

— C'est quoi, ça ?

Elle devina la satisfaction sur le visage de son père. Enfin, il reprenait son rôle habituel, il organisait, commandait et imposait ses décisions. Il lui rétorqua sur le même ton :

— Que veux-tu que ce soit, je t'avais prévenue !

Joignant le geste à la parole avec d'amples mouvements de bras, elle poursuivit :

— C'est du délire, il ne fait même pas jour ! J'ai à peine dormi trois heures et Maxime vient de faire un bond dans le lit. Il imaginait que le toit finissait de s'écrouler !

Calmement, d'un ton presque provocateur, Hervé répondit :

— Tu es mal habituée, nous ne sommes pas dans ton appartement douillet de Londres.

Ces propos n'avaient pas de sens, si ce n'était celui de la rabaisser.

— Mais, ça n'a rien à voir, pourquoi me parles-tu de Londres ?

— C'est bien là-bas que tu habites ?

Elena grimaça.

— Tu ne changeras donc jamais ! affirma-t-elle.

— Et toi ?

— Je préfère ne rien dire !

Elena était frigorifiée. Elle tremblait d'énervement et de froid. Elle releva son col et, avant de retourner dans la maison, elle dit à son père :

— Réponds-moi sérieusement au moins sur un point.

— Je t'écoute.

— Ton petit-fils et accessoirement ta fille ne risquent rien à l'intérieur avec tout ce fatras ?

— Évidemment que non ! Il ne s'agit que de la réfection de la toiture côté ouest. Tu crois vraiment que je vous ferais courir le moindre risque ?

— Très bien, je vais rejoindre Maxime, il doit s'inquiéter. À tout à l'heure !

Hervé était déjà en train de superviser le déchargement des palettes de tuiles neuves. Elena s'efforça de prendre sur elle et partit rassurer son fils.

Lorsqu'elle pénétra dans la chambre, Maxime était encore blotti sous les couvertures. Son visage était livide. Malgré son jeune âge, lui aussi souffrait de l'atmosphère glaciale, et il ne manqua pas de s'en plaindre :

— Je suis gelé ! Vite, qu'on aille déjeuner avec mamie et papi pour se réchauffer. Je te préviens, je ne reviens pas ici ce soir ! J'aurais dû partir avec tonton Jérôme, comme il me l'a proposé, affirma-t-il.

Elena accusa le coup mais préféra ne pas montrer sa déception.

— Je sais, Maxime, mais nous n'avons pas le choix. Les ouvriers sont en train de réparer la toiture, les choses devraient s'améliorer.

— Oh, oui, juste le temps de se transformer en iceberg !

Elena sourit à la remarque de son fils.

— Un peu exagéré, tu ne crois pas ?

— Pas du tout, maman ! Les travaux seront terminés avant le réveillon ? s'enquit-il.

— Toute la famille fêtera cette nouvelle année dans la maison et au chaud ! D'ailleurs, ton oncle, ta tante et ta petite cousine seront parmi nous.

— Deux nuits de plus ici, jamais de la vie, il n'en est pas question !

Elena était coincée entre l'intransigeance de son père et les désirs justifiés de Maxime. C'est alors que ce dernier eut une idée qui stupéfia et déconcerta sa mère :

— Pourquoi tu ne demandes pas à… je ne sais plus comment il s'appelle, celui qui t'a secourue, de nous héberger deux jours ? C'est chauffé chez lui ?

— Euh… chauffé, enfin, avec la cheminée ou le groupe électrogène la journée. Chez… Sébastien… Mais non, enfin, c'est gênant, je ne sais pas.

— C'est ça, oui, Sébastien. Tu t'es gelée comme ici ?

— Non, mais il faut se débrouiller chez papi et mamie, on ne peut pas décider comme ça…

Maxime insista :

— Ce n'est que pour deux jours, c'est sûr, on ne va pas passer le réveillon avec sa famille.

« Sa famille » : ces deux mots résonnèrent dans l'esprit d'Elena. Elle pensa à Océane et Éloïse. Elle eut envie de les voir. Mais elle chassa rapidement cette idée ; elle était avec Maxime, chez ses parents, et bientôt, sa famille serait réunie. Cela valait bien deux jours à supporter une température hivernale et quelques accrochages avec son père.

La tempête avait touché les forêts et les bâtiments, mais aussi les hommes qui, une fois la stupéfaction passée, devaient eux aussi se reconstruire et faire face aux traumatismes que chacun avait vécus. Les repères d'Elena étaient bouleversés. Éloïse et Océane… Ce désir soudain de les revoir ne pouvait être qu'une conséquence de cette nuit de terreur qu'elles avaient vécue ensemble. Quand un drame survient, les hommes font face, quelles que soient leurs différences et leurs divergences. C'est l'instinct de survie qui prime. Malgré cela, Elena avait bien du mal à ne pas ressentir une forme de nostalgie après son court séjour à *La Pignada.* Elle avait cru perdre la vie, elle s'était sentie faible, désemparée face aux réactions inattendues de Sébastien, et pourtant, elle ne pouvait s'empêcher de sourire en pensant à la bienveillance d'Éloïse et à la force d'Océane.

— Maman, tu es avec moi ? lui demanda Maxime.

Elena sembla sortir d'un rêve.

— Mais oui. Allez, bouge-toi ! Cinq minutes à la salle de bains, et c'est à moi. Après, on court au studio se réchauffer.

— Tu ne veux pas alors pour…

— Ça suffit, Maxime. On va supporter, ce n'est que pour deux jours ! Qu'est-ce que c'est par rapport à ceux qui n'ont plus de maison ? Allez, bouge-toi ! répéta-t-elle en tirant les couvertures jusqu'en bas du lit.

Il insista :

— Mais, maman…

Elena ne céda pas :

— Allez, hop, file !

Maxime s'exécuta en ronchonnant.

— C'est bon, j'y vais. C'est super, déjeuner à quatre dans un studio à six heures du matin. En plus, il ne fait même pas jour.

Il claqua la porte de la salle de bains. Elena ne put s'empêcher de penser une nouvelle fois à Océane qui, même si elle avait le même âge que Maxime, n'aurait jamais eu une telle réaction. Elle en était persuadée. Sa maladie et la perte prématurée de sa mère l'avaient obligée à réagir en adulte bien trop tôt. Elena était heureuse de constater que son fils avait des réactions en rapport avec son âge, celles d'un adolescent qui se cherche et qui, parfois, exagère la situation ; c'était mieux ainsi.

— Je n'ai jamais pris une douche aussi rapidement, fit le jeune garçon qui enfila un tee-shirt et deux pulls. À toi, maman, et toi aussi bouge-toi ! lui lança-t-il.

— Maxime, tu ne me parles pas comme ça, je suis ta mère, je te signale.

— C'est bon, désolé, marmonna-t-il.

Tandis qu'Elena se rendait à son tour dans la salle de bains, Maxime, n'y tenant plus, l'avertit qu'il ne l'attendait pas et qu'il rejoignait ses grands-parents. Elle acquiesça d'un simple geste de la main.

Lorsque Elena pénétra dans le studio, Maxime était déjà en train de prendre son petit déjeuner. Il avalait goulûment d'épaisses tranches de brioche qu'il trempait avec application dans son bol de chocolat chaud. Tout en embrassant sa mère, Elena plaisanta :

— Je vois que tu m'as attendue pour manger, c'est bien !

— J'avais trop faim, dit Maxime la bouche pleine.

— Oh, ça, je n'en doute pas.

Elle prit une tasse dans le placard au-dessus de la hotte et s'assit au comptoir de la kitchenette. Sa mère, qui attendait que le café finisse de passer, paraissait tourmentée. Elena s'en inquiéta :

— Quelque chose ne va pas ?

— Non, non. Allez, le déjeuner est prêt ! Je suppose que tu veux du café ? Vous n'avez pas eu froid ? demanda Élise.

— Avec plaisir, une grande tasse, et effectivement nous sommes frigorifiés. Et toi, ça va ?

— Ça va, même si, avec le contrecoup et le changement d'habitude, le sommeil s'est enfui. Je suis fatiguée…

Élise n'était pas femme à se plaindre, et cela inquiéta sa fille.

— Tu es sûre, il n'y a rien d'autre ?

Maxime avait terminé son deuxième bol de chocolat. Il enfila son manteau et partit rejoindre son grand-père, toujours à la manœuvre pour diriger les travaux de réfection.

Élise reprit alors la parole :

— Nous avons eu une discussion houleuse avec ton père, hier soir, quand je suis revenue après vous avoir installés.

Elena se doutait que la suite n'allait pas apaiser une situation déjà quelque peu tendue. Le fait que sa mère s'épanche à ce point ne présageait rien de bon. Élise poursuivit :

— Il est insupportable. Je n'en peux plus ! Comment peut-il réagir de la sorte alors que tu viens à peine d'arriver ? Commander, il ne pense qu'à ça ! Et quel égoïste, ne pas vous avoir laissé le studio alors que ça fait un an qu'on ne vous a pas vus !

Même si sa mère ne pensait pas à mal, cette dernière remarque choqua Elena, mais elle n'en dit rien.

— Bien sûr, il s'inquiète pour l'entreprise, les clients, la maison, c'est normal, mais passer ses nerfs sur tout le monde, non, ce n'est plus possible. Tu te rends compte, il préfère déjeuner avec ses ouvriers plutôt qu'avec sa famille. Tu es là depuis hier soir et il se moque de te voir ou pas. Tu as failli perdre la vie, et lui, il continue comme si tu étais transparente. Savoir comment se passe ton travail, si Maxime s'habitue enfin à sa nouvelle vie londonienne, il s'en fiche. « Elle n'est pas restée avec nous, à la propriété », voilà sa seule obsession depuis que tu as dix-huit ans.

Le ton de la voix d'Élise ne faisait que monter. Même si Elena ne voyait pas d'un mauvais œil que sa mère, enfin, dise ce qu'elle avait sur le cœur, elle préféra intervenir pour que ce bouillonnement émotionnel ne déborde pas :

— Perdre la vie, n'exagérons pas. Et puis, j'ai eu de la chance d'être secourue.

La colère d'Élise ne fit pourtant que se renforcer. Elle se lança alors dans un long monologue, parlant d'une voix forte, parfois ironique, sous les yeux de sa fille incrédule. Ce n'était pas sa mère qu'Elena avait en face d'elle.

— Ah, et ça aussi, tu as passé une journée à *La Pignada* chez Sébastien Dervain, quelle honte ! Non, mais, je te jure, un fou lorsqu'il m'en a parlé ! Il ne l'a jamais supporté, va savoir pourquoi. Un jeune qui s'installe, il fallait absolument le détruire. Au moins, Sébastien a eu le mérite de lui tenir tête. Et puis, du boulot, il y en a pour tout le monde. Et cette histoire avec cette pauvre femme, il me l'a ressortie, je t'assure ! Une seule chose lui importait, c'était que l'on n'accuse pas son chauffeur. C'était terrible, il nous a interdit d'aller aux obsèques. En plus, avec sa fille handicapée, il a du courage, ce gars !

— Océane n'est pas handicapée, précisa Elena, contrariée.

Élise se tut un instant, le temps de finir sa tasse de café. Soudain, Elena se souvint qu'Éloïse lui avait conseillé de réclamer quelques explications à sa famille si elle souhaitait en savoir plus sur le différend qui opposait son père à Sébastien.

— C'est quoi, cette histoire de sa femme avec le chauffeur ? demanda-t-elle.

Élise tenta de reprendre sa longue plainte sans se soucier de la remarque de sa fille.

— Vivement que tout cela rentre dans l'ordre. Par contre, je crois qu'il y en a pour un moment…

Elena l'interrompit fermement :

— Maman, que veux-tu dire lorsque tu parles de la femme de Sébastien Dervain ?

Élise fronça les sourcils. Elle prit le temps de la réflexion en grignotant une tartine.

— Ce n'est pas très important, juste pour dire que ton père est toujours le même.

— Ça, je m'en étais rendu compte. Mais encore une fois, que s'est-il passé ?

D'habitude si posée, si calme, souvent effacée, Élise lâchait tous les griefs qu'elle avait contre son mari. À sa grande surprise, Elena n'éprouvait aucune peine pour sa mère. Elle ne comptait pas interférer dans la relation que vivaient ses parents. Sans doute Élise, dans ce déballage hétéroclite, attendait-elle de la part de sa fille un soutien qui ne vint pas. La seule préoccupation d'Elena était d'en savoir plus sur ce qui s'était passé lors du décès de l'épouse de Sébastien. Pourtant, Élise insista, persuadée que sa fille allait enfin rentrer dans son jeu :

— Il ne s'est rien passé de spécial, ton père, comme d'habitude, voulait tout régenter.

Elena posa brusquement sa tasse sur la table ; quelques gouttes de café vinrent souiller son jean.

— Maman, ça suffit maintenant ! Tu commences à accuser et tu te défausses. J'ai besoin de savoir.

Irritée, Élise rétorqua :

— Qu'est-ce que ça peut bien te faire ? Ce sont des histoires anciennes. Il y en a des dizaines avec ton père !

— C'est bon, maintenant, j'ai compris, tu as du mal à le supporter. Moi, ce qui m'importe, c'est de savoir ce qui s'est passé avec Amalia.

— Pourquoi t'intéresses-tu à cette femme ?

— Maman, s'il te plaît ! C'est l'histoire de ma famille, et puis j'étais à Paris à l'époque, alors j'aimerais bien savoir pourquoi on me regarde de travers aujourd'hui.

Élise prit le temps de la réflexion avant de répondre :

— C'est chez les Dervain qu'on t'a manqué de respect ?

— Il ne s'agit pas de respect, loin de là, mais d'explications !

— Ça a l'air de te tenir à cœur, étonnant ! Je te parle de ton père, et toi, tu me parles des Dervain !

— Je t'écoute, insista Elena.

Élise était peinée que sa fille ne se lance pas, comme elle, dans une longue diatribe contre son père ; mais elle ne lui en voulait pas, cela n'était pas dans sa nature. Ses habitudes reprirent le dessus, sa voix s'apaisa ainsi que le débit de ses paroles. Elle avait pu se libérer de quelques tourments ou du moins les exprimer, et cela paraissait lui suffire. Elena savait que sa mère ne s'opposerait jamais directement à son mari. Ils avaient construit leur vie de cette façon, et au fond, chacun y trouvait son équilibre.

— L'ouvrier n'était en rien responsable de l'accident. Il a simplement assisté à la perte de contrôle du véhicule par la conductrice. Mais ton père devait tout vérifier, au cas où ! La réputation de l'entreprise aurait pu en pâtir.

Elena semblait plongée dans une profonde réflexion. Elle fronça les sourcils ; quelque chose ne collait pas.

— Je ne comprends pas. Si le chauffeur n'était responsable de rien, pourquoi intervenir ? C'était un accident, voilà tout !

Élise eut un sourire narquois.

— Un accident étrange. Une vitesse folle, un freinage brutal alors qu'aucun obstacle n'était présent, un brusque changement de direction sans raison précise, le choc violent était inévitable.

— La voiture, sans doute, un souci mécanique, imagina Elena.

— Non, aucune cause technique n'a été retenue.

À cet instant, Elena se souvint des mots d'Éloïse : « Amalia nous a quittés… »

— C'est bizarre, cet accident, non ?

— Oui, affirma Élise.

— Mais alors, pourquoi cette haine entre les deux familles ?

Élise haussa les épaules.

— Le doute sur les véritables raisons de l'accident, le temps qui sclérose tout, la volonté de ne pas en parler de peur de faire resurgir les brouilles du passé. Tu vivais à Paris et tu vis désormais à Londres, tu es bien loin de toutes ces histoires d'un autre temps, c'est un sport régional, ici, dans les campagnes. Parfois, on ne sait même plus pour quelle raison deux familles se battent pour quelques arpents de terrain.

Elena songeait à quel point elle était loin de toutes ces querelles. Si, dans un premier temps, cela l'apaisa, elle ne tarda pas à ressentir comme un manque. Cette région, elle avait choisi de la quitter à l'âge de dix-huit ans. Ce n'est que vingt ans plus tard qu'elle se rendait compte qu'elle s'était elle-même exclue de sa famille. Sa mère la sortit de sa torpeur.

— Heureusement que les jeunes sont moins bêtes que les anciennes générations ! affirma-t-elle brutalement.

— Pourquoi dis-tu ça ?

— Parce que ton frère Jérôme et Sébastien Dervain travaillent ensemble !

Elena écarquilla les yeux.

— Quoi ? Qu'est-ce que tu racontes ?

— La vérité ! Les nouveaux débouchés de vente sont difficiles à dénicher. Avec tout ce bois à terre, personne ne sait comment cela va évoluer, mais depuis deux ans, ils ont conclu un accord. Plus les quantités à écouler sont importantes, plus les prix sont bas, alors... À deux, on est plus fort, ils l'ont compris. Et c'est très bien ainsi !

— Mais papa, il est d'accord ?

Élise éclata de rire.

— Évidemment que non, tu imagines, s'il savait ! La paperasse et les comptes, ça n'a jamais été son truc, il déteste tout ça ! Ton frère en a profité, on s'est arrangés pour qu'il ne sache rien.

— C'est Jérôme qui l'a proposé à Sébastien ou le contraire ? demanda Elena.

Élise sourit.

— Ni l'un ni l'autre !

— Pardon ?

— C'est Éloïse qui a initié ce rapprochement. C'est elle qui a contacté Jérôme. Après, elle s'est effacée, les jeunes ont su ravaler les vieilles rengaines et surtout comprendre où était leur intérêt s'ils voulaient être plus forts pour concurrencer les Espagnols à l'export.

— Éloïse, ce n'est pas possible. C'est la mère de…

— D'Amalia, oui !

— J'avoue que tout cela me dépasse, fit Elena en finissant sa tasse de café.

Au contraire d'Élise qui, après ces brusques confessions, se sentait plus détendue, Elena se posait mille questions. Sébastien était déjà une énigme, il était désormais un mystère. Elena était perplexe, perdue dans une brume dont elle avait du mal à s'extirper. Une crainte diffuse l'envahit.

— Je suis un peu dubitative, confessa-t-elle.

— Nous le sommes tous. Personne ne sait comment nous allons sortir de cette crise.

— Sans doute, répondit Elena.

— Et toi, Londres, ta vie, ta relation avec Pierre… Maxime nous en a parlé. Il semble ne pas encore avoir trouvé ses marques dans sa nouvelle vie d'exilé.

Épuisée par les événements et le manque de sommeil, Elena ne put s'empêcher de se laisser aller :

— Je sais, mariage raté, mon fils m'en veut de l'avoir traîné en Angleterre. En ce qui concerne le boulot, je ne pourrai pas, comme prévu, être en contact avec mes collègues pour le basculement vers l'an 2000. Je suis ici, je me rends compte que je ne connais rien de l'histoire de ma famille. Fatiguée, je suis fatiguée, j'ai besoin de prendre l'air, répéta-t-elle avant de se lever et de sortir du studio.

Sa mère ne réagit pas à ses propos. Elle ne savait pas forcément quoi dire pour l'apaiser.

Le jour était désormais levé et un timide soleil perçait les bancs de nuages. Le vent était quasiment nul, ce qui eut le mérite de faire sourire Elena. Comment la nature pouvait-elle changer aussi radicalement en à peine une journée ? Et si les hommes avaient cette même capacité ? Elle s'assit sur un muret de pierre et observa les ouvriers qui ne chômaient pas ; la réfection avançait. La partie du toit endommagée était totalement découverte et les premiers liteaux déjà fixés n'allaient pas tarder à recevoir des tuiles neuves. Elle disséqua chaque geste de son père qui, accompagné de Maxime, faisait des allers-retours incessants entre ses équipes pour leur dispenser ses ordres. Les ouvriers appliquaient les consignes de leur patron sans discuter. Elena reconnut que son efficacité, en tant que meneur d'hommes, ne pouvait pas être mise en doute. Pour le reste, c'était une autre histoire. Elle repensa à ce que venait de lui confier sa mère concernant les intérêts communs mis en place par Jérôme et Sébastien. Son père n'y voyait que du feu, et cela l'amusait. Peut-être ne fallait-il pas l'affronter, mais le contourner et ne pas s'épuiser à tenter de le convaincre. Son frère et Sébastien l'avaient compris, pas elle ; saurait-elle retenir la leçon ?

Son fils l'aperçut et courut la rejoindre ; il s'installa à côté d'elle. Elena l'enveloppa de son bras.

— Tout va bien ?

— Qu'est-ce qu'il commande, papi, c'est fou ! Il n'arrête pas !

— Au moins, ça a le mérite d'être efficace, admit-elle.

— Heureusement que je n'ai pas de prof comme ça, je ne le supporterais pas.

— Il faudrait bien pourtant, on ne choisit pas toujours.

— Sans doute, lâcha Maxime, déjà reparti vers le studio pour reprendre une tranche de brioche.

La lassitude aidant, Elena laissait divaguer ses pensées. Elle suivait toujours son père du regard, mais son esprit était ailleurs, à *La Pignada*. Elle eut un pincement au cœur en se remémorant le coup de fil d'Océane. Cette famille l'intriguait. Éloïse, cette femme qui respirait la bonté, qui était-elle vraiment ? Comment avait-elle pu organiser le rapprochement des deux entreprises alors que la famille Dejean aurait pu être suspectée d'avoir une responsabilité dans l'accident ayant causé la mort de sa fille ? Avait-elle compris que les griefs que les générations se transmettaient n'avaient aucun sens, si ce n'était celui de la souffrance ? Quant à Sébastien, pourquoi l'avait-il presque mise à la porte, alors qu'il travaillait avec son frère ? Et Océane, cette jeune fille fragile et tellement forte à la fois, que lui voulait-elle vraiment en l'appelant au milieu de la nuit alors qu'elles se connaissaient à peine ?

— Mais tu dors ou quoi ?

Elena fut sortie de sa torpeur par la voix forte de son père.

— Non, non, je regardais les ouvriers. Ils bossent sacrément vite !

— Ils ont intérêt, je les paie assez cher, affirma-t-il.

— C'est une façon de voir les choses, dit-elle d'un ton désabusé.

— C'est la seule !

Elena n'avait ni la force ni l'envie d'entrer dans une querelle sans fin.

— Si tu le dis... Je me posais une question : ce sont les ouvriers de l'usine, et pas des artisans du coin ?

Son père écarquilla les yeux.

— Des artisans ! Comment veux-tu en trouver avec les dégâts causés par la tempête ? Ils sont soit chez eux à colmater les fuites, soit à travailler avec les pompiers.

Elena fixa son père :

— Et tes ouvriers, ils n'ont pas d'urgences personnelles à gérer ?

Hervé répliqua :

— Je ne pense pas, du moins, ils ne m'ont rien dit. Si ça peut te rassurer, ils ne sont pas tous présents !

Elena ne répondit pas, à quoi bon ? Combattre un tel cocktail d'égoïsme et de mauvaise foi, elle n'en avait pas la force.

Son père poursuivit :

— Même si le travail avance rapidement, je reste sur mes prévisions d'hier soir. Encore deux jours de boulot et la maison sera prête pour organiser à temps le réveillon !

Résignée, Elena demanda :

— Donc, encore deux nuits à se geler et à être réveillés à six heures ?

— Exactement ! Deux nuits, ce n'est pas la fin du monde, dit Hervé sur le ton de la plaisanterie avant de repartir vers ses équipes.

Elena ressentait une profonde lassitude. Ses pensées divaguèrent à nouveau, et elle repensa à ce que son fils lui avait proposé le matin même. Cette possibilité, qu'elle avait rejetée avec force, ne lui paraissait plus aussi farfelue. Que risquait-elle ? Tout au plus un refus de la part de Sébastien. Que souhaitait-elle ? De l'entraide après un événement climatique dévastateur et imprévisible : c'était bien ce que Sébastien avait défendu, face à elle, avec force et conviction. Et puis, il ne s'agissait que de deux jours ; le 31 décembre, elle serait de nouveau chez elle, avec sa famille.

Elena vérifia que son portable professionnel captait toujours, en espérant que le numéro depuis lequel Océane l'avait appelée était opérationnel. Elle avait pris sa décision, sans en parler à ses parents ni à son fils. Elle composa les dix chiffres. La voix apaisante d'Éloïse se fit entendre :

— Allô, qui est à l'appareil ?

— Ça me fait plaisir de vous entendre.

— Elena ! Océane avait raison, le téléphone fonctionne à nouveau, c'est déjà ça !

— Oui, dit simplement Elena.

— Vous avez une petite voix, comment allez-vous ?

— Bien, et vous ?

— On a pu se reposer cette nuit, on en avait besoin. D'ailleurs, Océane et son père dorment encore, je leur prépare un bon petit déjeuner. Sébastien ne devrait plus tarder à se lever, il a rendez-vous à la scierie ; une première cargaison de bois doit être livrée. Et vous, heureuse d'être avec votre famille ?

Elena hésita.

— J'ai retrouvé mon fils, c'est le principal.

Éloïse sentit l'embarras d'Elena.

— Et vos parents, votre frère, tout va bien ?

La jeune femme fondit en larmes.

— Que se passe-t-il ?

Éloïse n'entendait que des sanglots à travers le combiné. Elle réitéra sa question :

— Quelque chose ne va pas ?

— Je suis épuisée… Je voudrais vous demander quelque chose, mais c'est difficile…

D'une voix posée, Éloïse la rassura :

— Il n'y a rien de compliqué, dites-moi, je vous écoute.

— La maison de mes parents a subi des dégradations, c'est… délicat de cohabiter à quatre dans le petit studio à côté.

Le ton de la vieille femme se fit plus solennel :

— Vous avez donc besoin d'aide ?

— Deux jours… Avec Maxime, pourrions-nous… le temps que les travaux, enfin…

Elena n'y arrivait pas. Éloïse prit l'initiative :

— Ne quittez pas, je reviens.

Un long moment se passa, pendant lequel Elena entendit une conversation sans pouvoir en comprendre la teneur. Elle devina la voix de Sébastien. Puis Éloïse reprit le combiné :

— Il viendra vous chercher vers midi en rentrant de la scierie, là où il vous a laissée hier soir. Vous logerez chez moi, ça vous convient ?

— Bien sûr, assura-t-elle. Merci ! Je n'ai presque plus de batterie, je dois raccrocher.

— À tout à l'heure.

Elena resta quelques instants plongée dans des abîmes de réflexion. Avait-elle agi correctement ? Sa décision n'était-elle pas égoïste ? Maxime, même si c'était son idée au départ, allait-il être d'accord ? Et ses parents, comment allaient-ils le prendre ?

À sa grande surprise, son fils et sa mère parurent plus soulagés que déçus ou contrariés. Quant à son père, il ne put s'empêcher de faire une remarque très personnelle : « Décidément, celui-là, il ne me lâchera jamais ! » Au fond, Hervé, lui aussi, se satisfaisait de la décision de sa fille. Les travaux allaient pouvoir se poursuivre sans aucune contrainte. Désormais, il n'y avait plus de doute, tout serait prêt pour le réveillon.

Elena, même si elle était à l'initiative de ce brusque changement de programme, fut quelque peu troublée par le manque de réaction de sa famille. Alors qu'elle était en train de préparer ses affaires, elle se dit qu'il lui tardait de rentrer à Londres. Au moins, elle savait qu'elle y était attendue par ses collègues de travail ; sa présence y serait appréciée, elle retrouverait Mary et ses conseils avisés. Et surtout, elle se replongerait dans le travail, son esprit serait accaparé par une montagne de chiffres, les questionnements et les atermoiements disparaîtraient.

À cet instant, au beau milieu de ses Landes natales dévastées par une tempête dénommée Martin, Elena ne se sentait pas à sa place.

8

Écoutons nos enfants

Ce sont parfois nos enfants qui nous aident à dédramatiser des situations qui nous dépassent.

Ils possèdent une qualité que nous oublions à mesure que les années défilent : la sincérité envers soi-même.

Posons-nous une question simple : sommes-nous en accord avec nos désirs profonds ? Nos actes sont-ils en phase avec nos souhaits ? En conscience, à nous d'y répondre.

Et si nous n'y parvenons pas, écoutons nos enfants, ce sont souvent eux qui détiennent la réponse.

*
* *

— Bonjour, monsieur, fit Maxime en s'installant sur la banquette arrière du 4 × 4.

— Pas de monsieur, s'il te plaît, je m'appelle Sébastien. Je te propose de me tutoyer, si tu es d'accord.

— OK, c'est cool, se réjouit le jeune garçon.

De son côté, Elena, qui avait pris place sur le siège passager, n'osait pas regarder Sébastien. Elle doutait du bien-fondé de sa décision. N'avait-elle pas forcé cet homme à l'accueillir à nouveau ? C'est alors que d'une voix posée, il demanda :

— Comment allez-vous ?

— Je... ça va, j'ai retrouvé mon fils et... mes parents, bafouilla Elena, mal à l'aise. Et... merci de nous héberger.

— Décidément, c'est une habitude chez vous !

— Quoi donc ?

Malgré la route parfaitement dégagée, Sébastien conduisait à allure modérée ; ses traits tirés trahissaient son épuisement, mais il paraissait calme. Son attitude contrastait avec son comportement de la veille. Elena leva enfin les yeux vers lui ; il sentit son regard insistant et, tout en prenant garde à sa conduite, il s'adressa à sa passagère :

— Vous avez quelque chose à me demander ?

— J'attends votre réponse, s'autorisa-t-elle.

Sébastien sourit et s'expliqua :

— Vous dites toujours merci avant que les choses se passent !

— C'est préférable de le faire, même avant. Au moins, on n'en parle plus !

— Sans doute ! dit-il simplement.

Peu à peu, Elena se détendit. À mesure que la route défilait, Maxime se rendait compte de l'ampleur de la catastrophe.

— Je n'aurais jamais cru que les dégâts seraient aussi importants, dit-il. Regardez, les arbres qui ne sont pas par terre, ils s'appuient les uns sur les autres ! C'est fou, ça !

— C'est dramatique, insista Sébastien. Au fil de l'évaluation des travaux, les prévisions les plus pessimistes se confirment. Des quantités colossales de bois vont pourrir sur place avant qu'on ait eu le temps de s'en occuper. Et replanter, n'en parlons pas ! Des décennies seront nécessaires pour retrouver la forêt telle que nous l'avons connue.

Maxime cala sa tête entre les deux sièges avant.

— Tu travailles dans le bois, comme mon grand-père ?

Elena se raidit ; Sébastien posa sa main sur son bras, et son geste n'échappa pas à Maxime.

— Oui, deux scieries ne vont pas être de trop sur la commune dans les mois qui viennent.

— C'est bizarre, fit le jeune garçon en regardant la main de Sébastien qui venait de quitter le bras d'Elena.

— Que veux-tu dire ? s'enquit sa mère.

— Papi m'a dit qu'il n'y avait que son entreprise pour traiter le bois dans la région.

Elena se racla la gorge, ne sachant comment réagir. Et Sébastien vint à son secours :

— Tu sais, on est tous un peu têtus ici, chacun pense qu'il réalise le meilleur boulot, alors on se croit parfois seul au monde.

– « Un peu têtus » : pour ce qui est de mon grand-père, c'est le moins qu'on puisse dire, fit le jeune garçon avant d'éclater de rire.

Elena fut soulagée de voir son fils plaisanter à nouveau. Une fois de plus, Sébastien l'intriguait. Il avait réussi, en quelques échanges, à s'attirer la sympathie de Maxime, et ce n'était pas chose facile. Depuis la séparation de ses parents, il avait du mal à faire confiance aux hommes qu'il ne connaissait pas, et plus particulièrement à ceux qui s'approchaient de sa mère.

Alors que Sébastien ralentissait pour prendre le chemin qui conduisait à *La Pignada*, Elena se souvint du coup de téléphone angoissé d'Océane.

— Et votre fille, comment va-t-elle ? Le contrecoup ne la fatigue pas trop ?

Le visage de Sébastien se crispa, et il lui répondit d'un ton monocorde :

— Hier soir, elle n'était pas bien. Elle a longuement parlé avec sa grand-mère…

Il ne put finir sa phrase, Océane se précipitait déjà dans la cour pour les accueillir.

— Je crois que vous êtes attendue, elle a retrouvé son sourire, soupira-t-il.

Embarrassée, Elena dit simplement :

— Alors… c'est bien.

Sébastien savait qu'Océane se sentait bien avec Elena, mais au fond de lui, il refusait cette évidence. Elena en était consciente et ne souhaitait pas s'immiscer dans leur relation. Juste avant de descendre du 4 × 4, Sébastien répondit à son invitée :

— Je ne sais pas si c'est bien, mais c'est ainsi…

— Bien sûr… Maxime, tu veux bien récupérer nos bagages, s'il te plaît.

— OK, maman.

À peine Elena était-elle sortie de la voiture qu'Océane la serra dans ses bras.

— Je suis contente que tu sois là ! assura-t-elle.

Elena contint sa satisfaction.

— Des problèmes de toiture. Ton père a bien voulu nous héberger pour deux jours, après, tu seras enfin tranquille. Je te présente Maxime. Vous avez le même âge, vous allez avoir des tas de choses à vous raconter.

Océane s'approcha de Maxime qui, instantanément, remarqua la puissance du regard de la jeune fille. Ils restèrent un instant face à face, comme surpris de se découvrir. Le jeune garçon avait du mal à détourner les yeux du visage d'Océane. Elena sourit, Sébastien fit de même, ils paraissaient gênés. Éloïse sortit de la maison, embrassa chaleureusement Elena et, tout en s'essuyant les mains sur son tablier, s'adressa à sa petite-fille :

— Dis donc, tu pourrais faire la bise à ton invité !

— Bien sûr, mamie.

Océane s'approcha de Maxime. Pudiquement, leurs joues se frôlèrent.

— Désolée, mais le gratin n'attend pas, je vais contrôler ça. Bon, les jeunes et les moins jeunes, vous vous bougez un peu. Océane, va donc installer nos invités. Dis-moi, Sébastien, le groupe électrogène va bientôt être à sec et je n'ai pas envie de rater la cuisson de mon gratin, je compte sur toi.

Chacun obéit aux consignes de la grand-mère.

Elena traversa la cour devant les deux adolescents qui enfin échangeaient quelques mots. C'est Océane qui prit l'initiative :

— Tu verras, tu seras bien ici, ma grand-mère est cool ! J'habite de l'autre côté avec mon père.

— C'est super sympa de nous recevoir, avec tout ce qui se passe en ce moment. C'était un peu compliqué chez mes grands-parents.

— Je sais, t'inquiète, dit-elle en ouvrant la porte d'entrée.

Puis elle s'adressa à Elena :

— Tu récupères ta chambre ?

— Avec plaisir !

— Et toi, Maxime, ce sera juste en face. Ça fait bien longtemps que cette pièce n'a pas accueilli du monde. D'ailleurs, tu verras, c'est un peu le souk, ma grand-mère y entrepose son trop-plein de réserves de conserves, de confitures et de bocaux de légumes stérilisés en tout genre.

— Ce n'est pas grave, ce sera parfait.

— Oh, attends avant de te réjouir, ironisa la jeune fille en posant sa main sur la poignée.

— Ah, oui, effectivement ! s'exclama Maxime en découvrant les étagères de victuailles qui tapissaient deux murs entiers.

— Tu vois, je te l'avais dit ! Si tu as un creux cette nuit, tu as le choix !

— Ah, non, mais c'est abuser ! Elle en fait quoi, ta grand-mère, de tout ça ? Vous pouvez soutenir un siège !

— Elle tente de me le faire ingurgiter.

Maxime posa son sac à terre sans quitter Océane des yeux. Une nouvelle fois, il fut happé par l'intensité de son regard.

— Ah bon, répondit-il, embarrassé.

— Mais non, je plaisante ! Elle aimerait bien, ça, c'est sûr, mais vu l'appétit que j'ai...

Ils se mirent à rire.

Elena les observait. Elle était heureuse de les voir ainsi, dans une forme d'insouciance. Ils avaient, eux aussi, vécu un traumatisme, mais ils étaient capables d'apprécier les moments de répit que leur offraient les circonstances.

Océane prit congé, les laissant s'installer.

— Et n'oubliez pas : la cheffe Éloïse nous attend à douze heures trente précises !

Par la fenêtre de la chambre, Maxime regardait Océane traverser la cour.

— Je te l'avais dit, fit Elena, qui avait bien remarqué son intérêt pour la jeune fille.

— Quoi donc ? maugréa-t-il.

— Que tu t'entendrais bien avec elle.

— Ça va, elle est sympa, soupira-t-il.

— « Sympa »... Tu manques de vocabulaire, plaisanta Elena.

— Bon, allez, tu es lourde ! Je range mes affaires.

— Je te laisse, nous n'avons pas beaucoup de temps, et avec Éloïse, l'heure, c'est l'heure !

Alors que sa mère se dirigeait vers sa chambre, Maxime, d'un ton ironique, lui lança :

— Je n'ai peut-être pas beaucoup de vocabulaire, comme tu dis, mais toi, tu manques de réflexes.

— Pardon ? Pourquoi dis-tu ça ?

— La main, dans la voiture, tu ne l'as pas retirée !

Elena n'avait pas remarqué que Maxime avait été le témoin de ce geste discret de la part de Sébastien. Déstabilisée, elle se justifia en bafouillant :

— Tu sais... dans le Sud, on s'exprime plus facilement... avec les mains. Il s'agissait d'un témoignage de... sympathie, voilà tout.

Maxime regarda sa mère, satisfait de l'embarras dans lequel il l'avait mise.

— Donc, la fille est « sympa », et toi, tu penses que le père exprime sa « sympathie ». Tu as raison, on manque vraiment de vocabulaire dans la famille !

Elena préféra recentrer leur échange sur le repas qui les attendait.

— Je pense que tu vas adorer la cuisine d'Éloïse. Allons, dépêchons-nous au lieu de discuter.

— OK, maman, c'est parti !

Au cours du repas, les deux parents restèrent quelque peu sur la réserve. Elena n'arrivait pas à chasser de son esprit qu'elle avait sans aucun doute contraint Sébastien à l'accueillir de nouveau. Elle avait réagi dans une sorte d'urgence, ne supportant plus le comportement excessif de son père et les conditions d'hébergement qu'il leur imposait, à Maxime et à elle. Pourtant, Sébastien ne paraissait pas contrarié, et même si ses paroles étaient rares, ses remarques étaient toujours teintées de bienveillance. Elena s'en étonna ; la prévenance de son hôte contrastait avec sa hâte, la veille, de la voir rejoindre sa famille. Elle craignait à tout instant que l'humeur lunatique du maître des lieux ne reprenne le dessus. Et elle n'avait qu'une envie : que le repas se termine enfin pour qu'elle n'ait plus à croiser le regard que Sébastien posait parfois sur elle sans qu'elle arrive à en décoder le sens. Était-ce une forme de curiosité ou de dédain retenu ? Elle n'en avait aucune idée et cela la troublait.

Contrairement à leurs parents, Océane et Maxime étaient devenus de véritables moulins à paroles. Des discussions de toutes sortes ainsi que quelques éclats de rire rythmèrent le repas. Les deux adolescents ne cachaient pas leur satisfaction de se découvrir et leur joie d'échanger sur des sujets aussi divers que les conséquences de la tempête, la terreur qu'ils avaient éprouvée et leur vie de collégiens. Complices, ils n'hésitèrent pas à envoyer quelques piques bien senties à leurs parents. Et cette complicité n'avait pas non plus échappé à Éloïse qui se réjouissait de cette ambiance que la maison n'avait pas connue depuis si longtemps.

Le repas prenait fin. Océane servit le café à son père et à Elena qui, en quelques secondes, se retrouvèrent seuls à table. Éloïse faisait la vaisselle alors que les deux jeunes s'étaient déjà échappés à l'étage.

— Je vais vous aider, proposa Elena.

— Il n'en est pas question. Allez donc prendre le café sur la terrasse. Regardez, un rayon de soleil vient nous rendre visite, profitez-en !

Sébastien se dirigea vers la baie vitrée qu'il fit coulisser avant d'inviter Elena à le rejoindre.

— Venez, l'atmosphère est un peu moins froide, c'est agréable.

Elena s'approcha. Leur tasse à la main et le regard tourné vers les étendues détruites par la nuit de chaos, ils ne savaient que dire.

— Ils s'entendent bien, affirma soudain Sébastien.

— C'est surprenant. D'habitude, Maxime est très réservé et ne se livre pas facilement.

— Après ce qu'ils viennent de vivre, peut-être ont-ils besoin de partager leurs angoisses avec quelqu'un de leur âge. Chacun a vécu ce drame différemment, les craintes d'un adolescent et celles d'un adulte doivent être bien différentes.

Étonnée par ce questionnement, Elena mit quelques secondes à réagir.

— Bien sûr, les enjeux ne sont pas les mêmes.

— Vous voyez, poursuivit Sébastien en tendant le bras en direction des forêts saccagées, si nous ne faisons rien, c'est ça que nous leur laisserons. Notre devoir est de couper, nettoyer et replanter.

— Vous avez déjà commencé, non ?

Sébastien soupira.

— Il y a tellement à faire…

— Vous en avez déjà fait beaucoup !

Brusquement, Sébastien haussa le ton, comme irrité par la remarque de son invitée :

— Comment pouvez-vous dire cela ? Vous êtes là depuis à peine deux jours !

Elena ne se démonta pas :

— Parce que je vous ai vu gérer l'urgence, réagir avec Océane, vous soucier… des autres. Et dans ce cas, deux jours suffisent.

Sébastien se radoucit quelque peu :

— J'aimerais faire tellement plus, dégager du temps, mais Océane a besoin de moi…

Elena tergiversa :

— Si je peux me permettre, même si je ne connais pas la gravité réelle du mal dont souffre votre fille, ce dont elle a surtout besoin, c'est de construire et d'assumer sa vie de jeune fille et… de femme. Vous êtes là et vous serez toujours là, à ses côtés, c'est une évidence.

Sébastien posa sa tasse sur le muret de pierre et la fixa. Il semblait plongé dans une profonde réflexion.

— Ça aussi, il a suffi de deux jours pour que vous puissiez l'affirmer ?

— Oui ! Et cette courte période m'a également permis de profiter de vos remarques parfois abruptes, rétorqua-t-elle sèchement.

Sébastien s'excusa ou du moins justifia son comportement :

— Votre famille... Comment dire, c'est difficile, même si vous n'y êtes pour rien.

— Je peux être franche ? demanda-t-elle.

— Évidemment, cela devient rare !

— J'ai appris par ma mère que vous travailliez avec mon frère, je suppose qu'elle ne m'a pas menti ?

Sébastien bafouilla sa réponse :

— Nous avons une entente pour... écouler le bois sur les marchés étrangers.

— Vous travaillez donc avec une famille que vous détestez, ironisa-t-elle.

À peine eut-elle terminé sa phrase qu'elle se rendit compte qu'elle venait de dépasser une limite que Sébastien n'était pas encore capable d'accepter. Il rétorqua sèchement :

— Vous ne pouvez pas vous permettre de donner des leçons. Vous êtes partie d'ici quand vous aviez dix-huit ans et vous jugez un passé que vous ne connaissez pas !

Elena décida de ne pas poursuivre, elle était allée trop loin. Toujours ce satané franc-parler qui reprenait le dessus.

— On fait tous des erreurs, vous aussi, je suppose ? On les paie parfois très cher, conclut Sébastien. À ce soir, j'ai du boulot qui m'attend si on veut laisser à nos enfants un monde acceptable.

— Bon courage... À ce soir...

Elena regarda Sébastien monter dans son véhicule et démarrer en trombe. Elle se dit que même quand chacun d'eux faisait des efforts, un dialogue apaisé paraissait quasi impossible, et elle alla rejoindre Éloïse qui finissait de ranger la vaisselle.

— Cette fois-ci, je vais vous aider.

— Si vous voulez, accepta la grand-mère.

— Les deux jeunes sont toujours là-haut ?

— Oui, dans la chambre, je les entends rigoler.

— Cela faisait bien longtemps que je n'avais pas vu Maxime aussi détendu et souriant. En fait, depuis notre départ de Paris…

— Alors, c'est bien ! dit Éloïse.

— Je ne sais pas trop…

— Arrêtez donc de vous poser mille questions et réjouissez-vous de savoir qu'il s'amuse !

— Vous avez sans doute raison, dit Elena sans conviction.

Éloïse ferma la porte du vaisselier et rentra chez elle pour se reposer. Un mauvais rhumatisme, réveillé par le temps humide et une activité plus intense qu'à l'accoutumée, la faisait souffrir et lui rappelait qu'elle devait se ménager.

Elena était désormais seule. Assise sur le canapé, elle ne tarda pas à allonger les jambes sur la table basse et à s'enfoncer dans le moelleux tissu. Elle se remémora la discussion qu'elle venait d'avoir avec Sébastien et sa remarque concernant les erreurs que chaque parent pouvait faire avec son enfant. Elle entendit Maxime rire et pensa à ce qu'elle lui cachait depuis plusieurs mois, à ce nouveau projet professionnel dont elle ne lui avait encore rien dit.

*
* *

Depuis qu'Elena travaillait à Londres, ses responsabilités professionnelles évoluaient régulièrement. Mary, sa supérieure hiérarchique, avait vite remarqué ses qualités d'analyse des marchés et de management, et c'est logiquement qu'Elena avait gravi les échelons et qu'une nouvelle mission d'envergure lui avait été proposée. Si, dans un premier temps, elle avait accueilli cette promotion avec enthousiasme, lorsqu'elle avait pris connaissance des détails de ses futures attributions, le doute s'était installé. Le siège de la banque était situé à Zurich et le poste au comité de direction qui s'offrait à elle imposait une présence quotidienne dans la capitale économique helvétique. Elena n'arrivait pas à se décider ; Maxime avait mal vécu son départ de Paris, comment allait-il réagir à un nouveau déménagement ? Elle en avait discuté avec son ex-mari, qui était prêt à accueillir son fils dans le cas où il n'accepterait pas de suivre sa mère dans cette nouvelle aventure.

Elena était tiraillée entre deux options. Son choix allait influencer significativement soit sa vie professionnelle, soit sa vie de mère, et compliquer encore les rapports déjà complexes qu'elle entretenait avec son fils. Si elle refusait ce poste de direction, son avenir dans le groupe financier suisse était compromis et aucune autre proposition ne lui serait faite. Si elle acceptait de s'installer à Zurich, qu'adviendrait-il de ses relations avec Maxime ? Sans aucun doute, il n'hésiterait pas à revenir vivre à Paris auprès de son père, mais Elena serait-elle capable de se satisfaire de quelques week-ends et d'une partie des vacances scolaires auprès de lui ? Pierre avait promis qu'il n'en parlerait pas à leur fils avant qu'elle ait pris sa décision. Le directeur d'Elena, qui ne pouvait imaginer un refus, lui avait laissé jusqu'à la fin du mois de janvier pour donner son accord. Seule Mary savait qu'elle doutait, mais elle n'imaginait pas un instant que son amie puisse passer à côté d'une telle opportunité.

Alors, aujourd'hui, affalée sur ce canapé, perdue dans ses Landes natales après avoir vécu un cataclysme qui l'avait profondément bouleversée, Elena ne savait plus où elle en était. Elle n'était pas auprès de sa famille et, malgré les relations tendues avec son père, ses parents et son frère lui manquaient. Bien sûr, Maxime était là, mais pour combien de temps ? Elena se sentait fragile et ne le supportait pas. Quel que soit le sujet auquel elle pensait, tout lui échappait. Sa famille, son fils, son travail. Même cette région qui l'avait vue naître paraissait la rejeter. Accueillie par une tempête, recueillie par un homme qui était une énigme et dont l'humeur oscillait entre une sincère et profonde gentillesse teintée de curiosité et un rejet presque viscéral. Seules l'amabilité d'Éloïse et l'attachante fragilité d'Océane l'apaisaient quelque peu. Elle était lasse, épuisée ; elle plongea dans un sommeil agité.

*
* *

Ce n'est que vers seize heures qu'Elena fut réveillée par la voix forte de Maxime qui venait d'investir le salon avec sa nouvelle amie.

— Mais maman, ce n'est pas l'heure de dormir !

— Désolée, j'étais crevée, dit Elena en se rasseyant lentement, les yeux encore mi-clos.

Océane proposa un verre d'eau à ses invités.

Elena acquiesça d'un lent signe de tête. Maxime déposa les verres et le pichet sur la table basse, et servit sa mère.

— Merci ! Alors, les jeunes, vous ne vous ennuyez pas trop ? demanda Elena.

C'est alors qu'elle vit un scintillement dans les yeux de son fils. Océane, à genoux, le regardait fixement. Leurs visages respiraient la joie d'être ensemble. Elena se permit une remarque tendrement ironique :

— Eh bien, il ne vous aura pas fallu longtemps pour bien vous entendre, tous les deux, un vrai coup de foudre !

La jeune fille baissa les yeux, tandis que Maxime répondait sur le même ton à sa mère :

— Que veux-tu, à quatorze ans, on est déjà vieux ! Il faut vite se caser, alors on y travaille !

Tous les trois s'amusèrent de la remarque de Maxime.

— Effectivement, mais tu t'y prends assez tôt, dit Elena.

Puis elle fixa Océane avant de poursuivre :

— Fais attention, ma... petite, ce satané garçon est absolument insupportable !

— Je ne crois pas, fit Océane.

Maxime parut quelque peu troublé, puis il dit à sa mère :

— Demain, Océane a proposé qu'on aille se balader sur la plage. Elle veut me montrer un endroit qu'elle connaît bien.

— Ce n'est pas trop dangereux, avec tous ces arbres les uns sur les autres ? demande Elena à Océane.

— Je pense que le chemin est encore praticable. En plus, ce n'est pas loin. Je poserai quand même la question à mon père ce soir.

— D'accord, c'est bien, dit simplement Elena.

Les deux adolescents finirent leurs verres et remontèrent à l'étage. Elena se demandait ce qu'ils pouvaient bien avoir à se dire ; cela faisait des heures qu'ils discutaient, alors qu'ils ne se connaissaient que depuis la fin de la matinée.

Elena décida de sortir faire quelques pas. De timides rayons de soleil alternaient avec des nuages épais poussés par une légère brise venue de l'océan. L'atmosphère était calme, comme si rien ne s'était passé ; une fois de plus, la nature avait repris ses droits sans que l'homme puisse l'influencer en quoi que ce soit. Elena fit le tour de la cour puis prit le chemin qui conduisait à la route. De chaque côté, des troncs tombés à terre ou cassés net étaient entassés en un amas informe. Quelques arbres avaient résisté à la puissance des éléments, ultimes témoins de cette vie qui, deux jours auparavant, se dressait fièrement vers le ciel. En respirant l'odeur si caractéristique de la résine de pin, Elena se souvint des journées caniculaires d'été, lorsqu'elle était enfant, où les mêmes effluves se dégageaient des forêts. Habituellement, en hiver, la sève des arbres est au repos et aucune senteur n'est perceptible. Mais en cette fin d'année, les éléments en avaient décidé autrement et, dans leur violence, ils avaient laissé les arbres se vider de leur sang et mourir lentement. Elena s'avança plus loin sur le chemin. C'est alors qu'elle entendit la voix de Sébastien et d'un autre homme, et elle devina également le ronronnement d'un moteur de tracteur. Le soleil tombait à l'horizon, le jour faiblissait, elle se laissa guider par la lumière des phares. Après quelques minutes de marche, elle se retrouva sur la route goudronnée, à l'endroit où, bloquée dans la voiture de location, elle avait cru sa dernière heure arrivée. Elle ne put retenir un cri de surprise en voyant l'état du véhicule, et Claude, le contremaître de Sébastien, remarqua sa présence.

— Oh, madame, faites attention ! C'est dangereux par ici. Ce n'est pas le moment de se promener.

— Je suis Elena Dejean, la conductrice du véhicule. Je suis hébergée chez M. Dervain.

— Ah, OK ! Sébastien, il y a quelqu'un pour toi ! dit Claude en haussant la voix afin de couvrir le bruit du moteur.

Sébastien se retourna et découvrit Elena emmitouflée dans son manteau. Elle lui adressa un léger sourire. Sébastien salua Claude après que les deux hommes se furent donné rendez-vous le lendemain à la scierie, afin de commencer enfin le travail de découpe des fûts qui s'entassaient. EDF avait prévu de rétablir l'alimentation électrique au cours de la nuit suivante. Elena tenta de s'approcher du véhicule, mais elle trébucha et faillit tomber. Sébastien lui tendit la main.

— Je vais vous aider, ce sera plus sûr. Avancez jusqu'aux deux troncs.

Elle s'exécuta. Sébastien lui tenait fermement le bras. Sans qu'elle ait le temps de s'en rendre compte, il l'attrapa par la taille, la souleva et la fit passer au-dessus des deux troncs. Quand il la reposa à terre, face à lui, leurs visages n'avaient jamais été aussi proches. Et lorsque Sébastien desserra son étreinte, Elena fut saisie d'un léger frisson.

— Avec Claude, nous avons déplacé la voiture, lui expliqua Sébastien. Elle n'encombre plus la circulation. Vous avez vu dans quel état elle est ?

— Elle est réparable ?

— Alors là, ça m'étonnerait ! Vous devez contacter la société de location dès que possible, pour nous débarrasser de cette épave.

— Là, ça ne capte pas, mais peut-être de chez vous ?

Sébastien la regardait triturer son portable.

— Et dire qu'un jour, nos talkies-walkies seront remplacés par ces appareils ! Ce sera sans doute plus facile pour communiquer.

— C'est très pratique, affirma-t-elle.

— Oui, quand il y a du réseau, ce qui n'est pas le cas. Nous allons rentrer, la nuit ne va plus tarder.

Durant quelques minutes, seuls les bruits de la nature accompagnèrent leur progression. C'est alors que Sébastien eut une question surprenante :

— Vous l'aimez, cette forêt ?

Elena s'arrêta, perplexe.

— Vous êtes quelqu'un de déconcertant. On ne vous l'a jamais dit ? lança-t-elle.

— Il n'y a rien de surprenant à poser une question, non ?

Elena haussa les épaules et reprit sa marche. Une fois de plus, elle ne put retenir sa franchise :

— Ce n'est pas votre question qui est surprenante, c'est votre comportement.

Sébastien éluda sa remarque et réitéra sa demande :

— Vous l'aimez, cette forêt ?

Il ne put le remarquer, car la pénombre était déjà bien présente, mais Elena souriait.

— Oui, je l'aimais et je l'aime toujours. Elle m'a vue naître et grandir.

— Pourquoi êtes-vous partie ?

— C'est un interrogatoire, dites-moi, ironisa-t-elle.

— Non, désolé.

— Ah ! Cette fois-ci, c'est vous qui êtes confus, c'est mieux.

— Vous avez une sacrée repartie !

— On me le dit souvent, je ne sais pas si c'est une qualité. Cela peut vexer parfois.

— Non, c'est bien. Au moins, les choses sont claires.

— Je crois que je suis partie car j'avais quelque chose à me prouver, plus exactement à prouver à… mon père.

— Et ?

— Et quoi ?

— Vous y êtes parvenue ?

— Vaste question, à laquelle je ne saurais répondre.

— Ça vous dirait de venir avec moi demain pour m'accompagner dans ma tournée ? Je dois évaluer les pertes plus précisément. Vous aimez cette forêt, alors vous verrez l'étendue des destructions.

— C'est brutal comme proposition, on n'apprécie pas de voir détruit ce qu'on aime !

— Il faut savoir faire face, non ?

— Alors, je viendrai… avec plaisir.

Quand Elena et Sébastien pénétrèrent dans la maison, la nuit était tombée. Éloïse était assise au coin du feu, son visage paraissait plus reposé. Les deux jeunes étaient affalés sur le canapé, toujours en train de discuter. En accrochant sa parka au portemanteau, Elena ressentit une impression étrange, comme si elle rentrait d'une promenade et réintégrait la chaleur de son foyer. Elle s'efforça de chasser cette idée de son esprit, cela n'avait pas de sens.

Le dîner se déroula dans le calme, chacun ayant envie de profiter de ce moment de répit. Les deux adolescents poursuivaient leurs échanges et n'arrêtaient leurs discussions que lorsqu'un de leurs parents les interrompait. Elena et Sébastien s'appliquèrent à mettre de côté leurs incompréhensions. Elena prit garde de ne pas être trop franche et directe ; quant à Sébastien, il s'efforça de se maîtriser. Éloïse les observait tous les quatre. Elle était heureuse de voir que son gendre et sa petite-fille avaient, l'espace d'une soirée, mis de côté leurs soucis et leurs préoccupations. Elle les connaissait suffisamment pour savoir que les fous rires d'Océane et les remarques bienveillantes de Sébastien étaient sincères. Éloïse préféra ne pas penser au lendemain soir, lorsque Elena et Maxime auraient réintégré leur demeure familiale et que *La Pignada* replongerait dans sa morosité habituelle. Et elle ne put s'empêcher de penser à sa fille. Elle aurait aimé qu'Amalia soit là et qu'elle partage ces instants avec sa famille. Mais la vie avait appris à Éloïse que la nostalgie ne servait à rien, sinon à se morfondre d'ennui et à renforcer sa peine. Elle décida de s'immiscer dans la conversation en interpellant sa petite-fille :

— Au fait, tu as demandé à ton père pour demain ?

— Il m'a confirmé que c'était bon, le chemin est dégagé jusqu'aux dunes.

Éloïse exprima une certaine réticence :

— Tu es sûre ? La plage des Cabanes a dû souffrir du mauvais temps. Il serait peut-être préférable que tu fasses découvrir le village à Maxime, non ?

— Mais non, mamie, nous irons voir l'océan !

Sébastien intervint :

— Effectivement, l'accès est dégagé, il n'y a pas de danger.

— Très bien, fit Éloïse en se dirigeant vers la cuisine afin de sortir le dessert du four, mais surtout pour masquer sa contrariété.

La plage des Cabanes, c'était l'endroit où Amalia et sa fille avaient l'habitude de se promener. Chaque fois qu'Océane n'allait pas bien, sa mère l'y emmenait, cela l'apaisait. Depuis la disparition d'Amalia, Océane s'y rendait seule. Elle avait toujours refusé que quelqu'un l'y accompagne. C'était devenu son refuge, où elle pouvait retrouver l'esprit de celle qui lui manquait tant.

Éloïse déposa le plat encore brûlant sur le rebord de la cheminée. Sébastien avait remarqué le visage contrarié de sa belle-mère et la rassura :

— Ne vous inquiétez pas, je ne serai pas loin. Je donnerai un émetteur à Océane au cas où elle aurait besoin de me contacter, mais je ne me fais aucun souci, ce ne sera pas nécessaire.

— Très bien, répéta simplement Éloïse en commençant à découper la tarte.

— Demain… Elena m'accompagne, poursuivit Sébastien. Elle souhaite voir de plus près les dégâts… C'est l'occasion.

Surprise, Océane interrompit sa discussion avec Maxime. Elle fixa son père qui devina dans le regard de sa fille non pas de la désapprobation, mais une forme de contentement. Il parut soulagé et interpella son invitée :

— N'est-ce pas ?

Elena chercha ses mots :

— C'est vrai, je souhaiterais… voir tout ça… de plus près, mais si cela pose un problème…

— Il n'y a pas de problème ! la rassura Sébastien.

Tout à coup, les ampoules commencèrent à scintiller, l'électricité était rétablie. Après quelques brèves coupures, la maison s'illumina de toutes parts, la plupart des interrupteurs étant restés ouverts.

— Enfin ! s'exclama Elena.

— *Yes !* firent de concert les deux adolescents.

Sébastien se leva pour aller dans le hangar afin de déconnecter le groupe électrogène.

— Ça y est, mamie, on n'entendra plus sans arrêt ce bruit insupportable. Cette odeur d'essence finissait par me donner mal au cœur, se réjouit l'adolescente.

— C'est bien, fit sobrement Éloïse.

— C'est une super nouvelle, confirma Maxime.

Chacun passa de pièce en pièce pour vérifier que tous les appareils électriques fonctionnaient correctement, excepté Éloïse. Elena le remarqua et s'approcha de la cheminée où la grand-mère poursuivait sa découpe de la tarte.

— Vous voulez que je vous accompagne pour vérifier que tout va bien chez vous ? lui proposa-t-elle.

Éloïse lui fit signe de regarder par la fenêtre. Les deux adolescents étaient déjà en train de traverser la cour en courant pour le faire.

— Ce sont de bons jeunes, ils ont eu la même idée que vous, dit-elle laconiquement.

— Éloïse, vous n'avez pas l'air bien ?

La grand-mère saisit l'avant-bras de la jeune femme.

— Ça va, ne vous inquiétez pas. Nous allons déguster le dessert pour fêter le retour de l'électricité.

— Vous êtes certaine que…

— Oui, je suis sûre, l'électricité, c'est un peu la vie qui revient, la coupa Éloïse.

9

Comme les arbres

Certains êtres sont comme les arbres : à mesure que le temps passe, ils s'enracinent, prennent de la vigueur et de la force. Ils se tournent vers la lumière et grimpent aussi haut qu'ils le peuvent.

Mais alors, qu'ont-ils fait des drames, des déceptions et des tristesses qui embrument leur histoire ? Comment ont-ils réussi à ne pas plier, s'affaisser et courber l'échine ?

*
* *

Dès le lever du jour, Sébastien était déjà dehors, à regarder le ciel, afin de s'assurer que son inspection des parcelles se déroulerait sans avoir à subir les aléas de la météo. Aucune pluie n'était tombée au cours de la nuit et les étoiles laissaient peu à peu la place à un ciel limpide, ce qui augurait une belle journée. Il en profita pour vérifier que les outils de marquage dont il allait avoir besoin pour délimiter les zones de coupe rase étaient bien dans le coffre de son 4 × 4. Le claquement des portes du véhicule réveilla Elena, qui se leva et se planta devant la fenêtre dont les volets étaient croisés. Elle aperçut Sébastien et prit le temps de le détailler à son insu. C'était un homme qui ne faisait pas attention à son apparence. Il était vêtu d'un pantalon de velours épais et d'une chemise à carreaux en coton sur un pull à col roulé en laine. Aucune couleur ne s'accordait avec les autres, mais il s'en moquait. Son visage souvent impassible trahissait une retenue qu'il portait comme une obligation. La veille, pendant le dîner, Elena avait remarqué qu'il avait eu à plusieurs reprises envie de rire aux blagues des deux ados. Mais à chaque fois, il s'était abstenu, comme s'il s'empêchait de vivre un moment de bonheur simple. Elena imaginait la raison d'une telle réserve. Pour elle, Sébastien ne s'en donnait pas l'autorisation. S'il y avait quelque chose dont elle était certaine, c'était que l'état de santé d'Océane était un prétexte qu'il érigeait comme une protection infranchissable. Il s'enfermait dans une fausse culpabilité. Il n'était en rien responsable de l'accident d'Amalia ; sans doute se reprochait-il autre chose…

Avant de se diriger à pas lents vers la porte d'entrée, il passa ses doigts dans sa longue chevelure bouclée pour repousser ses mèches sur ses épaules. Cela amusa Elena qui repensa à certaines de ses fugaces conquêtes londoniennes qui étaient l'absolu opposé de Sébastien.

Depuis son arrivée dans la capitale britannique, Elena n'avait partagé des moments intimes qu'avec des hommes qui poussaient le raffinement à l'extrême. Les pantalons en velours, la barbe négligée et les cheveux longs ne faisaient pas partie de leurs habitudes. Quant au caractère, là aussi, Elena n'avait eu affaire qu'à des compagnons, d'un soir ou de quelques jours, sans grande personnalité ni véritable relief, alors que Sébastien pouvait passer de la plus sincère attention à une rudesse qui frisait l'insolence, ce qui le rendait à la fois détestable et attachant. Elena se demanda si cet homme avait des aventures, mais elle n'arrivait pas à l'imaginer dans les bras d'une femme. À cet instant, elle ne voulait retenir de lui que la prévenance qu'il avait su montrer à plusieurs occasions, et même l'impertinence dont il faisait preuve parfois, une attitude paradoxale et attirante qui n'était pas pour lui déplaire. Sébastien n'était en rien un personnage lisse, autant physiquement que moralement, et Elena y découvrait un certain charme.

Sébastien était en train de boire son premier café, seul dans la cuisine, lorsqu'il vit sa fille descendre l'escalier en se frottant les yeux. Il ne put cacher son étonnement et son inquiétude.

— Que fais-tu là ? Tu as été malade ?

Océane embrassa son père sur le front et s'étala de tout son long sur le canapé. Elle répondit d'un ton qui trahissait une certaine lassitude :

— Non, papa, je vais bien. Je sais très bien que si j'ai un souci, tu es là, tu as toujours été là ! Et puis, j'ai l'âge de me débrouiller seule aussi, tu sais.

— Il faut que tu fasses attention, Océane. D'ailleurs, tu as bien dormi ? Tu sais que le sommeil est très important dans ton cas. Fais-moi penser que la semaine prochaine, je dois prendre rendez-vous chez ton neurologue pour la consultation de suivi.

Elle leva les yeux au plafond et soupira.

— J'ai dormi comme une masse, et de toute façon, dans quelques minutes, je remonte me coucher. Regarde, je suis encore en pyjama.

— Mais alors, que fais-tu là ? Tu veux manger quelque chose ?

— Non, plus tard, je déjeunerai avec mamie, Elena et Maxime. Je suis descendue parce que je t'ai entendu. J'avais envie d'être un peu seule avec toi.

— C'est gentil, mais j'ai quand même l'impression que ta présence n'est pas seulement motivée par l'envie de passer un moment avec ton vieux père, je me trompe ?

Océane vint s'asseoir face à lui.

— D'abord, tu n'es pas vieux, il faudrait que tu arrêtes avec cette remarque débile. Tu as trente-huit ans, papa, pas quatre-vingt-dix !

— Je te l'accorde. Ne me dis pas que tu es descendue juste pour me rappeler mon âge ?

— C'est... par rapport à ce que tu as dit hier soir.

— Tu veux parler de t'autoriser à aller voir l'océan avec Maxime ? Je te le répète, il n'y a aucun danger. Tu t'entends bien avec lui, c'est super ! Et puis... je suis content de savoir que pour une fois, tu n'iras pas seule.

— Toi non plus, tu ne vas pas passer la journée en solitaire, lui fit-elle remarquer.

— Ah, d'accord, je comprends mieux ta présence ! Eh bien, si tu veux tout savoir, c'est Elena qui me l'a demandé, et j'ai accepté qu'elle m'accompagne. Pourquoi ? Ça te dérange ?

Le calme d'Océane contrastait avec la crispation de son père.

— Pas du tout, au contraire, dit-elle simplement.

Sébastien se lança dans une longue justification, comme pour s'excuser auprès de sa fille :

— Tu sais, il n'y a rien entre Elena et moi. Dans ma vie, seules deux femmes comptent : ta mère et toi ! Malheureusement, je n'ai pas su m'occuper d'Amalia, alors je m'efforce de te protéger, toi, au mieux. Il n'y aura aucune autre femme dans mon existence, sois rassurée.

Les coudes sur la table et le menton dans la paume de ses mains, Océane écoutait stoïquement son père. Elle répondit sans élever la voix :

— Je ne te reproche rien, papa, au contraire. Tu es souvent seul, je trouve super que tu passes un peu de temps avec Elena.

— Pourquoi dis-tu que je suis souvent seul ? Je passe mes journées avec des tas de personnes, bafouilla-t-il.

— Oui, dans les bois ou à la scierie, et avec des hommes, alors je trouve ça bien que…

Océane n'eut pas le temps de terminer sa phrase. Son père l'interrompit brutalement :

— Ça suffit, je ne comprends rien à ce que tu racontes, où vas-tu chercher tout ça ? Va donc te recoucher, lui ordonna-t-il en finissant nerveusement sa tasse de café.

Océane comprit qu'il ne fallait pas insister. Elle se leva et, avant de regagner sa chambre, demanda :

— Nous partirons en début d'après-midi avec Maxime, tu me donneras le talkie-walkie après le repas ?

— Bien sûr, rétorqua-t-il sèchement, encore sous le coup de l'énervement.

Sébastien claqua la porte et aperçut Elena qui se dirigeait vers lui.

— Bonjour, je vous ai entendu préparer votre véhicule. Comme prévu, je suis prête pour vous accompagner.

— Bonjour. Mais vous n'avez pas déjeuné ! J'avais pensé qu'il était préférable que vous ne veniez que cet après-midi.

— Ah, très bien, fit-elle, prête à faire demi-tour.

Sébastien posa sa main sur son épaule et s'excusa :

— Je viens d'avoir une discussion houleuse avec Océane et, pardonnez-moi, j'avais la tête ailleurs. Vous pouvez venir avec moi dès ce matin.

— Vous êtes sûr ? Ça ne vous dérange pas ?

La main de Sébastien se crispa sans qu'il s'en rende compte. Troublée, Elena ne bougea pas ; elle sentait toute la force de cet homme, il lui faisait presque mal. C'est alors qu'il sortit de sa torpeur et relâcha sa pression.

— Je dois avoir un paquet de galettes dans le vide-poches de la voiture, et puis j'ai toujours avec moi une Thermos de café chaud. Habituellement, c'est pour les ouvriers de la scierie. Aujourd'hui, je n'y passerai peut-être qu'en fin de journée. Si vous souhaitez en profiter…

Elena afficha sa satisfaction.

— Ce sera parfait, rustique, mais parfait.

— Par contre, vos chaussures, vous n'avez rien d'autre ? Les bois sont très humides en cette saison, et avec ce que nous venons de subir, il faut faire attention, on ne sait pas où on met les pieds.

Elena, chaussée d'une paire de baskets, répondit par la négative.

— Non, je pensais que ça suffirait.

— Quelle est votre pointure ?

— Trente-sept ou trente-huit, selon la marque.

— Attendez-moi un instant, je vais chercher les bottes de ma fille, elles devraient vous aller, fit-il avant de disparaître en direction de la remise.

À peine avait-il poussé la porte d'acier qu'il se rendit compte qu'Océane avait déjà préparé son sac pour sa promenade de l'après-midi. Il s'approcha lentement d'une armoire située au fond de la pièce. La main hésitante, il l'ouvrit ; elle contenait toutes les affaires d'Amalia. Jamais il n'avait pu s'en débarrasser. C'est à peine si, l'été précédent, devant l'insistance d'Océane, il s'était résolu à vider les armoires de la maison et à transférer le tout dans la remise, sans que personne n'ait le droit d'y toucher. Cela faisait des mois qu'il n'avait pas ouvert cette porte ; il resta de longues secondes plongé dans ses souvenirs.

*

* *

Amalia, dès qu'elle le pouvait, s'évadait dans les forêts pour de longues promenades. Enfant, c'est avec son père qu'elle avait appris à découvrir cette immensité boisée, sa beauté et ses pièges parfois ; il était difficile de ne pas s'y perdre. Les parcelles de pins étaient toutes quasi identiques, les chemins forestiers étaient rares et les routes goudronnées encore plus. Son père lui avait appris à remarquer le moindre détail afin de ne pas s'égarer : un vieux chêne solitaire, un pin fourchu, un autre qui poussait de travers, autant de repères qu'elle connaissait par cœur. Lorsqu'elle rencontra Sébastien, lors de son installation à *La Pignada*, elle lui fut d'un grand secours quand ses premiers clients lui confièrent la gestion de leurs propriétés. En effet, il avait le plus grand mal à se repérer malgré les cartes d'état-major et les explications de ses clients. Alors, tous deux partaient en forêt, et c'est Amalia qui s'amusait à retrouver les bornes qui, enfouies dans le sol, matérialisaient les limites des parcelles.

Plus tard, c'est à sa fille qu'Amalia fit découvrir ces étendues forestières et en particulier l'endroit qu'elle préférait, les plantations en bordure de dunes d'où l'on pouvait deviner le rugissement de l'océan. Le glissement du vent dans la cime des arbres se mêlait alors au roulement des vagues sur le sable, formant un fond sonore inimitable, une fusion entre la terre et la mer. Amalia s'était persuadée que cette nature aurait un impact positif sur l'état de santé d'Océane et même, pourquoi pas, qu'elle serait capable de la guérir. Si, au début, Sébastien avait tenté de lui faire entendre raison, avec le temps, il avait abandonné. Bien sûr, au cours de leurs promenades, Océane se sentait apaisée, mais de là à voir sa pathologie disparaître, bien évidemment, c'était impossible. Il avait préféré laisser sa femme dans une fausse croyance, pensant que cela leur était bénéfique à toutes les deux. Pour Océane, il avait eu raison ; elle avait appris à aimer cette forêt, et ces longues marches au grand air lui faisaient le plus grand bien. Concernant Amalia, Sébastien s'en voulait encore aujourd'hui ; son attitude n'avait fait que renforcer la dépression de sa femme. Il était conscient qu'Amalia n'avait jamais su assumer cette culpabilité qu'elle portait depuis la naissance d'Océane, mais il n'avait pas imaginé qu'elle en souffrait autant et qu'à mesure que les années passaient, cela la détruisait.

C'est à la plage des Cabanes que la mère et la fille finissaient invariablement leurs sorties. Quel que soit le temps, elles s'asseyaient face à l'océan et contemplaient soit le léger clapotis des vagues, soit le déchaînement des flots, avec l'écume blanche qui venait se fracasser contre le bas des dunes. C'était leur moment, celui où, loin de tout, elles laissaient libre cours à leurs rêves les plus fous. C'était devenu un jeu pour Océane qui faisait à sa mère des confidences d'enfant, des rêves qu'elle oubliait aussi vite qu'elle les avait évoqués. Quant à Amalia, elle rêvait en silence. D'une seule chose : voir son enfant guérir et s'épanouir librement. Mais jamais ce miracle ne se produisit.

Quoi qu'il en soit, lors des soirs d'été ou des après-midi d'hiver ensoleillées, elles profitaient de cette parenthèse. La mère et la fille avaient pris l'habitude de s'asseoir sur la plage pour assister à l'instant précis où le soleil s'effaçait à l'horizon.

Et, depuis que sa mère avait disparu, à chaque fois qu'elle revenait sur cette plage, Océane reproduisait ce rituel, une façon d'être avec elle.

*
* *

Sébastien tendit une paire de bottes et d'épaisses chaussettes à Elena.

— Tenez, je pense que ça devrait vous aller. Elles sont un peu poussiéreuses, mais, au moins, vous aurez les pieds au sec.

— Effectivement ! Océane ne les porte pas souvent, s'étonna Elena en les tapant l'une contre l'autre pour faire tomber une toile d'araignée.

Sébastien avala sa salive et bredouilla :

— Ce ne sont pas les... siennes, j'ai pu vous en dénicher... une autre paire. Je vous laisse les passer, je reviens. J'ai oublié une bombe de peinture pour le marquage, j'en ai pour deux minutes.

Elena s'adossa à la portière du 4 × 4, ôta ses baskets et enfila l'ensemble avant de s'installer sur le siège passager.

— Merci, fit-elle alors que Sébastien démarrait.

Il garda les yeux rivés sur le chemin.

— Je vous en prie. Désormais, vous n'avez plus rien à craindre, vous êtes protégée du froid et de l'humidité.

Alors que Sébastien s'engageait sur la route, le portable d'Elena sonna ; celle-ci décrocha immédiatement.

— Mary ! Je suis si heureuse de t'entendre !

— Les réseaux fonctionnent enfin. Comment vas-tu ? Et Maxime ? Les infos de la BBC sont effrayantes. Ils passent en boucle des images de forêts et de bâtiments détruits.

— Ça va, je suis entière, Maxime et ma famille aussi, quelques détériorations à la maison de mes parents, mais sans plus comparé à d'autres qui ont tout perdu. Tu ne peux pas t'imaginer ce qu'on a vécu, c'était l'enfer ! Une nuit d'apocalypse pour découvrir, au matin, des étendues entières à terre !

— Ils l'appellent la tempête du siècle, c'est fou ! Tu as eu de la chance de pouvoir arriver à temps, le vol a dû être un supplice ?

— Non, c'est après que ça s'est gâté, j'ai été coincée avec la voiture de loc sur la route, j'ai cru ma dernière heure arrivée, mais j'ai été secourue (elle hésita) par un voisin.

Sébastien, concentré sur sa conduite, venait d'emprunter un chemin forestier parsemé d'ornières boueuses et glissantes.

— Tu es... en... tière, c'est... le... princi...

— Ça coupe, je t'entends super mal. Dis-moi, au bureau, ça va ? Ils s'en sortent ?

— Tout va bien, les marchés de bois... d'Asie, s'affol... Ton équipe s'est très... bien... positionn... dessus.

— Ça capte très mal. Oui, très bonne idée, prendre des options sur le bois asiatique, parce que, ici, c'est certain, ça va chuter ! Et pour le bug, les modèles n'ont rien détecté ?

— Tout est OK, rien de...

— Allô, allô ! Et merde, plus rien ne capte ! s'agaça Elena avant de tenter de rappeler Mary, sans succès. Bon, ben voilà, terminé. Fait chier ! Merci, la tempête ! pesta-t-elle.

Sébastien stoppa son véhicule et se tourna vers Elena.

— Rien à voir avec le mauvais temps. Ici, rien ne passe à cause de la proximité des dunes, aucune fréquence. Ça a toujours été comme ça.

— Ah, désolée, je me suis emportée, je crois !

— Un peu, mais c'est normal, c'est votre boulot, non ?

D'un ton amer, Sébastien poursuivit :

— Si j'ai bien compris, vous allez, sur notre dos, faire gagner de l'argent à vos clients ?

Embarrassée, Elena bafouilla :

— Non... ce n'est pas comme ça qu'il faut... le voir. La banque tente d'anticiper les... marchés porteurs.

— Quelle façon polie de dire que notre malheur va vous être profitable !

Elena haussa les épaules.

— Vous avez raison, on saisit une opportunité, c'est encore pire de le dire de cette façon !

Sébastien tendit sa main vers le pare-brise.

— Regardez-moi ça, tous ces arbres à terre. Pour moi, ce sont des batailles à livrer et à gagner pour en sauver le maximum, et sans clic d'ordinateur, juste à la force des bras.

— Je ne sais plus quoi penser depuis cette satanée nuit. Tout vole en éclats, même les priorités que je pensais immuables.

Sébastien eut un soupir las.

— Pareil pour moi... Mes certitudes s'envolent les unes après les autres. Gérer l'urgence sans trop réfléchir, je pense qu'il n'y a que ça à faire pour que les Asiatiques ne nous bouffent pas tout crus !

— Je vous ai vexé tout à l'heure ?

— Non, assura-t-il.

— Alors, je vous ai déçu, sans aucun doute ?

— Non plus, c'est le système, vous n'y êtes pour rien. Mais ça ne vous fait rien de parier sur l'effondrement du cours des bois de... votre région ?

Elena se justifia bien maladroitement :

— Ce ne sont que des lignes de titres sur un écran d'ordinateur.

Sébastien eut un rire moqueur.

— Votre pays, la région qui vous a vue naître, c'est juste une ligne sur un écran ? Décidément, vous réglez tout avec une facilité !

— Bien sûr que non, pourquoi dites-vous ça ?

Elena se mit à chuchoter comme si elle se parlait à elle-même :

— Je ne sais plus où j'en suis... Tout cela est tellement brutal.

— Oui, dit simplement Sébastien.

— Je crois que notre tournée des parcelles est compromise, fit remarquer Elena.

— Et pourquoi donc ? Au contraire, elle débute ! Allez, suivez-moi, ordonna-t-il en ouvrant sa portière.

— Je vous l'ai déjà dit, vous êtes quelqu'un de... Je ne trouve pas le mot exact.

Cela fit sourire Sébastien.

— Et vous, si vous saviez ! répondit-il.

— Que voulez-vous dire ?

— Rien, allez, assez discuté, on a du boulot ! Prenez donc un des sacs qui sont dans le coffre. On y va ! Nous avons pas mal de marche à faire et certains passages vont être délicats.

Tout au long de la matinée, les visites s'enchaînèrent. Le rythme qu'imposait Sébastien était soutenu, mais cela ne dérangeait pas Elena qui retrouvait certains réflexes de son enfance pour se déplacer d'un pas rapide sur les chemins boueux. Ce n'est que lorsqu'ils reprirent la route de *La Pignada* pour le repas de midi qu'Elena accusa le coup ; son visage était marqué par la fatigue. À peine Sébastien avait-il stoppé son véhicule dans la cour qu'il pria sa passagère d'enlever sa paire de bottes et de rechausser ses baskets avant de rentrer dans la maison. Officiellement, il s'agissait de ne pas déposer de la boue sur le carrelage de l'entrée, mais Elena comprit que Sébastien ne désirait pas que sa belle-mère et surtout sa fille l'aperçoivent avec les affaires d'Amalia. Elle s'exécuta non sans difficulté : ses doigts glissaient sur le caoutchouc humide. Sébastien l'aida et d'un coup sec la libéra. Elle faillit tomber à la renverse et se retint à ses épaules. Leurs regards se croisèrent, un sourire gêné se dessina sur le visage d'Elena.

Éloïse et les deux adolescents les attendaient. Maxime embrassa sa mère et lui fit part de l'appel de sa grand-mère et de son oncle. Les travaux avançaient plus vite que prévu : la réfection de la toiture serait terminée dans l'après-midi, et les préparatifs pour le réveillon avaient déjà débuté. Jérôme avait annoncé à Maxime qu'il viendrait les récupérer le lendemain dans la matinée.

— Il aurait pu m'appeler sur mon portable, fit remarquer Elena.

— Tonton m'a dit qu'il avait essayé trois fois, mais il tombait à chaque fois sur la messagerie.

Il a préféré appeler directement ici, précisa Maxime.

Elena avait toujours été proche de son frère et elle était contrariée de n'avoir pas pu lui parler.

— Excusez-moi, commencez sans moi, je vais le rappeler, fit-elle en sortant de la maison.

Le frère et la sœur discutèrent un long moment sans qu'Elena se rende compte de l'heure qui défilait. À l'intérieur, chacun patientait. Sébastien contacta Claude et l'avertit qu'il ne passerait que le lendemain à la scierie ; le marquage des parcelles prenait plus de temps que prévu. Son contremaître le rassura : après le retour de l'électricité, le redémarrage des machines s'était déroulé dans d'excellentes conditions, et aucune avarie n'avait été constatée.

Océane et Maxime se gavaient de morceaux de pain tout en regardant les informations à la télévision qui montraient les destructions dues à la tempête. Éloïse, contrairement à son habitude, ne put cacher son agacement. Elle avait mal dormi, toujours tourmentée par les conversations lors du dîner de la veille, qui lui rappelaient douloureusement sa fille.

— Dites donc, vous n'avez rien d'autre à regarder ?

— Ça va, mamie, on attend Elena.

— On ne va pas l'attendre une éternité, pesta Éloïse.

— Je vais aller chercher ma mère, proposa Maxime. Elle n'a pas dû se rendre compte de l'heure. Avec mon oncle, c'est toujours pareil.

Sébastien demanda à Maxime de ne pas la déranger. Il s'assit et commença à découper quelques tranches de saucisson.

— Allez hop, tout le monde à table, ta mère prendra le repas en route. Tenez, les jeunes, vous voulez que je vous serve ?

Les deux ados ne se firent pas prier ; visiblement, le pain ne les avait pas rassasiés. Sébastien était heureux de voir sa fille avoir un tel appétit. C'était suffisamment rare pour qu'il s'en réjouisse et… qu'il ne le lui fasse pas remarquer, de peur qu'elle se vexe. Lorsqu'il proposa à sa belle-mère de la servir, elle refusa, prétextant qu'elle avait pris un petit déjeuner plus tardif qu'à l'accoutumée. Sébastien n'était pas dupe ; il savait que, comme pour lui, la présence d'Elena et de Maxime bouleversait ses habitudes. Si, au début, Éloïse avait fait preuve de bienveillance et d'empathie envers Elena, désormais, les souvenirs revenaient trop fortement à la charge dans l'esprit de la vieille femme qui avait des difficultés à gérer ce flot d'émotions. Éloïse n'avait plus rien à espérer de l'avenir, si ce n'était de voir grandir sa petite-fille sans que sa maladie la handicape trop, alors que Sébastien ressentait le besoin de se projeter vers les autres. La présence d'Elena n'y était pas étrangère. Désormais, Sébastien, dans toutes ses contradictions, manifestait une envie indéniable d'avancer et de plonger dans l'inconnu.

Au cours du déjeuner, Éloïse se referma et n'ouvrit la bouche que si on lui posait des questions. Tout le monde remarqua sa mise en retrait, mais personne ne lui en fit le reproche. Elena, à plusieurs reprises, eut envie de lui parler, mais qu'aurait-elle pu lui dire pour apaiser sa tristesse ? Au fond, elle se sentait coupable du mal-être d'Éloïse. La tempête, bien sûr, et plus encore sa présence puis celle de son fils, tout cela était venu bouleverser le fragile équilibre d'une famille. Elena décida qu'elle ne dirait rien à Éloïse, elle ne se sentait pas légitime. Elle en était frustrée, mais elle ne voulait pas outrepasser son rôle d'invitée accueillie avec tant d'amabilité.

Une fois le repas terminé, Sébastien et Elena repartirent pour leur tournée d'inspection des parcelles. Océane et Maxime se préparèrent pour leur marche jusqu'à la plage des Cabanes. Quant à Éloïse, elle regardait avec mélancolie ces bouts de vie qui reprenaient autour d'elle.

10

Au-delà de l'horizon

— Regarde et dis-moi ce que tu vois.
— Des vagues qui s'étalent sur le sable.
— Plus loin, tu n'aperçois rien d'autre ?
— De l'eau à perte de vue !
— Encore plus loin !
— Non, je ne vois pas.
— Alors, ferme les yeux et imagine ce qu'il y a au-delà de l'horizon.
— Aide-moi.
— Tant de rêves à vivre…

*
* *

Océane et Maxime progressaient lentement sur le chemin qui conduisait aux dunes puis à l'océan. Malgré le paysage dévasté, ils n'avaient pas la moindre crainte quant à leur sécurité ; Sébastien avait assuré à sa fille que s'ils ne s'écartaient pas du trajet habituel, il ne pouvait rien leur arriver de fâcheux. Les arbres qui menaçaient de tomber avaient été abattus. En revanche,

Sébastien avait été clair : il n'était pas question de s'enfoncer dans les forêts, où le danger était partout. Il avait été convenu qu'Océane appellerait son père par talkie-walkie dès leur arrivée sur la dune puis de retour à *La Pignada*.

Depuis la veille, les deux adolescents ne se quittaient plus. Pourtant, à part leur âge, rien ne semblait les rapprocher. Ils n'étaient pas du même milieu, Maxime vivait à Londres et Océane dans une campagne retirée du sud-ouest de la France, leur éducation et leur histoire familiale n'étaient en rien comparables, et pourtant, ils n'hésitaient pas à se confier l'un à l'autre. Leurs parents avaient été les premiers étonnés de cette complicité. En revanche, les deux adolescents n'en étaient pas surpris et avaient naturellement partagé leur plus grand tourment : leur solitude. Océane était enfermée dans la surprotection de son père et la peur d'une crise aussi violente qu'inattendue. Quant à Maxime, le déracinement qu'il avait subi lors du déménagement de sa mère à Londres avait été un véritable traumatisme. Le jeune garçon s'était retrouvé du jour au lendemain dans un pays qu'il ne connaissait pas, avec une langue dont il ne possédait que quelques rudiments et de nouveaux camarades qui passaient plus de temps à se moquer du petit « Frenchie » qu'à faciliter son intégration. Il n'avait pas de nouveau cercle d'amis et sa mère, malgré tous ses efforts, ne venait que rarement le chercher à la sortie du collège pour passer un peu de temps avec lui.

Océane et Maxime partageaient leurs tourments sans retenue, sans faux-semblants et sans les tergiversations des adultes. Même si tous deux vivaient avec un seul de leurs parents, la raison n'était en rien comparable. Et pourtant, c'était ce sujet-là qu'Océane avait évoqué en premier : la perte et le manque de sa mère. Maxime avait été touché par l'authenticité de la jeune fille et s'était alors, lui aussi, lancé sans crainte dans des confidences très personnelles.

— Ça craint vraiment ! Tu as vu tous ces arbres enchevêtrés les uns dans les autres ? fit remarquer le jeune garçon alors qu'au loin, le bruit de l'océan, poussé par une légère brise d'ouest, se faisait déjà entendre.

— Plus on se rapproche de la côte, plus les dégâts sont importants. Je reconnais à peine les paysages. Tu vois, de là où nous sommes, on aperçoit les dunes. Eh bien, ce n'était pas le cas auparavant.

— Tu veux vraiment qu'on aille sur cette plage ? s'enquit Maxime. Ta grand-mère n'était pas trop d'accord quand t'en as parlé hier soir. Je suppose que ça a un rapport avec ta mère, non ?

Océane s'arrêta un instant et fit glisser la fermeture Éclair du sac à dos que portait Maxime. Elle en sortit une bouteille d'eau et but une gorgée.

— Tu en veux un peu ? proposa-t-elle.

— Non merci. Alors, tu en penses quoi ?

Océane eut une moue dubitative.

— Tu sais, j'adore ma grand-mère. Elle a toujours été là, et encore plus depuis la disparition de ma maman, mais elle s'enferme trop dans ses habitudes. Tu vois, je suis certaine que cet après-midi, elle est allée au cimetière.

— C'est bien, non ? Enfin, façon de parler, balbutia Maxime.

Alors qu'ils commençaient à escalader la dune, Océane enleva ses chaussures afin de marcher plus facilement dans le sable.

— Tu devrais faire pareil.

Maxime s'exécuta et la regarda, l'air moqueur.

— Pourquoi tu rigoles ?

— C'est ta façon de parler qui m'amuse ! Tu réfléchis toujours avant de dire quelque chose ou de répondre à une question. Tu te laisses le temps de la réflexion.

— C'est mieux, je crois, non ?

— Peut-être. En fait, j'en sais rien. C'est ta façon de faire, c'est tout.

— Celle qu'on m'a apprise, précisa Océane.

— Comment ça ?

Alors qu'ils grimpaient les derniers mètres, leurs pas se faisaient de plus en plus lourds ; ils s'enfonçaient jusqu'à mi-mollets, et c'est le souffle court qu'Océane poursuivit son explication :

— Toujours faire attention et prévoir le moindre problème, ça a été le leitmotiv d'abord de mes parents, et maintenant de ma grand-mère et de mon père. En fait, ils ont toujours peur qu'il m'arrive quelque chose. Alors, c'est vrai, tu as raison, je fais gaffe, même à ce que je dis.

— Et ça te rassure ?

— Oui, mais j'aimerais que ma vie soit plus simple. J'ai envie de pouvoir faire des tas de choses sans trop réfléchir aux conditions et aux conséquences. M'assurer que le médecin l'autorise, que je ne suis pas trop fatiguée, que j'ai assez dormi, que j'ai bien pris mes comprimés, c'est un peu pesant tout ça !

Alors qu'ils venaient d'atteindre le sommet de la dune, les deux adolescents reprirent leur souffle et s'assirent à même le sable.

— La marée est en train de remonter, c'est super beau quand l'eau s'étale pour gagner mètre après mètre. C'est dommage, aujourd'hui, le coefficient n'est pas très élevé.

— C'est vraiment top, confirma Maxime. Et c'est donc ici que tu venais avec ta mère ? J'espère que ma question n'est pas trop indiscrète…

— T'inquiète, fit simplement Océane, qui fixait l'océan. Regarde et dis-moi ce que tu vois.

— Des vagues qui s'étalent sur le sable.

— Plus loin, tu n'aperçois rien d'autre ?

— De l'eau à perte de vue !

— Encore plus loin !

— Non, je ne vois pas.

— Alors, ferme les yeux et imagine ce qu'il y a au-delà de l'horizon.

— Aide-moi.

— Tant de rêves à vivre…

Océane était émue. Maxime le remarqua mais se tut. Océane posa sa tête sur l'épaule de son ami.

— Ça ne te gêne pas ?

— Bien sûr que non, reste comme ça autant que tu veux.

— Tu vois, je vais encore répondre à ta demande après avoir pris un peu de temps.

— Pas grave, j'ai l'habitude maintenant.

— Quand je parle de rêves, ce ne sont que des choses simples de la vie courante, rien de plus ! J'aimerais pouvoir passer un week-end chez une copine, me rendre aux invitations pour les anniversaires lorsqu'ils finissent tard, faire du parapente au-dessus des dunes au printemps – je passe des heures à les regarder dériver dans les airs, ça doit être un sacré moment de liberté –, me dire qu'un jour je serai autorisée à passer mon permis de conduire, me marier peut-être, avoir des enfants. Enfin, vivre, quoi !

— C'est ton père qui t'empêche de faire tout ça ?

— Oui et... non. Il me protège, mais c'est de plus en plus lourd à supporter...

Tout à coup, Océane releva la tête et se souvint de la consigne de Sébastien :

— Mince, j'ai oublié ! Vite, passe-moi le talkie-walkie dans le sac. Je vais me faire tuer ! Il a dû essayer de me joindre.

Elle attrapa l'appareil et constata qu'aucune tentative de connexion n'était enregistrée. Elle se cala sur la fréquence du combiné de son père.

— Je t'écoute, tout va bien ?

— On vient à peine d'arriver, tout est OK.

Maxime faillit éclater de rire, mais se retint.

— Très bien. Le temps est superbe, profitez-en bien, à ce soir !

— À ce soir, papa. Je t'appelle dès qu'on rentre. Et vous, tout se passe bien ?

— Oui, oui. Allez, je te laisse, nous avons encore toutes les parcelles autour du village à inspecter. Bises.

Sébastien coupa net la conversation, laissant Océane dubitative.

— Eh ben, pour quelqu'un qui devait se faire massacrer, il y a pire, non ? lança Maxime.

— En même temps… il est très occupé.

En réalité, les deux jeunes voyaient dans l'attitude de Sébastien et d'Elena une criante évidence.

— Je crois qu'on est d'accord, dit Maxime.

— C'est sûr, confirma-t-elle. Tu crois qu'ils s'en rendent compte ?

— Franchement, aucune idée.

— Pourtant, les regards, les attitudes, les gestes, ça ne trompe pas. Et puis, pour que mon père emmène quelqu'un avec lui sur le terrain, faut vraiment qu'il en ait envie.

— Hier, ma mère m'a taquiné en parlant de toi. Je lui ai répondu qu'elle avait un comportement étrange avec ton père. Ça ne lui a pas plu du tout, elle s'est énervée, c'est un signe !

— Qu'est-ce qu'elle a dit sur moi ? demanda Océane.

— Elle croit que je suis amoureux, précisa-t-il abruptement.

— Allez ! fit Océane en riant. Ils font un transfert ou quoi ?

— Un quoi ?

— Un transfert, c'est un truc psycho qui veut dire que tu déplaces sur quelqu'un d'autre tes propres problèmes.

— Dans ce cas, t'as raison ! dit Maxime.

— Ben, mon père, pas plus tard que ce matin, il est monté sur ses grands chevaux exactement pour la même raison, dit Océane.

Maxime prit un air grave.

— On en rigole, mais au fond, je crois qu'ils ne s'autorisent pas à éprouver des sentiments l'un envers l'autre, à cause de nous. Ma mère croit que je suis plus heureux de la voir seule. Depuis que mes parents se sont séparés, elle n'a eu que quelques aventures. Et ton père ?

— Il est très discret, il a eu quelques liaisons, mais qui ne duraient jamais, excepté il y a un an avec une cliente. Elle est venue plusieurs fois à *La Pignada* et puis, un jour, elle a disparu, je crois qu'elle s'était attachée, et ça, pour lui, ce n'était pas possible. Toujours la même raison, il doit me protéger ! Et ici, à part le bois, il n'y a pas grand-chose à faire. Ce n'est pas très attirant pour une femme.

Maxime leva les yeux au ciel.

— Parce que tu crois que Londres, c'est mieux ? Une grande ville où personne ne se connaît, mais où par contre tout le monde fait semblant du contraire.

— Pourtant, tu disais aimer vivre à Paris. Et Paris aussi est une grande ville, non ?

— Oui, mais je voyais mon père et mes amis tous les jours, alors que maintenant, c'est une fois tous les deux mois et pour quelques semaines de vacances. Pardon... j'ai dit une connerie, je crois... J'ai quand même mon père et ma mère, tandis que toi...

— Pas de souci, ma mère est toujours avec moi... Différemment, voilà tout !

L'heure avançait, le soleil n'allait pas tarder à se confondre avec la ligne d'horizon. La brise de l'après-midi s'était calmée, laissant la place à un léger souffle d'air chaud qui venait du bas de la dune. La marée était désormais à son plus haut niveau et les flots étaient calmes. Le clapotis des vagues ressemblait à un va-et-vient lent et rassurant. La nature avait décidé de se montrer clémente après la furie qu'elle avait laissé éclater. Il était temps de rentrer. C'est alors que Maxime aperçut une cabane, juste derrière la première rangée de pins, qui avait miraculeusement résisté à la puissance du vent.

— Tu as vu ? C'est quoi ? fit-il en indiquant la construction de bois avec sa main.

— Je pensais qu'elle serait détruite. Je suis heureuse qu'elle soit toujours debout, même si le toit est recouvert de branchages. C'est mon grand-père qui l'a bâtie de ses mains à l'époque où les propriétaires avaient l'autorisation de construire en bord de mer. Après sa disparition, c'était ma mère qui l'entretenait, elle y tenait beaucoup. On venait quelquefois y passer la journée, on pique-niquait.

— Et ta grand-mère ? Elle n'a rien voulu en faire ?

— Non. Un jour, elle m'a dit : « Cette cabane est à toi ! » Alors, quand je dispose d'un peu de temps, je l'entretiens. Oh, pas grand-chose, je ne suis pas une pro du bricolage, mais elle est toujours là !

— Je comprends mieux le nom, « la plage des Cabanes ».

— Avant, il y en avait quatre, mais les autres propriétaires avaient construit plus près de l'océan. Sans l'abri de la forêt et avec le temps, l'océan a grignoté la dune et englouti les trois premières.

— Votre cabane n'a jamais été vandalisée ?

— Tu sais, c'est une plage que peu de gens fréquentent, et difficile d'accès. À part les habitants du coin, personne ne connaît son existence.

— J'adore ! Mais je crois qu'on devrait partir maintenant, autrement, ton père va vraiment nous massacrer, cette fois-ci, si on n'est pas rentrés avant la nuit.

Océane saisit Maxime par le bras alors qu'il tentait de se relever.

— Rassieds-toi, je voudrais te montrer quelque chose.

— Tu es sûre ? insista-t-il.

— S'il te plaît !

Il accéda à sa requête. Elle resta silencieuse plusieurs minutes.

— Voilà, regarde ! Lorsque je venais ici avec ma mère, elle attendait toujours ce moment où le soleil s'enfonce derrière la ligne d'horizon, et elle me demandait de compter lentement. À chaque fois, j'arrivais aux environs de soixante secondes pendant lesquelles la lumière changeait, l'océan passait de l'orange au gris-bleu, les cimes des pins se confondaient avec les flots et la température chutait brutalement. Chaque fois que je viens ici, je reproduis ce rituel, je ne pense à rien, je suis avec elle et je compte...

Maxime se tut, il écoutait. Il se surprit à égrener lui aussi les secondes. Lorsqu'il sentit la fraîcheur sur son visage, une minute venait de s'écouler et les dernières lumières s'effaçaient, laissant la place à une légère pénombre.

C'est alors que le jeune garçon décida de sortir Océane de son extase :

— Tu as raison, à peine plus d'une minute.

— Soixante secondes !

— C'est la même chose, fit remarquer Maxime.

Océane secoua lentement la tête.

— Non, soixante secondes... ça dure plus longtemps... Tu comprends ce que je veux dire ?

Maxime était touché de voir son amie partager avec lui ce moment d'intimité qu'elle avait tant de fois vécu avec sa mère. Océane se leva, essuya le sable collé sur son pantalon et fixa une dernière fois l'horizon.

— Tu te rends compte, tout peut changer en seulement soixante secondes !

Maxime sentait l'émotion lui monter à la gorge. Il aperçut une larme qui glissait sur la joue de son amie. Il se permit de l'essuyer avec son pouce.

— Soixante secondes de bonheur ! dit enfin Océane avant de se retourner.

Il était vraiment l'heure de rentrer. Elle serra la main de Maxime et lui offrit son plus beau sourire. Ils dévalèrent à grandes enjambées la dune et marchèrent d'un pas rapide jusqu'à *La Pignada* ; ils craignaient que leurs parents ne soient rentrés avant eux. Lorsqu'ils pénétrèrent dans la cour, les deux adolescents furent rassurés de voir que seule la fenêtre de la cuisine d'Éloïse était éclairée. Océane, d'un coup d'œil rapide, vérifia que le 4 × 4 de son père n'était pas garé à sa place habituelle. Ils purent enfin souffler, avec la satisfaction d'avoir passé un moment unique. Océane décida de rejoindre sa grand-mère pour lui proposer de l'aide pour la préparation du dîner. Lorsqu'elle ouvrit la porte, elle la vit plongée dans de vieux albums de photos. Et quand Éloïse releva la tête, Océane constata que ses yeux étaient rougis d'avoir trop pleuré. Elle s'excusa :

— Je ne voulais pas te déranger, mamie. Je te laisse, je vais aller prendre une douche et, avec Maxime, on va s'occuper du repas. Repose-toi.

Éloïse ferma lentement les albums puis les rangea dans l'imposant buffet du salon.

— Viens près de moi, ma petite-fille, que je te serre dans mes bras.

Océane vint se coller contre sa grand-mère.

— Comment vous dites, les jeunes ? J'ai eu un coup de blues.

— Mais tu es sûre que ça va ? demanda Océane, inquiète.

— Allez hop, fini la sinistrose. Et toi, tu as passé un bon après-midi ?

Sa petite-fille hésita à lui montrer sa satisfaction.

— C'était bien. Enfin, une bonne balade quoi…

— Parfait ! Je vous rejoins vers dix-huit heures trente. On décidera de ce que l'on va préparer pour le dîner.

Océane se libéra de l'étreinte de sa grand-mère et rejoignit Maxime.

*

* *

À quelques kilomètres de *La Pignada*, Sébastien était en train de marquer les arbres à abattre de la dernière parcelle. Il avait pris du retard ; certains accès avaient été plus compliqués que prévu. La nuit était désormais tombée et Elena l'éclairait à l'aide d'une lampe torche pour qu'il donne les derniers coups de bombe de peinture. Tout au long de l'après-midi, Elena l'avait regardé évoluer dans son élément. À plusieurs reprises, il avait pris le temps de lui expliquer les particularités de certains arbres, les caractéristiques des sols. Lorsque, enfin, ils regagnèrent le 4 x 4, Sébastien balança le sac dans le coffre et s'adossa contre la carrosserie. Elena fit de même.

— Merci, votre présence a été précieuse. Je crois que sans vous, j'y serais encore, avoua-t-il.

— J'ai pris beaucoup de plaisir à vous apporter mon aide. Ça m'a fait du bien, ça m'a vidé la tête.

— Moi aussi…

— L'air pur, sans doute, ça permet d'oublier un peu les soucis.

Sébastien la fixa.

— Ce n'est pas de ça dont je parlais.

— Ah oui ?

— J'ai pris beaucoup de plaisir à... être avec vous...

Elena se tourna vers lui.

— Redites-le-moi !

Sébastien sentit son pouls s'accélérer ; il approcha son visage de celui d'Elena.

— Toujours aussi directe, fit-il.

— Et vous, toujours aussi mystérieux.

Sébastien posa alors ses lèvres sur celles d'Elena, d'abord timidement, puis la fougue l'emporta. Elle caressa son visage et passa sa main dans sa longue chevelure. Ils étaient au beau milieu d'une forêt dévastée, seule la lumière de la lune était témoin de la scène. Tous deux relâchaient leurs défenses, oubliaient leurs frustrations, une seule chose comptait : l'envie de sentir le corps de l'autre. Elle l'entraîna sur la banquette arrière du véhicule.

— J'ai envie de toi, murmura-t-elle.

— Pas comme ça, dit-il, pas ici.

— Tu n'as pas envie ?

— Si, mais...

Il n'eut pas le temps de poursuivre. Elena lui avait déjà enlevé sa veste, ses mains glissèrent sous son pull. Sébastien fit alors de même. Ils ôtèrent leurs épaisses couches de vêtements avec empressement. Désormais nus, ils étaient à la merci l'un de l'autre.

Ils s'aimèrent maladroitement, précipitamment, mais ils s'aimèrent...

11

Vers la légèreté

Combien de temps passons-nous à focaliser nos pensées sur le superflu et l'abondance, persuadés que l'accumulation de choses matérielles nous guidera sur le chemin d'un bonheur préfabriqué, mais acceptable ?

Cela dure parfois toute une vie !

Alors que l'essentiel réside dans la simplicité, l'échange, l'amitié, l'amour et la découverte des autres.

Cessons d'accumuler l'inutile et tournons-nous vers la légèreté.

*
* *

En ce dernier jour de l'année 1999, Sébastien s'était levé tôt. La veille au soir, après sa longue tournée d'inspection, il n'avait pas pu passer à la scierie pour faire le point avec Claude et vérifier que le redémarrage des machines se poursuivait sans difficulté. Si, dans un premier temps, il avait pensé reprendre la production de planches au plus tôt, après réflexion, il avait abandonné cette idée. En effet, même si les premiers camions avaient déjà déposé leurs cargaisons de grumes de pins dans les hangars de stockage, Sébastien ne voulait pas imposer une reprise immédiate à ses ouvriers. Il souhaitait que chacun puisse profiter au mieux de son réveillon en famille, qui coïncidait avec le début d'un long week-end. La semaine précédente avait été assez difficile à vivre, et beaucoup pansaient encore les plaies que les intempéries avaient infligées à leurs biens. Le lundi suivant, le travail reprendrait.

Sébastien avait donné rendez-vous à huit heures à Claude. Ils burent leur habituel café. Ils discutèrent d'abord de tout et de rien, comme pour se persuader que tout était comme avant. Mais la conversation dévia rapidement sur le sujet principal et, malgré tout le recul dont ils souhaitaient faire preuve, l'inquiétude transparaissait dans leurs propos. Comment de tels volumes de bois allaient-ils pouvoir être traités et, surtout, comment les marchés allaient-ils pouvoir les absorber ? Ils n'en avaient pas la moindre idée et jugeraient au jour le jour. À cet instant, Sébastien pensa à la discussion qu'avait eue Elena avec Mary, sa responsable.

— Il faut s'attendre à ce que les prix s'effondrent, fit-il remarquer.

— On compensera avec les quantités. On en vendra davantage… Tu sais, du bois, on en aura toujours besoin.

Sébastien prit la Thermos et se resservit.

— Je ne crois pas ! Les marchés vont être rapidement saturés. Aux infos, ce matin, un négociant alsacien commentait la décision des autorités allemandes de ne plus accepter les importations venues de France, compte tenu de ce que cette saloperie d'ouragan avait foutu par terre chez eux aussi. Je pense que les Espagnols ne vont pas tarder à tirer la sonnette d'alarme également.

Dans un réflexe de dépit, Claude mit un coup de pied dans la poubelle de plastique, qui valdingua quelques mètres plus loin.

— Que veux-tu faire ? Ça ne sert à rien de se mettre la rate au court-bouillon avant… On verra bien, et on ajustera au mieux.

— Mouais, fit Sébastien en finissant sa tasse de café. Allez, tout fonctionne normalement, c'est le principal. On ferme la baraque jusqu'à lundi matin et on profite du réveillon.

— Ça marche, assura son contremaître en effectuant un dernier contrôle pour s'assurer de la mise en sécurité pour le week-end.

Les deux hommes se saluèrent. Lorsque Sébastien grimpa dans son véhicule, Claude l'interpella :

— Pour écouler le bois, tu vas en discuter avec Jérôme ?

Sébastien eut un moment d'hésitation.

— Oui, je dois le voir… ce matin.

— Ah ben dis donc, les affaires ne traînent pas.

— Allez, bon réveillon, et fais la bise à toute ta famille.

— Toi aussi. À lundi !

Sébastien reprit la route de *La Pignada*. Il n'avait pas prévu d'occupations professionnelles pour cette dernière journée de l'année. Il souhaitait la consacrer à sa fille et devait, en début d'après-midi, se rendre avec elle dans la zone industrielle de Mont-de-Marsan. La route avait été dégagée par les services de l'équipement. Sébastien, qui en avait discuté avec Elena la veille, avait décidé d'acheter un ordinateur à sa fille. Certains de ses amis en étaient équipés, et depuis quelques mois, Océane n'avait qu'un mot à la bouche : Caramail, une messagerie qui permettait d'échanger en direct de courts messages par écrans interposés. Il n'aurait jamais pensé basculer aussi vite dans des équipements encore rares dans les foyers, mais les arguments d'Elena l'avaient convaincu de lâcher du lest et de satisfaire la demande de sa fille. L'informatique allait entrer à *La Pignada*, une révolution pour Sébastien, et sans aucun doute une immense satisfaction pour Océane. C'était aussi une façon de rendre plus aisé le contact avec ses amis et ainsi de rompre son isolement. Sébastien n'y connaissait absolument rien, il comptait donc sur sa fille pour effectuer le choix le plus judicieux.

Lorsque Sébastien arriva chez lui, le véhicule de Jérôme, le frère d'Elena, était garé au milieu de la cour. Le coffre était ouvert et le sac de Maxime était déjà à l'intérieur. C'était prévu, Sébastien ne fut pas surpris, mais il eut un pincement au cœur lorsqu'il aperçut Elena, son sac de voyage à la main, qui saluait sa belle-mère. Océane et Maxime, assis sur le banc de pierre, discutaient tandis que Jérôme fumait une cigarette en détaillant les destructions des forêts alentour. Sébastien se dirigea vers lui.

— Bonjour, tu as vu ça, c'est la cata !

— Bonjour, Sébastien. C'est pire que chez nous, même si ça a bien tapé ! Ici, les bois sont plus exposés. On a redémarré la scierie en catastrophe, je suppose que toi aussi ?

— Non, j'ai préféré attendre lundi. Deux ou trois jours de plus, je ne vois pas ce que l'on va y gagner... Les gars ont besoin du week-end ; il va y avoir un boulot de fou !

Jérôme écrasa sa cigarette.

— Tu as raison ! Mais la production, c'est le domaine réservé de mon père, je n'étais pas d'accord, mais je n'avais pas envie d'insister et de m'engueuler avec lui pour qu'il cède, ce qu'il ne fera jamais, alors je le laisse faire.

Sébastien ne désirait pas poursuivre cette discussion concernant le père Dejean.

— Il faudra qu'on discute des débouchés de vente. Tu en penses quoi ?

Jérôme soupira.

— Pendant un mois maximum, on va pouvoir fourguer notre marchandise, mais après, je crains vraiment que les marchés se referment les uns après les autres, et là... Pour l'instant, je n'ai aucune porte de sortie. Je vais y réfléchir, je te tiendrai au courant.

— OK, on verra ça plus tard, et puis, tu n'es pas là pour ça.

— Au fait, pas trop pénible la *sister* ? Ça m'a surpris quand j'ai su qu'elle était chez toi.

Sébastien avala sa salive et haussa les épaules.

— Elle était mal embarquée sur la route au milieu de ce foutoir, je ne savais pas que c'était elle. Tu as vu l'état de la voiture ?

— Oui, je l'ai aperçue en arrivant de Lescot. En tout cas, merci !

— Tout le monde aurait agi de la même façon, assura Sébastien.

— Mais tu as accepté qu'elle revienne alors que c'est une Dejean !

Sébastien parut irrité.

— Je travaille bien avec toi et tu t'appelles Dejean, que je sache, fit-il d'un ton sec.

— Tu m'as dit un jour que j'étais un peu moins con que mon père, alors ma sœur aussi ? plaisanta Jérôme.

Sébastien coupa court à la conversation :

— Écoute, ça s'est fait comme ça. Allez, vas-y, vous devez être impatients de vous retrouver en famille !

Les au revoir furent rapides, comme si chacun voulait éviter que ce moment s'éternise. À peine pouvait-on deviner de la tristesse sur le visage des deux adolescents qui repartaient chacun vers sa solitude. Une franche amitié était née entre eux ; ils s'étaient promis de rester en contact et de se revoir lorsque Maxime reviendrait chez ses grands-parents. Elena et Sébastien, depuis la veille au soir, n'avaient échangé que quelques mots, ne sachant comment réagir concernant ce qui s'était passé entre eux. Ils se persuadaient qu'il ne s'agissait que d'un bon moment entre deux adultes qui avaient cédé à une attirance mutuelle. Restée volontairement en retrait, Éloïse était partagée entre deux sentiments. Elle était triste de voir toute cette effervescence quitter *La Pignada* et, en même temps, elle craignait que rien ne soit plus comme avant, que cette vie qu'ils s'étaient construite tous les trois n'implose.

*

* *

Maxime était à peine descendu de la voiture de son oncle et parti retrouver ses grands-parents que, déjà, Elena interpellait son frère sans retenue :

— Dis donc, tu aurais pu me dire que les deux familles se détestaient !

— Ben, tu es gonflée ! Il aurait fallu que je sache que tu étais hébergée chez Dervain. Et d'abord, les deux familles ne se détestent pas, c'est des conneries tout ça, des croyances d'un autre temps !

Elena poursuivit sur le même ton :

— On se déteste, on travaille ensemble, on se re-déteste, on re...

— Arrête avec ça, tu n'as donc rien compris ? l'interrompit son frère.

— Comprendre quoi ? Et tu as intérêt à vite m'expliquer, les parents vont s'inquiéter de ne pas nous voir, on n'a pas beaucoup de temps.

— Le temps, on le trouvera !

— Jérôme, s'il te plaît !

— Je ne sais pas ce qu'on t'a dit, mais tout ça est très ancien. D'abord notre grand-père, puis notre père ont tout fait pour dégoûter Sébastien de s'installer à Lescot : le monopole Dejean était en péril, alors qu'il y a du boulot pour tous. La preuve, tout le monde est encore là !

— Continue !

— Et puis, il y a eu l'accident, enfin… le décès de la femme de Sébastien, Amalia.

— Et alors ? Ça n'a rien à voir !

— En fait, une débardeuse de l'entreprise familiale se trouvait sur les lieux, des bruits couraient comme quoi l'engin aurait coupé la route d'Amalia. Notre cher père a tout fait pour étouffer cette hypothèse. Et au lieu de calmer les ragots, son intervention n'a fait que les amplifier.

— Donc, indirectement, Sébastien pense que notre famille est responsable de l'accident qui a coûté la vie à sa femme ?

— Croire à cette version l'a aidé à supporter… l'insupportable. Mais désormais, même s'il assume la vérité des faits, il ne se pardonne pas de n'avoir pas compris plus tôt…

Sa sœur fronça les sourcils ; alors que tout semblait s'éclairer, le flou s'installait à nouveau.

— Compris quoi ?

— Depuis la naissance d'Océane, Amalia s'est toujours sentie responsable de la maladie de sa fille. Lorsqu'elle a admis qu'elle ne guérirait jamais, le désespoir s'est emparé d'elle, et un jour, elle n'a plus été capable de faire face ; sa voiture a quitté la route à vive allure... C'est plus clair ?

Elena écarquilla les yeux et se souvint des propos de sa mère.

— Mon Dieu, ce n'est pas possible... Et donc, Sébastien connaît la vérité ?

— Bien sûr, tout le monde la connaît, sauf Océane. Pour elle, c'était un accident. Alors, tu vois, personne ne te déteste, quelques mauvais souvenirs resurgissent à l'évocation de notre nom, c'est tout.

Abasourdie, Elena ne put prononcer un mot et descendit du véhicule. Elle attrapa son sac et se dirigea vers la maison, enfin à l'abri des intempéries.

Ses parents étaient installés sur le canapé du salon avec Maxime, Christine, la femme de Jérôme, et Alizée, leur petite fille de trois ans. Elena embrassa tout le monde. Lorsqu'elle se trouva face à sa mère, celle-ci remarqua son teint pâle et ses yeux cernés.

— Dis-moi, tu n'as toujours pas l'air en forme. Des soucis avec ton travail ? Tu as pu les contacter ?

— J'ai pu parler avec ma supérieure, tout se passe bien, affirma Elena sans conviction, encore sous le choc des révélations de son frère.

Son père ne put retenir une remarque ironique qui eut pour effet immédiat de la crisper :

— Tu ne t'es pas reposée chez Dervain ? Pourtant, c'est toi qui as voulu y retourner. Je me trompe ?

La lassitude face au comportement paternel l'emportait sur la crainte de sa réaction. Elena explosa :

— Mais c'est incroyable, ça ! Jamais tu ne pourras faire preuve d'un peu de gentillesse, de compréhension envers ta famille !

Christine, qui aidait sa fille à habiller une de ses poupées, sourit à Elena pour lui signifier qu'elle l'approuvait sans réserve. Hervé, fidèle à lui-même, absolument incapable d'une once de remise en question, rétorqua avec la plus grande vigueur :

— Mais comment oses-tu me parler comme ça ? Je suis ton père !

— C'est fou, jamais tu ne pourras lâcher, il faut que tu domines, que tu commandes. Tu n'as pas envie d'un peu de légèreté ?

Hervé se mit à ricaner :

— Et comment veux-tu diriger une entreprise si tu fais preuve de laxisme ?

Elena leva les yeux au plafond en signe de découragement. Et pourtant, quelque chose la poussait à poursuivre cet affrontement verbal.

— Ça ne sert à rien de s'épuiser à te faire entendre raison, tu confonds tout, le travail, la famille. Tu veux que je te dise ?

Sa mère avait préféré se rapprocher de sa petite-fille pour profiter, comme Christine, de sa présence et afin de se donner une contenance.

— Je t'écoute, assura Hervé qui, les mains dans les poches, se planta devant la cheminée.

— Pour le travail, tu n'as jamais supporté que l'on te résiste, tu dois tout écraser, tout ce qui te gêne. En ce qui concerne la famille, tu n'as jamais accepté, non, jamais compris plus exactement, que je ne t'obéisse pas et que je ne reste pas ici pour travailler à l'exploitation. Mais est-ce que tu t'es demandé pourquoi ?

— Pourquoi ? Mais tu avais envie de faire des études. Heureusement que tu as réussi, d'ailleurs !

— Alléluia, enfin un compliment ! lança Elena en joignant les mains en prière.

— Ce n'est pas un compliment, c'est une constatation ! rétorqua Hervé.

— Exactement ce que je disais à l'instant. Tu ne te poses aucune question !

C'est alors que Jérôme pénétra dans la pièce. Le temps qu'il ôte son manteau et pose ses clefs sur la commode, il avait entendu des bribes de l'échange houleux entre sa sœur et son père. Il intervint abruptement :

— Eh, oh, tous les deux, stop, s'il vous plaît ! Je n'ai pas envie, personne ici n'a envie de subir vos chamailleries. Après ce que nous venons de vivre, je crois qu'un peu de calme serait le bienvenu, vous n'êtes pas d'accord ? Un réveillon apaisé serait appréciable, merci !

Jérôme savait que son père ne trouverait rien à redire ; l'avantage du fils qui avait choisi de travailler à la propriété. Quant à Elena, l'intervention de son frère eut le mérite de la calmer et de casser cette dynamique d'affrontement. Elle préféra aller rejoindre Maxime dans le gîte qui leur était désormais réservé pour le week-end. Avant de quitter la pièce, elle posa sa main sur la joue de son frère, une façon de le remercier d'avoir allégé une situation qui n'aurait pas tardé à devenir incontrôlable. Au fond, Elena n'avait pas souhaité cette altercation, mais les effets conjugués des révélations de Jérôme et de cette raideur paternelle avaient mis ses nerfs à vif.

Le déjeuner se déroula sans accroc, la trêve semblait bel et bien signée. Maxime évoqua plusieurs fois Océane et les bons moments qu'ils avaient passés ensemble. À chacune de ses interventions, sa mère et son oncle tentèrent d'aiguiller la conversation sur un autre sujet, sans succès ; le jeune garçon y revenait toujours. Élise et surtout Hervé n'écoutaient que d'une oreille les remarques de leur petit-fils. Ils avaient hâte que cesse cet étalage de bons sentiments envers un membre de la famille Dervain. Ce ne fut le cas qu'au moment où Élise servit le café. Hervé, n'en pouvant plus, se lança alors dans un monologue où il sautait d'un sujet à l'autre : les dégâts à la toiture, les prévisions météo pour les jours à venir, le prix du bois, la location des gîtes, absolument tout, du moment qu'il n'entendait plus le nom des Dervain. Hervé parvint à ses fins : Maxime préféra quitter la table, et sa mère ne s'y opposa pas.

Au cours de l'après-midi, Elena prépara le repas du réveillon avec sa mère et Christine. Sa belle-sœur était une femme aimable, de petite taille, à l'allure joviale, toujours d'humeur égale et qui s'exprimait peu. Elena n'avait jamais compris comment elle avait pu accepter d'habiter dans la maison de ses beaux-parents. Certes, l'ensemble du premier étage leur était réservé. Le logement bénéficiait de tous les équipements pour qu'ils soient indépendants, et ils pouvaient y accéder de l'extérieur. Malgré tout, cela lui paraissait inconcevable. Christine avait, depuis la naissance de sa fille, une activité professionnelle à temps partiel de kinésithérapeute à domicile, ce qui lui permettait de décompresser et d'échapper aux discussions interminables sur la vie de l'entreprise Dejean. Elena et Christine s'étaient toujours bien entendues malgré leurs tempéraments opposés. Sans doute chacune trouvait-elle chez l'autre ce qui lui manquait. En fait, Christine avait un profil psychologique identique à celui de son mari. Ils recherchaient une vie calme, quitte à sacrifier les quelques ambitions qu'ils avaient eues la première année de leur mariage. Christine aurait pu intégrer un poste à responsabilités dans un établissement thermal de Dax, mais elle déclina l'offre qui aurait obligé Jérôme soit à faire des allers-retours épuisants, soit à quitter l'entreprise familiale. À l'époque, Elena en avait discuté avec son frère ; elle ne comprenait pas que Christine ait refusé cette opportunité. Jérôme lui assura qu'ils ne regrettaient nullement leur choix. Elena ne le comprenait toujours pas, mais elle l'acceptait.

Vers dix-huit heures, la préparation du dîner était terminée. Christine se rendit au village pour récupérer la commande que sa belle-mère avait faite chez le boulanger-pâtissier. L'électricité n'était revenue que depuis vingt-quatre heures, tous les clients ne pouvaient donc pas être satisfaits. Mais bien évidemment, la famille Dejean fut servie : le privilège d'être le premier employeur de la commune. Quant à Élise, habituée à se coucher tôt, elle en profita pour se reposer en prévision d'une soirée plus longue qu'à l'accoutumée. Elena se retrouva seule. Elle s'assit sur le canapé et, pour s'occuper, feuilleta un magazine qu'elle reposa presque aussitôt. Dans quelques heures, le basculement vers l'an 2000 allait avoir lieu ; elle pensa à ses équipes et au stress auquel elles devaient faire face. Elle était inquiète, mais sans plus ; elle leur faisait confiance. Elle essaya de joindre Mary, sans succès. Elle décida donc de couper son portable afin de passer une soirée tranquille. Demain, il suffirait qu'elle écoute les informations pour savoir si le bug informatique mondial tant redouté avait eu lieu.

Bien calée entre les coussins, elle laissa son esprit divaguer et pensa à Sébastien. Plus le temps passait et plus elle se posait des questions sur l'aventure qu'ils avaient vécue. Ils n'avaient rien en commun, et pourtant, elle ressentait un manque qu'elle s'efforçait d'effacer de son esprit, sans y parvenir. Plongée dans sa réflexion, elle n'avait pas vu que son frère venait d'entrer dans la pièce.

— Eh bien, ma sœur, on rêvasse ! dit-il d'une voix forte.

Elena sursauta.

— Tu m'as fait une de ces peurs ! Qu'est-ce que tu fais là ?

— Je viens voir si tu t'es calmée et si on peut discuter un peu plus sereinement. Tout simplement, prendre de tes nouvelles.

— Ça va, fit-elle.

— Cache ta joie, ça n'a pas l'air si évident !

— C'est un peu compliqué en ce moment, le boulot m'accapare. Je pense que j'en fais trop.

Jérôme alluma une cigarette.

— Tu fumes de plus en plus, lui fit remarquer Elena.

— Tu en veux une ?

— Tu entends ce que je te dis ?

— Oui ! Et moi, je te demande si tu en veux une. Tu te souviens de ta première cigarette ? Tu m'en avais piqué une et tu étais allée la fumer en douce sous le tilleul, derrière la maison.

Elena sourit.

— Les parents me cherchaient et c'est toi qui m'as débusquée.

— Le paquet de chewing-gums y est passé pour retrouver une haleine normale.

— C'est vrai, tu as raison, je ne me rappelais plus.

— On y va ?

Elena hésita, puis elle accepta la proposition de son frère.

— Allez, pourquoi pas ! Attends, je prends ma veste.

Le frère et la sœur s'installèrent au pied de l'arbre, s'asseyant contre le tronc. Le sol était recouvert de feuilles et de petites branches. Jérôme tendit une cigarette à sa sœur.

— Ce sera la seule de l'année ! dit Elena.

— Alors, profites-en ! Dis-moi, qu'est-ce qui se passe à ton travail ? Tu n'es plus la killeuse des marchés financiers ?

— Je ne sais pas trop, mon métier me plaît, mais depuis cette tempête, je me pose des questions…

— Comment ça ? Je ne vois pas trop le lien, s'étonna Jérôme.

— Si, la futilité de ce que je fais ! Tu vois, les inquiétudes que je peux avoir pour cette nuit et le passage à l'an 2000, eh bien, je trouve ça dérisoire par rapport à ce qui s'est passé ici.

— Ça n'a rien de dérisoire, c'est différent. Chacun son métier.

— Je ne crois pas. Ici, toi, par exemple, tu vois ce que tu fais, c'est palpable. Moi, je clique, je balance des millions de dollars d'un marché à l'autre. C'est inconsistant…

Jérôme passa son bras autour du cou de sa sœur.

— Tu m'inquiètes, toi. Pourtant, ce poste, tu le voulais, c'est toi qui l'as choisi ! Et puis, accessoirement, tu gagnes très bien ta vie, non, je me trompe ?

— En plus, on vient de me proposer une promotion.

— *Yes*, tu es la plus forte ! se réjouit Jérôme.

— C'est à Zurich, au siège de la banque, un poste au comité de direction. J'ai peur pour Maxime. Déjà qu'à Londres, il ne s'est toujours pas habitué. Je dois leur donner ma réponse avant fin janvier, je ne sais pas trop. Pierre est prêt à accueillir son fils à Paris, mais je n'ai pas envie de le perdre.

— Pourtant, il m'a paru en pleine forme. Tu as bien vu : pendant le repas, il n'arrêtait pas de parler. Impossible de l'interrompre ! J'ai cru que le *father* allait péter un plomb !

— Parce qu'il parlait d'Océane, ils se sont super bien entendus ! Cela faisait longtemps que je ne l'avais pas vu si heureux !

— Ne t'inquiète pas trop pour lui, il est jeune, il s'adaptera.

— Je ne crois pas ; à Londres, il a très peu d'amis.

— Et toi ?

— Quoi, moi ?

— Tu te sentais bien à *La Pignada* ?

Elena tira nerveusement les dernières bouffées de sa cigarette avant de balancer le mégot dans un tas de feuilles humides.

— Enfin, il m'a… ils m'ont accueillie, c'était… un hasard.

Depuis que Jérôme avait vu Sébastien le matin même, il se posait des questions ; son comportement l'avait interpellé lorsqu'il avait évoqué la présence d'Elena. Il voulut en avoir le cœur net et interrogea sa sœur :

— Tu es retournée à *La Pignada*, tu n'étais pas obligée. Et Sébastien a accepté de t'accueillir à nouveau sans discuter.

Elena se sentait piégée. Elle s'en sortit avec une pirouette :

— Ce n'est pas Sébastien, c'est Éloïse qui m'a donné son accord.

— Ah, t'as raison, ça change tout ! s'exclama Jérôme dans un éclat de rire.

Christine venait de rentrer du village. Elle appela à l'aide pour transporter les paquets et s'occuper d'Alizée qui s'impatientait, attachée dans son siège auto.

— Je dois te laisser, dit Jérôme en se levant. Je ne sais pas trop quel genre de relation vous avez tous les deux, mais sache que c'est un gars bien, Sébastien. Je le connais depuis longtemps ; c'est quelqu'un sur qui on peut compter, mais il a terriblement souffert.

— Et alors ? fit Elena, intriguée.

— Sa vie tourne autour de deux priorités : le passé et sa fille. Océane, c'est normal, mais le passé le hante et il est parfois perdu. Je ne pense pas qu'il y ait de la place pour autre chose… ou plus exactement, quelqu'un d'autre, au cas où…

Christine s'époumonait et attendait impatiemment que Jérôme vienne à sa rescousse.

— Le devoir m'appelle !

Les propos de son frère plongèrent Elena dans la plus grande perplexité.

Hervé et Élise avaient, à la dernière minute, convié deux couples d'amis pour la soirée du réveillon. Ils habitaient le village voisin et les réalimentations en électricité étant très aléatoires, ils avaient été prévenus qu'ils ne seraient à nouveau connectés qu'en fin de week-end. La présence de personnes extérieures à la famille détendit Elena ; elle n'était plus le centre de l'attention, ce qui lui convenait parfaitement. Peu à peu, elle retrouvait ses marques dans cette maison qui l'avait vue grandir. Même avec son père, elle se surprit à plaisanter. Sa mère les observait et se félicitait de les voir ainsi, dans une relation plus apaisée. La soirée se déroula dans une ambiance détendue, l'ensemble des convives étant décidé à profiter pleinement de ce moment après tout le stress accumulé.

Les douze coups de minuit tintèrent à la pendule de la salle à manger alors que le plat principal venait à peine d'être servi. Tout le monde s'embrassa et échangea ses vœux, avec une certaine retenue, mais une totale sincérité. Puis chacun regagna sa place autour de la table pour profiter du magret aux pommes et du pomerol qu'Hervé avait monté de sa cave. Elena s'éclipsa quelques instants. Jérôme vint la rejoindre dans le bureau de leur père où, les yeux rivés sur l'écran de la télévision, elle attendait avec fébrilité les annonces concernant le bug informatique. Elle zappa sur plusieurs chaînes qui, l'une après l'autre, confirmèrent que la crainte tant redoutée n'avait débouché sur rien de fâcheux. Le titre principal était toujours les conséquences désastreuses des deux tempêtes.

— Alors, rassurée ?

— Soulagée ! affirma-t-elle d'une voix claire.

Elena embrassa son frère et, à nouveau, lui souhaita le meilleur pour cette nouvelle année.

Le repas se poursuivit, et ce n'est que vers quatre heures du matin que les invités prirent congé. Élise était fourbue, mais heureuse de la réussite de cette soirée. À part Hervé, qui avait abusé des excellentes bouteilles de vin et qui se mit à ronfler sur le canapé, chacun aida à débarrasser la table afin d'en finir au plus vite et de pouvoir se glisser sous les couvertures.

Elena et Maxime rejoignirent le gîte. Au-dehors, le ciel était parsemé d'étoiles et la température fraîche. Maxime alla directement se coucher alors qu'Elena resta quelques minutes à respirer l'air pur. Elle était heureuse de sa soirée, cela faisait si longtemps qu'elle n'avait pas profité ainsi de sa famille. À cet instant, elle regretta de ne pas venir les voir plus souvent, et elle se fit la promesse de changer les choses. Lorsqu'elle décida d'aller se coucher, elle eut une pensée pour Océane, Éloïse et Sébastien. Elle murmura : « Bonne année. »

12

Il y a…

Il y a des tristesses qui ternissent nos jours,
et des lumières qui éclairent nos nuits.
Il y a des amours promises qui s'enfuient,
et des hasards qui deviennent des toujours.
Il y a des bonheurs qui pèsent trop lourd,
et des chagrins qui redécouvrent l'envie.
Il y a des espoirs qui s'enfuient sans retour,
et des doutes qui nous poussent vers la vie.

*

* *

À *La Pignada,* la soirée avait été moins festive. Tout le monde était couché depuis minuit passé de quelques minutes. Sébastien ne dormait pas ; il veillait Océane, car la maladie s'était rappelée à elle dans la soirée. Depuis la nuit de la tempête, malgré le stress auquel elle avait été soumise et la fatigue qu'elle avait accumulée, elle n'avait présenté aucun symptôme particulier ; malheureusement, cela n'avait pas duré.

*
* *

La veille, en fin d'après-midi, Océane aidait sa grand-mère à la préparation du repas ; même si rien de particulier n'avait été prévu, cela l'occupait. Dans la famille Dervain, c'était devenu une règle : depuis la disparition d'Amalia, les dîners de fête avaient disparu. Seul l'anniversaire d'Océane avait résisté à l'instauration de cette triste habitude. Océane discutait avec Éloïse, lui listant les interminables caractéristiques de l'ordinateur que son père lui avait offert lorsque, tout à coup, sans signe précurseur, son visage se figea, son regard devint vide, son corps tout entier se mit à trembler, puis elle s'effondra sur le tapis. Lorsque sa grand-mère se retourna, elle comprit tout de suite ce qui se passait et se précipita afin de sécuriser sa petite-fille ; les mouvements convulsifs n'allaient pas tarder. Éloïse glissa un coussin sous sa tête et la mit en position latérale de sécurité. Les spasmes se firent de plus en plus violents, ses yeux se révulsèrent. Éloïse savait exactement ce qu'elle avait à faire : attendre que la crise passe en prenant garde d'éloigner tous les objets que sa petite-fille pourrait heurter. Dans ce cas, le plus important était d'être présente une fois l'épisode passé, car l'esprit d'Océane serait alors plongé dans une totale confusion et une forte anxiété. Elle aurait, comme à chaque fois, besoin de réconfort afin de revenir progressivement dans le monde réel. Sébastien était occupé à changer les plaques de la toiture du hangar. Éloïse ne prit aucun risque, elle ne quitta pas sa petite-fille pour aller le prévenir. Rapidement, les mouvements saccadés se calmèrent ; la crise paraissait moins forte qu'à l'accoutumée. Après quelques minutes, pendant lesquelles Éloïse caressa lentement son visage, Océane revint à la réalité, l'esprit encore dans un épais brouillard. Elle arriva à balbutier :

— Il fallait bien que ça arrive…

— Calme-toi, ça va aller.

Océane était recroquevillée sur le sol, les genoux repliés vers la poitrine.

— Mamie, aide-moi à me relever et à m'allonger sur le canapé, je t'en prie !

La vieille femme fit un effort considérable pour y parvenir. Elle posa une couverture sur sa petite-fille et lui apporta le traitement qu'elle devait prendre après chaque crise d'épilepsie afin que de nouvelles convulsions ne se déclenchent pas dans les heures suivantes.

La nuit était déjà tombée lorsque Sébastien quitta enfin sa toiture. Il n'avait pas chômé ; les nouvelles plaques de fibrociment étaient toutes installées, le hangar était désormais au sec. Le temps de ranger l'élévateur et les outils et de garer les engins agricoles à leur place habituelle, Sébastien ne poussa la porte de chez lui qu'à vingt heures passées.

— Une bonne chose de faite ! Le toit est comme neuf, lança-t-il en ôtant sa veste et ses bottes dans le sas de l'entrée.

Éloïse se précipita.

— Chut, fais moins de bruit, la petite dort, elle a été malade.

— Ce n'est pas vrai ! fit-il d'un ton désespéré.

— Ne t'inquiète pas, ça n'a pas été très violent.

Sébastien s'approcha et regarda un long moment sa fille. Elle paraissait calme, comme si rien ne s'était passé ; à peine pouvait-on remarquer la pâleur de son teint.

Sébastien semblait abattu, les épaules basses.

— C'était prévisible, avec tout le chamboulement de ces derniers jours. La tranquillité va revenir et ça va nous faire le plus grand bien. Enfin, surtout à elle. Nous allons retrouver nos habitudes. Je me dépêche, je vais prendre une douche. Vous la surveillez ? s'enquit-il.

— Bien sûr, confirma sa belle-mère, où veux-tu que j'aille ?

— Très bien, je n'en ai pas pour longtemps, fit Sébastien qui grimpa les marches d'un pas lourd.

Lorsqu'il redescendit, Océane était réveillée et était assise sur le canapé.

— Alors, comment te sens-tu ? demanda Sébastien, inquiet.

Comme souvent, elle préféra répondre sur un ton humoristique pour dédramatiser la situation et rassurer son père qui, à chaque fois, se sentait profondément bouleversé.

— Eh ben, la machine à laver a fini l'essorage de ma tête, c'est bon ! Il ne me reste plus qu'à sécher et tout ira bien.

La remarque d'Océane réussit à arracher un sourire à Sébastien.

— Et pour… sécher, comme tu dis, tu ne préfères pas monter te coucher ?

Océane grimaça.

— Ah non, pas ce soir, on va quand même attendre minuit.

Sébastien chercha sa belle-mère du regard, qui lui fit signe d'accéder à sa demande.

— Très bien, mais après les douze coups, tout le monde au lit ! ordonna-t-il.

*

* *

Bientôt cinq heures du matin et Sébastien n'avait toujours pas fermé l'œil. C'était plus fort que lui, il se sentait dans l'obligation de rester vigilant, au cas où… Et pourtant, il le savait, une fois la crise passée et son traitement pris, Océane ne risquait rien. Mais quelque chose le poussait à demeurer sur le qui-vive. Ce n'est que lorsque le jour commença à pointer qu'enfin ses paupières s'alourdirent. Il regagna alors sa chambre et s'affala tout habillé sur son lit.

Éloïse était déjà debout, mais ce matin, elle n'irait pas préparer le petit déjeuner pour sa petite-fille et son gendre. Elle attendrait qu'ils soient réveillés ; l'un et l'autre avaient besoin de repos. Ce n'est qu'en fin de matinée que, depuis sa fenêtre, elle aperçut Sébastien dans la cour avec son talkie-walkie. Il appelait Claude et ses ouvriers pour leur présenter ses vœux ; il passa plus de temps avec Lionel, très affecté par la disparition de son grand-père.

Lorsque Océane se leva enfin, il était midi passé. La première chose qu'elle fit, ce fut de téléphoner à son amie Aude pour lui souhaiter une bonne année, bien sûr, mais surtout pour l'informer que désormais, elle était équipée d'un ordinateur et que son père avait pris un abonnement chez l'opérateur Wanadoo. En revanche, compte tenu des travaux à réaliser sur les lignes, aucune date de connexion n'avait pu être fixée avec certitude. La famille d'Aude avait également cédé à la pression de la jeune fille et de ses frères et était équipée depuis près de six mois.

— Trop cool, le père Noël est passé deux fois ! On se créera un salon de discussion sur Caramail, se réjouit Aude.

— C'est super. J'avoue, j'ai été vachement surprise. Mon père n'avait jamais voulu en entendre parler. Et puis là, il m'a emmenée à Mont-de-Marsan hier après-midi. On a tout pris en même temps, l'ordi et l'abonnement ! Il commence même à me parler de téléphone portable. Il compte en prendre un pour son entreprise, il trouve que c'est beaucoup plus pratique et efficace que les talkies-walkies.

Aude se mit à rire.

— C'est sûr ! Ces gros machins, ça fait un peu ringard. Ton père se modernise, dis donc ! s'étonna son amie.

— En fait, je crois qu'il a été influencé par une... amie, Elena, qui a passé quelques jours ici à cause des intempéries, bafouilla Océane.

Aude connaissait l'histoire de la famille Dervain et ne put cacher son étonnement :

— Ton père a passé quelques jours avec une femme ? C'est bien !

Les propos d'Océane se firent plus vagues :

— Pas seul, bien sûr. Elle était avec son fils, un gars... super sympa. Ça m'a fait quelque chose quand il est parti, enfin, quand ils sont partis... tous les deux.

— Eh, eh, amoureuse ? plaisanta Aude.

— Ah non, pas du tout, par contre, mon père et Elena, ils sont trop bizarres des fois.

— Ça devrait te faire plaisir, mais ça n'a pas l'air.

— Je crois qu'il se passe quelque chose entre eux, mais tu connais mon père, jamais il ne s'autorisera à revivre une histoire.

— Bien sûr que si, il n'est peut-être pas encore prêt, c'est tout.

— De toute façon, même si sa famille vit ici, elle travaille à Londres, alors c'est mort avant de commencer. Dommage, je l'aimais bien.

— T'inquiète ! Mais dis-moi, tu as une petite voix. Tu as trop fait la fête hier soir ? s'amusa son amie.

— J'aurais préféré, c'est juste cette saloperie d'épilepsie qui est revenue me rendre visite juste pour la fin de l'année. Une petite piqûre de rappel quelques heures avant les douze coups de minuit, c'est sympa, non ? ironisa Océane.

— Mince, désolée pour toi. Tu dois être crevée ?

— Ça va, de toute façon, je n'ai pas le choix, fit Océane.

Elle se reprit rapidement et poursuivit :

— Au fait, il faudra que tu m'aides à brancher mon ordi, j'ai regardé un peu hier en rentrant, c'est plus compliqué que ce que j'imaginais !

— Ça marche, on prévoit ça après la rentrée ?

— Super ! Il faut que je te laisse, mon père me fait signe de raccrocher, il a besoin du téléphone.

— Bises, à bientôt !

Sébastien s'approcha. Océane lui tendit le combiné ; il paraissait nerveux.

— Un client à contacter le plus vite possible ; tu devrais aller voir ta grand-mère, elle doit s'impatienter.

— J'y vais… Ça va, papa, tu es sûr ?

— Un propriétaire un peu pénible, c'est Claude qui vient de me prévenir. C'est normal, ils s'inquiètent tous pour sauver leurs bois. Et toi, tout va bien ?

— Ça va mieux, et puis, nouvelle année, nouveaux projets, comme on dit !

Sébastien attendit qu'Océane ait refermé la porte derrière elle avant de composer le numéro d'Elena. Deux sonneries suffirent.

— Bonjour, je ne vous… te dérange pas ?

— Absolument pas, je profite de ce beau temps pour marcher un peu. Et effectivement, je pense que le tutoiement s'impose.

— Je voulais vous souhaiter une très bonne année, à toi et à ton fils.

Elena fut touchée par l'initiative de Sébastien.

— Merci, c'est très gentil, ton appel me fait vraiment plaisir. Meilleurs vœux également, ainsi qu'à Océane et Éloïse. Tu leur feras une énorme bise de ma part.

— Je n'y manquerai pas.

Un silence s'imposa. Puis Elena se lança :

— Je ne sais pas trop quoi te souhaiter en particulier. Tu as tellement de choses à faire. En 2000, tu ne risques pas de t'ennuyer !

Elena put entendre un soupir de lassitude, puis Sébastien lui fit une réponse bien énigmatique :

— J'espère que cette nouvelle année ne sera pas identique aux précédentes, que ce sera celle du renouveau de la forêt et… du reste…

— Tu ne changeras donc jamais…

— Pourquoi dis-tu cela ?

— Tes vœux sont mystérieux. Toi-même, tu es très souvent un mystère difficile à décoder et… l'année 2000 ne te changera pas ! affirma Elena.

— Ça te gêne tant que ça ?

Elena s'empressa de le rassurer :

— Tu sais, si je dois retenir une seule chose de notre rencontre, c'est que l'incertitude, l'inattendu ne sont pas forcément désagréables. Tout calculer, tout prévoir comme je le fais depuis bien trop longtemps, est-ce que ça a vraiment un sens ?

Sébastien sourit.

— Alors, je t'aurai offert un peu d'aventure, c'est bien.

— Oui !

— Et... tu repars à Londres mardi ?

— J'en ai eu la confirmation, les vols ont repris, le trafic est redevenu normal. Le devoir m'appelle.

— La tempête n'a pas été assez forte pour clouer les avions au sol.

— Je vais finir par croire que tu aurais envie que je reste...

— Tu vois, pour moi aussi, c'était inattendu, alors...

Sébastien ne poursuivit pas. Elena reprit :

— Alors, on est des adultes avec chacun sa vie. Nos chemins se recroiseront sans aucun doute. J'ai apprécié de passer du temps avec ma famille. Désormais, je reviendrai plus souvent, c'est certain. Si tu m'y autorises, je viendrai te – vous – faire un coucou à *La Pignada*.

— Tu peux venir quand tu veux ! lui assura Sébastien. Ah, au fait, j'allais oublier : j'ai suivi tes conseils, j'ai acheté un ordinateur à Océane, j'ai également pris un abonnement Internet. Je la laisse gérer, je n'y comprends absolument rien !

— C'est super, elle pourra communiquer avec Maxime, il a saoulé ma famille avec elle hier midi. Ils se sont bien trouvés, tous les deux.

— J'ai également pris la décision d'être un peu plus moderne dans mes moyens de communication. Je vais m'équiper d'un téléphone portable, tu m'as convaincu des avantages.

— Waouh ! s'étonna Elena. J'attends ton numéro.

— Avec plaisir, dès que je l'ai.

— Tu es plein de bonnes résolutions, contrairement à moi.

— Ça viendra...

— Maxime aimerait parler à Océane, si elle est disponible.

— Elle vient juste de rentrer, je te la passe. Je... t'embrasse.

— Moi aussi, et... à bientôt...

Sébastien tendit le combiné à sa fille qui ne put cacher son étonnement :

— C'est qui ?

Son père insista :

— Quelqu'un qui souhaite te parler.

Océane prit l'appareil et exprima sa joie lorsqu'elle entendit la voix d'Elena :

— Trop contente ! Ah, je vois, il a bon dos, le propriétaire mécontent, ironisa la jeune fille.

— Pardon ? fit Elena.

— Non, rien, une petite histoire à régler avec mon père.

Elena et Océane discutèrent quelques instants avant que Maxime prenne le relais. Océane souhaita s'isoler. Elle tira le fil du combiné autant qu'elle le put jusqu'à un recoin du couloir. Les deux adolescents retrouvaient leur complicité. Ce n'est que trente minutes plus tard qu'ils raccrochèrent enfin. Océane revint dans le salon et déposa le téléphone à sa place, sur le guéridon à côté de la cheminée. Sébastien regarda sa fille, qui souriait. Elle paraissait si heureuse...

*

* *

Jusqu'à son départ pour Londres, Elena profita de sa famille et plus particulièrement de son frère et de sa nièce, la petite Alizée. Les querelles avec son père semblaient enterrées. Hervé fit l'effort de ne pas remettre, une fois de plus, leur sujet de discorde principal sur le tapis, à l'exception d'un moment où ils se retrouvèrent seuls. Elena avait souhaité, le dimanche matin, faire avec lui le tour des parcelles appartenant à la famille. À peine Hervé avait-il fait quelques kilomètres qu'il lança à sa fille :

— Tu as vu ce carnage, c'est incroyable !

Elena paraissait pensive.

— À quel pourcentage estimes-tu les destructions ?

La question de sa fille interpella Hervé qui, sans attendre, s'engouffra dans la brèche ; l'occasion était trop belle !

— Si on fait l'estimation sur la globalité, je dirais que 70 % des arbres sont à terre. Plus précisément, les dégâts sont très disparates, les vents les plus violents ont suivi des couloirs. Bien évidemment, ceux proches de l'océan n'ont pas tenu le choc bien longtemps. Mais, comme tu le sais, les plus grandes surfaces que nous possédons sont situées plus à l'intérieur des terres, donc elles ont été moins touchées. Par contre, pour d'autres, la quasi-totalité des plantations a été détruite !

Elena scrutait avec attention les paysages dévastés. Son père ralentit ; il voulait profiter au maximum de cet intérêt inhabituel de sa fille.

— Tu vas tout raser pour replanter, c'est bien ça ? demanda-t-elle.

— Pour les zones les plus impactées, il n'y a que ça à faire. La plupart des bois d'œuvre vont partir pour pas grand-chose, principalement en direction des usines de pâte à papier ou de palettes, mais au moins, les pertes seront quelque peu amorties.

Tandis que son père poursuivait sa lente progression, Elena songea à l'entente non officielle entre son frère et Sébastien.

— Et Jérôme, je croyais qu'il s'occupait de trouver de nouveaux débouchés de vente ?

Il n'en fallut pas plus pour réveiller chez Hervé le désir de voir un jour sa fille reprendre une partie de la gestion de « La forestière Dejean ».

— Tu sais, Jérôme connaît beaucoup de monde, ici, dans le Sud-Ouest, et en Espagne. Il fait parfois des miracles pour écouler des stocks que je pensais avoir sur les bras un long moment…

Elena, toujours dans la logique d'accord des entreprises Dejean-Dervain, l'interrompit :

— Alors, c'est bien ! affirma-t-elle.

Son père dodelina de la tête. Cette fois-ci, il fut le plus direct possible :

— Ça ne va pas te plaire, je le sais, mais il faut dire les choses. Avec tes compétences et ton savoir-faire, tu serais le parfait complément de ton frère pour optimiser notre rentabilité.

Elena eut un sourire moqueur. D'un ton calme, sans aucune agressivité, elle lui répondit :

— Tu n'arrêteras donc jamais ! Je connais peu de choses au milieu sylvicole. Et puis, j'ai pris une autre direction professionnelle.

C'est alors qu'Hervé se lança dans un discours qui déstabilisa Elena. Son père, habituellement avare de compliments et de confidences, fit preuve d'une sincérité qui la toucha profondément.

— Chaque fois que nous évoquons ce sujet, soit tu te tais, soit tu fuis, soit, comme depuis ton arrivée, tu t'opposes à ce que je dis. Alors, c'est vrai, je te le concède, je ne suis pas très facile et ce sujet me tient à cœur. Tu vois, je ne vais pas une énième fois te supplier de nous rejoindre. Je voulais simplement te dire que j'ai toujours été fier de ta réussite : tu as fait des études brillantes, tu occupes un poste à hautes responsabilités. Tu sais, Elena – il hésita un instant –, cette réussite, elle t'appartient, tu n'as rien à me prouver. Les études que tu as faites, personne dans la famille n'en aurait été capable, alors si quelqu'un doit prouver quelque chose à l'autre… J'ai été trop insistant quand tu avais dix-huit ans et je crois que ton départ a été une sorte de fuite. Une fois de plus, ma fille, tu n'as rien à me prouver, je suis… fier de toi !

Il y eut un long moment de silence, que seul le bruit du moteur comblait. Elena eut besoin de rassembler ses idées avant de répondre ; le discours de son père l'avait fortement troublée.

— Je ne m'attendais pas à ça, je ne sais pas trop quoi te dire.

— Tu n'as pas besoin de me dire quoi que ce soit, c'est toi qui décides. Je tenais à être franc, il était temps, après ces longues années d'incompréhension.

Elena sentit l'émotion lui monter à la gorge. Il n'était pas question qu'elle craque face à son père, alors elle prit sur elle pour retenir une larme qui ne demandait qu'à sortir.

— Pourquoi tu me dis ça maintenant ? demanda-t-elle d'une voix mal assurée.

Hervé soupira.

— Il faut parfois des déclics dans la vie. Cet ouragan a chamboulé tout le monde, j'ai pris conscience que nous sommes bien peu de chose.

Elena, toujours sur la réserve, ne put répondre que par un simple « Merci de ta franchise ».

Hervé changea de conversation :

— J'avais envie de pousser jusqu'aux plaines, sur la route de Dax, je n'y suis pas encore allé. Ça te dit ?

— Bien sûr, mais maman et Maxime vont se demander où nous sommes…

— Ils sont grands, ils se débrouilleront. Et puis, ton fils sait comment te joindre. On sera là pour le repas.

Après une demi-heure de conduite, Hervé s'arrêta en bordure d'une immense étendue de terres labourées qui attendait le printemps pour recevoir ses semences de maïs. Ils descendirent de voiture et firent quelques pas. Hervé ramassa une motte de terre et l'émietta dans ses mains.

— Les céréaliers sont les plus heureux. Les intempéries, c'est du pain bénit pour eux !

— Ah bon, pour quelle raison ? interrogea Elena.

— Certains vont profiter du désarroi des sylviculteurs pour acheter leurs terres à bas prix, défricher et augmenter leur production. Tu te rends compte, depuis que l'irrigation est installée, les rendements de production de maïs ont doublé, voire triplé, pour atteindre quatre-vingt-dix quintaux à l'hectare !

Elena pensa à certaines transactions qu'elle traitait avec son équipe.

— Le marché des céréales est un secteur très porteur. Depuis deux ans, les bénéfices progressent significativement. Dans la Beauce, où ils produisent du blé et non du maïs comme ici, leurs profits sont en croissance régulière, expliqua-t-elle.

Son père ne put s'empêcher de revenir à la charge :

— Tu vois, tu en connais bien plus que nous sur l'aspect financier des cultures.

Elena voulut tempérer l'ardeur de son père. Elle affirma ironiquement :

— Dis-moi si je me trompe : ce sont bien des pins que tu exploites, pas des épis de maïs ?

— Et pourquoi pas ? Regarde ces étendues, fit-il en balayant l'horizon d'un geste de la main.

Elena ne put dissimuler son étonnement :

— Tu veux te lancer dans la culture du maïs ?

— Seul, non !

Elle baissa la tête et se dirigea vers la voiture.

— Allez, viens, il est temps de rentrer. Jamais tu ne lâches !

— Admets que ce serait une sacrée opportunité, non ?

— Papa, s'il te plaît, arrête !

Hervé n'insista pas.

— Bien sûr. Bon, allons-y.

*

* *

Le décollage du vol de retour pour Londres était prévu à quatorze heures. Malgré les routes qui, désormais, étaient dégagées et ne présentaient plus aucun danger, Jérôme décida de partir en avance pour les conduire à l'aéroport, se laissant une large marge de sécurité. Elena et Maxime refusèrent de déjeuner trop tôt et décidèrent qu'ils se contenteraient d'un sandwich et d'un soda à l'aéroport. Les au revoir avec Hervé furent rapides et matinaux. En effet, le travail à la scierie montait en puissance et la présence du patron était indispensable. Le père et la fille se promirent de se revoir au plus vite et de se donner des nouvelles bien plus souvent. Élise couvrit de baisers son petit-fils qui ne tarda pas à lui faire savoir qu'il avait passé l'âge pour ce genre d'effusions. Christine souhaita le meilleur à Elena et lui promit que l'été prochain, ils ne manqueraient pas, avec Jérôme et la petite Alizée, de venir lui rendre visite pour découvrir Londres du même coup. Elena regarda son frère, qui lui fit signe de ne faire aucun commentaire ; Christine n'était pas au courant de la probable mutation d'Elena à Zurich. Ce n'était pas le moment d'évoquer cette quasi-certitude.

Il était l'heure de partir. Jérôme prit la direction de Bordeaux puis de l'aéroport. L'ambiance était morose, Jérôme était triste de voir partir sa sœur, et Maxime savait qu'il allait retrouver sa vie londonienne qu'il avait tant de mal à supporter. Quant à Elena, elle n'avait plus que quelques jours pour faire son choix : rester à Londres et finir dans un placard doré le restant de sa carrière, ou accepter son départ pour Zurich afin de siéger au comité de direction de sa banque, mais surtout imposer un nouveau bouleversement à son fils.

Jérôme prit la route que sa sœur avait empruntée lors de son arrivée. La carcasse de la voiture de location avait disparu, mais Elena se remémora l'endroit exact où elle avait cru sa dernière heure arrivée. À cet instant, elle pensa à Sébastien, Océane et Éloïse, qui n'étaient qu'à quelques centaines de mètres. Depuis leur conversation téléphonique du jour de l'an, Elena n'avait pas osé rappeler Sébastien, et pourtant, ce n'était pas l'envie qui lui manquait. Elle s'inquiétait. Pourquoi ne l'avait-il pas recontactée ? Peut-être parce qu'il n'avait plus envie de lui parler ? Sans doute estimait-il inutile de poursuivre leur relation. Elena retournait à ses affaires, que pourrait-elle lui offrir ? Une nouvelle vie à deux ? Non… D'ailleurs, pourrait-il seulement imaginer une relation avec une autre femme ? Peut-être ne voulait-il pas partager le lien exclusif qu'il entretenait avec Océane…

Elena secoua la tête, comme pour en extirper ces pensées parasites. Pourquoi se posait-elle toutes ces questions ?

13

On cherche tous...

On cherche tous quelqu'un, une surprise, l'inattendu, l'étonnant, l'inaccessible. Alors on attend... On n'ose pas agir, comme si on était au bord d'un précipice, enivré de vertige, avec la peur de sauter dans le vide. Le doute devient notre maître, et l'espoir notre plus belle illusion.

Et pourtant, on désire tous brûler d'amour, se perdre dans des envies insensées et des rêves sans retour.

Mais on reste immobile, à l'affût de quelque chose, qui, enfin, nous bouleverse.

*

* *

Le collège où étudiait Océane n'avait pas subi de dommages majeurs. Seuls des amas d'épines de pin s'étaient entassés sur une hauteur importante contre la baie vitrée du réfectoire, formant une couche épaisse et collante de résine. Malgré les multiples tâches qu'ils avaient à réaliser, les employés municipaux étaient venus à bout de ce fastidieux nettoyage la veille de la rentrée, à la nuit tombée. Dès le lendemain, les quelque trois cents élèves retrouvèrent leurs copines et copains et, surtout, leurs habitudes. Chacun avait subi un véritable choc psychologique. Reprendre une vie normale de collégien était indispensable pour apaiser cette lancinante angoisse qui s'était ancrée dans tous les esprits depuis la nuit du drame. Si les sourires et les embrassades étaient moins appuyés qu'à l'accoutumée, lors d'un retour de vacances et en particulier pour une nouvelle année, dès la première pause de la matinée, les rires et les cris se firent à nouveau entendre. Tous avaient besoin de se confier et les discussions mêlant réalité et scénarios catastrophe allaient bon train. Les enseignants avaient prévu une demi-journée où tous ceux qui le désireraient pourraient s'exprimer sur leurs craintes, leurs peurs et l'expérience qu'ils avaient vécue la nuit du 27 au 28 décembre. Les professeurs avaient organisé ce temps d'expression libre en fin de semaine ; ils pensaient qu'il était préférable que les adolescents échangent d'abord entre eux.

Océane était ravie de retrouver son amie Aude et ses camarades les plus proches. Évidemment, elle n'eut pas à attendre longtemps pour que la bêtise la rattrape : un groupe, toujours les mêmes irréductibles imbéciles, ne tarda pas à ricaner dans son dos et à hurler lorsqu'il la croisait : « Alors, la sorcière, tu nous as envoyé les démons ! » Certes, elle s'y était préparée, mais à chaque fois, elle ressentait la même incompréhension : pourquoi tant de méchanceté ? Avec l'aide de son amie, elle s'évertua à s'affranchir de ces remarques désobligeantes. La meilleure chose à faire était de laisser dire, et c'est ce qu'elle fit. Sans réaction de sa part, les quelques esprits mal intentionnés ne tardèrent pas à interrompre leur manège et tout rentra dans l'ordre.

Lorsque, en fin d'après-midi, la mère d'Aude déposa Océane à *La Pignada,* les deux jeunes filles n'eurent pas la force, comme elles l'avaient prévu, de s'atteler au montage et à la connexion de l'ordinateur flambant neuf. Cette première journée de reprise des cours les avait épuisées et elles remirent cela à plus tard. Sébastien n'était pas encore rentré de sa scierie qui débitait en continu, de huit heures à dix-neuf heures, les planches qui serviraient à la confection de meubles, de palettes ou de parquets, à condition que les marchés veuillent bien accepter sa production. C'était Claude qui s'occupait de valider les lots qui s'entassaient dans les hangars. Sébastien, à partir du milieu d'après-midi, passa son temps dans le bureau, le téléphone collé à l'oreille. D'abord, il se devait de rassurer, autant qu'il était possible, les propriétaires inquiets de voir s'envoler trente années d'investissements dans leurs forêts. Puis, il fit le point avec ses acheteurs habituels et Jérôme, qui avait la lourde tâche de trouver d'autres marchés. Sébastien avait un avantage sur les autres entreprises de la région : il avait acheté une abatteuse et, malgré les sols détrempés, il n'hésitait pas à se servir de ce nouvel équipement. Le travail que pouvaient réaliser ces surpuissantes mâchoires hydrauliques était colossal, ce qui lui permettait de sauver de la pourriture bon nombre de fûts de pin qui, dans le cas d'une coupe manuelle, n'auraient pas pu être abattus à temps et auraient dépéri sur place. Sébastien avait rapidement formé Lionel au maniement de l'abatteuse ; il lui faisait une totale confiance.

Ce n'est que vers dix-huit heures qu'il rentra chez lui, fourbu mais heureux de pouvoir échanger avec sa fille.

— Alors, comment s'est passée cette rentrée ? Tu as retrouvé tes camarades ?

— Tout le monde était là, ça fait du bien de pouvoir parler de tout ça. Je n'aurais jamais cru que les esprits soient autant marqués par cette catastrophe, fit Océane.

— Je crois qu'il y en a pour un bon moment, répondit son père en hochant lentement la tête. Alors, vous l'avez installé, cet ordinateur ?

— Oh non, trop crevées ! On a remis ça !

— Les fainéantes que vous êtes ! ironisa Sébastien.

Océane s'assit sur le canapé à côté de son père qui, enfin, prenait un moment de repos.

— Tu as appelé mémé et pépé pour la nouvelle année ?

Sébastien poussa un lent soupir et rétorqua d'un ton las :

— Non !

Océane, craignant sa réaction, lui dit d'une voix à peine audible :

— Moi, je l'ai fait, hier soir…

— C'est… bien. Et, ça va ?

— Oui, la maison n'a rien. En ville, c'était moins impressionnant.

— Je sais !

— Que veux-tu dire ? s'étonna-t-elle.

— Je voulais savoir si tout allait bien, j'ai contacté M. Enauld, leur voisin.

— Ah, d'accord ! J'avais pensé qu'on pourrait les inviter, un dimanche, ça fait tellement longtemps qu'ils ne sont pas venus !

— Quatre ans, ça fait quatre ans, répéta Sébastien, la nuque posée sur le rebord du canapé et les yeux rivés au plafond.

— Peut-être qu'il est temps que tu renoues avec eux. Quand on est allés chercher l'ordinateur dans la zone commerciale de Mont-de-Marsan, j'y ai pensé ; on n'était pas loin, on aurait pu passer les voir, s'autorisa Océane.

— On aurait pu… Je crois que c'est encore trop tôt.

— Mais papa, tu viens de le dire, ça fait quatre ans ! insista Océane.

Sébastien ne réagit pas.

*

* *

Après les obsèques d'Amalia, leur belle-fille, Michèle et Ange, les parents de Sébastien, avaient séjourné à *La Pignada*. Leur fils était perdu et ne savait pas comment s'organiser sans la présence de sa femme. Son quotidien était bouleversé : il avait son entreprise à gérer et, désormais, il devait consacrer beaucoup plus de temps à sa fille. Au-delà de la peine immense qu'il ressentait, Sébastien n'avait aucune idée de l'organisation qu'il allait devoir mettre en place. C'est alors que, tout naturellement, les quatre grands-parents proposèrent leur aide. Éloïse et Armand étaient présents depuis toujours aux côtés de leur fille et de leur petite-fille ; il leur suffisait de traverser la cour lorsque l'une ou l'autre avait besoin d'aide ou d'un quelconque soutien. Il était plus facile pour eux que pour les parents de Sébastien de s'adapter à cette nouvelle situation ; ils ajusteraient leur présence en fonction des demandes de leur gendre et de leur petite-fille. Michèle et Ange, qui résidaient à une centaine de kilomètres, étaient prêts à aménager leur emploi du temps, mais ils ne savaient pas dans quelles proportions ils devraient modifier leurs habitudes. Michèle décida d'en parler à son fils.

Si, au début de leur conversation, tout se déroula dans le calme, le père de Sébastien les rejoignit et il eut une remarque qui fit bondir son fils et le mit dans une colère noire. Ange avoua maladroitement qu'il ne comprenait pas qu'Amalia ait mis fin à ses jours et que, d'une certaine façon, elle les avait abandonnés, d'autant plus qu'Océane avait plus que tout autre enfant besoin de sa mère. Michèle se rangea à l'avis de son mari, mais quelques jours à peine après le décès d'Amalia, Sébastien n'était pas prêt à entendre la vérité dans des termes si directs. Il entra dans une colère incontrôlable et mit ses parents dehors en leur ordonnant de ne plus jamais remettre les pieds à *La Pignada*. Michèle et Ange, à plusieurs reprises, s'excusèrent de leur maladresse, mais pour Sébastien, le mal était fait et jamais il ne céda. Océane souffrait de ne plus voir ses grands-parents paternels, même si, depuis quelques mois, elle avait décidé de prendre régulièrement de leurs nouvelles en s'affranchissant de l'autorisation de son père. Quant à Sébastien, certes ses parents lui manquaient, mais il ne se sentait pas encore prêt à leur pardonner, même si leurs paroles n'étaient que le reflet de la réalité dans toute sa tristesse.

*
* *

À Londres, Elena avait repris la direction de son équipe. Mary se félicita du retour de son amie et collaboratrice. Les bilans de fin d'année étaient excellents. Les profits réalisés par la banque au cours des douze derniers mois avaient fait un bond de près de 20 %. La crainte du bug informatique pour le passage à l'an 2000 n'était plus qu'un mauvais souvenir.

Quelques jours après son retour, Elena fut convoquée par Mary.

— Une discussion officielle ! Eh bien, ce doit être important, s'étonna Elena.

Mary semblait un peu embarrassée.

— Que veux-tu, c'est le siège, tu sais, avec toutes leurs procédures. Mais là, ils imposent quelque chose de formel.

— Euh, tu me fais peur.

— Ah non, ne t'inquiète pas, c'est une bonne nouvelle !

— Ah, une prime ! plaisanta Elena.

— Effectivement, une très belle somme d'ailleurs, mais à Zurich, ils attendent ta réponse et il ne faudrait pas trop tarder. Le P-DG m'a d'ailleurs fait part de son étonnement de ne pas avoir eu de confirmation officielle de ta part.

Elena accusa le coup ; elle n'avait pas envie d'aborder ce sujet, pas encore. Elle venait à peine de rentrer de son séjour dans les Landes où elle avait vécu des émotions qu'elle n'aurait jamais imaginées, et elle avait besoin de temps. Elle s'approcha de la baie vitrée et fixa son regard sur la brume qui se dissipait au-dessus de la Tamise et laissait entrevoir les quelques bateaux qui embarquaient les rares touristes présents dans la capitale britannique en ce début d'année. Elle demanda à Mary :

— Mais je croyais que j'avais jusqu'à la fin du mois ?

— C'est la date limite, mais le P-DG escomptait une réponse plus rapide. Il s'impatiente.

Elena se retourna brusquement et lança d'un ton abrupt :

— Eh bien, il attendra ! Puisque, au siège, on apprécie le respect des procédures, je suis tenue de répondre avant la fin janvier, et ce sera le cas !

— OK, fit Mary avec un brin de déception dans la voix.

— Tu sais, ce n'est pas évident, se justifia Elena. Si j'accepte, c'est un bouleversement pour moi et pour Maxime. Déjà qu'il a eu du mal à s'habituer à Londres... Zurich, ça me fait peur, je crains de le perdre et qu'il préfère retourner vivre à Paris chez son père.

— Ne me dis pas que tu hésites à ce point ! s'exclama Mary.

Elena s'assit sur le rebord du bureau et confirma les doutes de sa responsable :

— Si, vraiment !

— Ça ne se représentera plus.

— Je sais, affirma Elena. Bon, allez, je dois retourner bosser. Je te tiens au courant.

— Je peux leur dire dans deux semaines maxi ?

Elena s'agaça :

— Avant fin janvier, il reste encore trois semaines, que je sache !

— Très bien, je les préviens, fit Mary qui avait du mal à cacher sa déception.

Elena sortit en claquant la porte. Elle n'avait pas envie de travailler. Les coudes sur son bureau et le menton au creux de ses paumes, elle rêvassait quand elle sentit son portable vibrer dans sa poche. Un numéro inconnu.

— Allô ?

Personne ne répondit. Elle insista :

— Je vous écoute !

C'est alors qu'elle devina une respiration lente et profonde ; son cœur se serra, elle l'avait reconnu avant qu'il ne parle.

— C'est Sébastien, j'espère que je ne te dérange pas.

— Bien sûr que non ! Tu m'appelles d'où ?

— J'ai mon portable, je suis dans les bois. C'était pour que tu aies mon numéro au cas où… tu aurais envie de me joindre.

— Tu sais, j'ai voulu t'appeler plusieurs fois, mais je n'ai pas osé.

— Pourquoi ?

— Je ne sais pas.

— Tu devrais…

— Toi aussi…

— C'est ce que je fais…

Elena éclata de rire.

— Quelle conversation nous avons !

Tout à coup, un bruit strident se fit entendre. Elena avait beaucoup de mal à comprendre ce que lui disait Sébastien.

— C'est quoi ? Je ne t'entends plus !

— Les tronçonneuses viennent de démarrer, je dois te laisser. À bientôt, je t'embrasse.

— Moi aussi, je…

Sébastien avait raccroché. Elena enregistra son numéro dans son répertoire. Elle venait de retrouver l'énergie nécessaire pour se replonger dans les dossiers qui l'attendaient.

Lorsque, après sa journée de travail, elle regagna son appartement londonien, Elena découvrit son fils allongé sur le tapis du salon, devant une série télé à l'eau de rose.

— Ça va, mon fils ? s'inquiéta-t-elle.

— Mouais, maugréa Maxime sans faire le moindre geste.

— Tu pourrais venir m'embrasser.

Maxime se releva lentement et s'approcha de sa mère. Il paraissait avoir dormi.

— Bonsoir, maman, dit-il en déposant un baiser sur sa joue.

— Tu as l'air crevé !

— Je le suis. J'en peux plus de ce collège, de cette ville, je ne dors plus trop la nuit, je suis stressé.

— Et tes amis ?

— Bof, à part Charles, tout le monde se fout de ma gueule. Le Frenchie… je n'entends que ça. J'en ai marre. J'ai envie de retourner avec papa !

Elena blêmit. Ce qu'elle redoutait le plus venait de se produire. Maxime avait exprimé le désir d'aller vivre à Paris chez son père. Elle accusa le coup, son visage se crispa. Après avoir posé son sac et ôté son manteau, elle se dirigea vers le bar pour se servir un verre.

— Je ne me doutais pas que tu souffrais à ce point.

— Désolé, maman, je sais que je te fais de la peine, mais vraiment, ce n'est plus possible. Londres, je ne peux plus, je t'assure !

Elena prit son fils dans ses bras.

— Je te jure, notre situation va changer. Tu verras, tout sera différent !

— Comment ça ? s'étonna Maxime.

— La direction de la banque m'a proposé une promotion, un nouveau poste. Si j'accepte, Londres, c'est fini !

Maxime n'avait retenu qu'une seule chose : « Londres, c'est fini. » Pour lui, c'était évident, sa mère ne pouvait évoquer autre chose qu'un retour à Paris. Elena s'était bien gardée de lui préciser la destination ; il serait temps de le lui annoncer lorsqu'elle aurait officiellement accédé à ses nouvelles responsabilités. Elle essayait de se persuader que Maxime voudrait bien la suivre à Zurich. Elle et Pierre étaient convenus qu'ils respecteraient le choix de leur fils dans le cas où elle accepterait la proposition de sa direction. Vivre sans Maxime lui paraissait inconcevable, alors elle retardait l'échéance dans la crainte de se retrouver seule, loin de lui.

Pour l'instant, Maxime était tout à sa joie.

— Ah, au fait, Océane m'a envoyé un message hier soir !

— Ah bon, un message, comment ça ?

— Son ordi, il est connecté ! Elle m'a envoyé un tchat Caramail.

Elena pensa à l'appel de Sébastien plus tôt dans la matinée.

— Décidément, la famille se modernise.

— Eh ben, son père t'a enfin appelée, c'est pas trop tôt ! affirma Maxime.

— Comment le sais-tu ?

Il eut un sourire en coin.

— Ça fait deux jours.

Elena se raidit et se servit un nouveau verre de vin.

— Qu'est-ce que tu veux dire ?

— Ça fait deux jours qu'il n'arrive pas à se décider, c'est Océane qui l'a convaincu de le faire.

— Ah, d'accord...

— Et ça s'est bien passé ?

— Ben... normalement. Il m'a laissé son numéro au cas où... Bon, je suppose que tu dois avoir des devoirs à faire.

Maxime insista :

— Au cas où... Vous êtes trop, tous les deux !

— Tu m'énerves, Maxime, avec tes sous-entendus.

— Je ne sous-entends rien, j'assure qu'avec Sébastien, vous jouez au chat et à la souris, alors que vous...

— Je ne veux plus rien entendre à ce sujet ! l'interrompit sa mère.

— Océane pense la même chose que moi !

Elena s'efforça de brouiller le message de son fils :

— Vous n'êtes que des ados ! Qu'est-ce que vous savez de la vie ?

— Effectivement, tu as raison, maman.

— Allez, va donc faire tes devoirs, je prépare le repas.

Avant de regagner sa chambre, Maxime se retourna et lança :

— On sait peut-être rien de la vie, mais ce qui nous crève les yeux, on le voit. Et vous, les adultes, des fois, on a l'impression que vous avez des œillères. Ou que vous fermez les yeux pour ne pas voir.

— Ça suffit maintenant, Maxime. Monte dans ta chambre !

— OK ! À tout à l'heure, maman.

14

Ne te demande pas si…

Ne te demande pas si tu es heureux ou si la vie te comble, profite de ce qu'elle t'offre à chaque instant, sois l'acteur de ton bien-être.

Ne te demande pas si dans un mois, un an, dix ans, tu auras changé, sois sincère envers toi-même et ceux qui t'accompagnent, deviens responsable de ton avenir.

Ne te demande pas si tes actes sont bons ou mauvais, tourne-toi vers ceux qui te font progresser, assume tes choix.

Ne te demande pas si tes actions seront reconnues, fais ce qui te semble juste. La plus belle des satisfactions, c'est de toi qu'elle viendra, le reste n'est qu'illusion.

*

* *

La douceur des températures et l'humidité des trois premières semaines de l'année avaient laissé place à un froid sec qui s'était installé au cours des derniers jours du mois de janvier.

Le gel recouvrait les terres d'une fine couche de cristaux blancs qui, peu à peu, s'effaçaient quand les rayons du soleil réchauffaient la campagne encore engourdie.

Sébastien ne s'en plaignait pas, au contraire ; il était bien plus facile de travailler sur des sols secs permettant aux engins agricoles de pénétrer plus en profondeur dans les forêts. L'urgence des premiers travaux n'avait pas permis d'attendre que la terre s'assèche, et le moindre chemin avait subi les assauts des passages répétés des tracteurs, remorques et débardeuses évacuant au plus vite des milliers de tonnes de bois. Les ornières les plus imposantes dépassaient parfois la moitié de la taille des hommes qui, coûte que coûte, s'efforçaient de sauver le maximum de ce que la tempête avait mis à terre. Les piles de grumes s'entassaient le long des routes, formant un interminable ruban parfaitement aligné et calibré qui contrastait avec les têtes des arbres entassées au hasard des coupes pour ne pas perdre de temps. Lorsque le printemps viendrait, on pourrait s'occuper du broyage de ces branches qui auraient à moitié pourri sur place.

Les scieries tournaient à plein régime. Les hommes, qu'ils soient affectés à la coupe des bois chablis ou à la transformation dans les usines, étaient épuisés après un mois de travail ininterrompu. Les bûcherons coupaient sans réfléchir, comme des automates qui ne savaient plus si leur labeur servait à quelque chose. Les filières de vente se refermaient les unes après les autres. Les zones de stockage étaient gorgées de planches de différents calibres. Certains lots laissaient déjà apparaître des moisissures qui ne présageaient rien de bon. À mesure que les semaines passaient, le désastre économique s'ajoutait au désastre écologique. Les ouvriers travaillaient sans savoir si leurs patrons allaient pouvoir les payer, mais peu importait : l'obsession de chaque acteur de la filière sylvicole était de faire disparaître, au plus vite, les traces de ce drame et d'aller de l'avant. Certains propriétaires, peut-être trop optimistes, avaient déjà programmé de replanter quelques zones dès le printemps.

Claude ne savait plus où entasser les palettes qui sortaient chaque jour de la scierie. Sébastien avait beau se démener en téléphonant de toute part, plus personne n'achetait de bois. Il n'y avait guère que Jérôme qui, grâce à ses connaissances espagnoles, arrivait encore à écouler au compte-gouttes quelques camions de marchandises. Le deal avec Jérôme était simple : un tiers des volumes des ventes était réservé à Sébastien en échange d'une rétribution de 20 % à verser à Jérôme, les deux autres tiers revenant à « La forestière Dejean ». Aucun contrat ne liait les deux hommes, juste une poignée de main et une entente verbale, ce qui leur suffisait. Jérôme et Sébastien savaient qu'ils pouvaient avoir confiance l'un en l'autre, même dans une période où le mot « survie » prenait de l'ampleur et où l'individualisme infectait parfois les esprits.

Sébastien était de plus en plus absent de chez lui. Il partait tôt, dès le lever du soleil, et rentrait bien souvent juste avant l'heure du dîner. Si, les premiers jours, il s'était imposé d'être présent à dix-huit heures au plus tard, il n'avait pas pu tenir sa promesse, le travail ne le lui permettant pas.

Océane comprenait, mais elle en souffrait. Elle qui avait l'habitude de voir son père prendre du temps pour sa famille se sentait perdue. La jeune fille compensait comme elle le pouvait. Lorsque la solitude était trop forte, sa grand-mère était là. Océane passait plus de temps avec son amie Aude qui, quelquefois, restait à *La Pignada* pour la soirée et la nuit. Sébastien avait autorisé sa fille à séjourner régulièrement chez son amie. Les parents d'Aude connaissaient les problèmes de santé d'Océane et Sébastien savait qu'elle ne risquait rien avec eux. En revanche, ce qu'il ignorait, c'est que sa fille passait la plupart de son temps libre face à son ordinateur, non pas à travailler ses cours, mais à tchater avec ses amis, principalement avec Maxime. Ils avaient retrouvé, à distance et par l'intermédiaire d'un écran et d'un clavier, leurs interminables discussions. Le plus souvent, ils échangeaient tard le soir. Sébastien, épuisé par le travail, se couchait tôt, persuadé que sa fille faisait de même.

Quant à Elena, elle avait toujours laissé une totale liberté à Maxime pour gérer son emploi du temps et l'heure de son coucher. Il n'avait donc pas à se cacher, contrairement à Océane qui attendait que son père dorme pour se connecter. La jeune fille avait été prévenue par son médecin que l'utilisation prolongée d'un écran pouvait être préjudiciable à son état de santé et provoquer l'apparition de crises photosensibles, mais elle avait décidé de prendre le risque. Entre l'isolement et les échanges avec Maxime, même devant le danger d'une recrudescence de son mal, Océane avait fait son choix. Arriverait-elle à l'assumer ? Elle n'en avait aucune idée et, au fond, elle ne s'en préoccupait pas vraiment. Le plus important était de pouvoir être en contact régulier avec son ami.

Dès qu'ils rentraient du collège, leur première préoccupation était de vérifier si l'autre avait laissé un message. Même s'ils discutaient de tout ce qui pouvait leur passer par la tête, deux sujets s'imposaient : leur solitude et leurs parents. Océane et Maxime s'amusaient de ce jeu de cache-cache que les deux adultes avaient mis en place. Ils n'arrivaient pas à comprendre que ceux-ci refusent l'évidence d'être attirés l'un vers l'autre. Bien sûr, à quatorze ans, les solutions paraissent plus faciles qu'à l'approche de la quarantaine. À l'adolescence, la vie et ses contraintes n'ont pas encore trop sclérosé les esprits, et les rêves restent encore des espoirs accessibles.

En revanche, quand on a déjà subi un échec ou un drame, on se méfie, les certitudes ne sont plus que de lointains souvenirs, alors on se protège. C'est le choix qu'avaient fait Elena et Sébastien. Ils étaient conscients qu'ils ressentaient des sentiments l'un pour l'autre, mais ils étaient terrorisés à l'idée de plonger dans l'inconnu. La seule solution qu'ils avaient trouvée pour atténuer cette contradiction, c'était de poursuivre leur vie, coûte que coûte, et de se noyer dans le travail. Et pourtant, quand leur esprit n'arrivait plus à dissimuler l'envie, quand ce souffle d'espoir murmurait à leurs oreilles que le bonheur était peut-être là, qu'il suffisait de tendre la main, alors Elena et Sébastien ne résistaient pas. Eux aussi, comme leurs enfants, se confiaient par l'intermédiaire non pas d'un ordinateur, mais d'un téléphone portable. Contrairement à ceux d'Océane et Maxime, leurs échanges n'étaient pas directs – trop peur de faire fuir l'autre ! –, mais tout était suggéré. Chacune de leurs conversations se déroulait selon un schéma identique. Ils auraient eu envie de tout se dire, de tout s'avouer, mais jamais ils ne le faisaient ; ils se retenaient, puis ils repartaient vers leurs habitudes, satisfaits de savoir que l'autre était là. Tous deux attendaient un signe qui ne venait pas, mais ils attendaient, et c'était le principal.

Elena, même si elle vivait à Londres et si son avenir se dessinait en Suisse, était sans aucun doute celle qui exprimait le plus son désir de vivre une histoire plus sérieuse. Sébastien demeurait sur la réserve.

*

* *

Depuis son retour dans la capitale britannique, Elena ne se sentait pas bien ; les Landes, sa famille et Sébastien lui manquaient. Au bureau, elle passait de longs moments à ne rien faire et à penser qu'elle serait sans doute plus heureuse... ailleurs. Son travail commençait à s'en ressentir et Mary, sa responsable, lui en avait fait la remarque à plusieurs reprises. À chaque fois, Elena éludait et revenait toujours à la même justification : la décision d'accepter ou non son nouveau poste troublait sa concentration. Mais elle mentait, car sa véritable réflexion était ailleurs ; Zurich était bien loin d'être sa principale préoccupation.

Au-delà de son aventure avec Sébastien, le fait d'avoir retrouvé son frère et reçu quelques confidences de son père avait bouleversé Elena. Le temps passé en famille l'avait fait réfléchir. La violence de cette tempête et son cortège de destructions avaient joué le rôle d'un électrochoc. Si, au début, elle n'avait vu que la terreur et le traumatisme que cela occasionnait, après coup, à mesure que les jours défilaient, elle ressentait une forme de tristesse pour ses Landes natales. Alors, elle imaginait qu'elle pouvait être utile à la reconstruction de la région qui l'avait vue naître. Elle ne savait pas sous quelle forme s'impliquer, mais l'idée était là, bien présente à son esprit.

Sébastien s'était senti attiré par cette femme dès le premier jour, et cela le troublait profondément. Il avait vécu un drame et Elena dérangeait les habitudes qu'il avait érigées comme un mur de protection. Il s'était imposé une mission, celle de protéger sa fille quitte à gommer de sa vie tout espoir de reconstruction personnelle. Puis, le trouble se transforma en intérêt qu'il exprima de façon très maladroite. Les malentendus se multiplièrent. Elena pensait qu'il la détestait alors que lui ne savait pas comment lui faire comprendre qu'il n'était pas insensible à son charme. Jusqu'à l'arrivée d'Elena, sa vie se résumait à sa fille et à la gestion de son entreprise. Comment pouvait-il en être autrement ? Sébastien culpabilisait, car il sentait qu'il glissait vers un univers qui l'attirait et qui, en même temps, le terrorisait. Le souvenir d'Amalia était encore si intense qu'il s'interdisait de penser à une autre femme. Et pourtant, le visage d'Elena était là, présent dans ses pensées. Il avait succombé, mais jamais il ne s'autorisait à se l'avouer ; quant à exprimer clairement ses sentiments à Elena, pour Sébastien, c'était tout simplement mission impossible.

De son côté, inconsciemment, Elena n'attendait qu'un mot de lui pour remettre en cause ses projets de carrière. Car la peur d'être séparée de Maxime n'était pas la seule raison de ses hésitations concernant le poste de Zurich. La tempête et son séjour à Lescot l'avaient fait réfléchir, la rencontre avec Sébastien avait fait le reste. Après tout, que lui avait apporté sa fulgurante réussite ? De l'argent, certes ; une solide position professionnelle. Mais en matière d'amour, juste la solitude.

*
* *

À plusieurs reprises, lors de leurs conversations téléphoniques, Elena avait tendu des perches appuyées à Sébastien. Elle avait besoin, pour prendre une décision, d'être rassurée sur les sentiments qu'il éprouvait. Son esprit cartésien voulait des mots, alors que Sébastien n'était capable de lui offrir que des sous-entendus et des silences emplis de promesses. Elena attendait autre chose. Une nouvelle fois, l'incompréhension régnait. Sébastien pensait que le temps était son meilleur allié, qu'il l'aiderait à se libérer du passé.

Mais là, du temps, Elena n'en avait plus. À la veille de l'annonce de sa décision pour Zurich, elle appela Sébastien tard dans la soirée :

— Allô ! Tu vas bien ? Je ne te dérange pas ? Il est vingt-deux heures, mais…

— Tu ne me déranges jamais, ça me fait plaisir de te parler. Je suis sur mon lit, à vérifier les comptes de la scierie ; la maison est calme, Océane dort déjà.

— Maxime aussi, on est seuls au monde…

Ils ne s'en doutaient pas, mais leurs enfants étaient, comme tous les soirs, en train d'échanger par message.

— Tu sembles un peu stressée, ta voix est hésitante, je me trompe ?

— Le réseau téléphonique, sans aucun doute, dit-elle sans conviction. Dis-moi, tu m'aurais appelée si je ne l'avais pas fait aujourd'hui ?

Sébastien, surpris par la remarque d'Elena, balbutia sa réponse :

— Je pensais que tu étais occupée ou… à un dîner de travail.

— On s'appelle tous les jours depuis trois semaines !

— Oui…

Elena sentit que si elle continuait à être aussi directe, Sébastien allait se fermer. Elle préféra masquer son impatience.

— Raconte-moi ta journée.

— Rien de spécial, la scierie débite seize heures par jour, les sorties sont rares. Par contre, ton frère a déniché un nouveau marché, je ne sais pas comment il se débrouille. Des maraîchers d'Andalousie qui nous commandent quatre mille palettes. La marge sera faible, mais on va pouvoir se donner un peu d'air.

— Je suis au courant, il m'en a parlé. J'ai appelé mes parents ce matin.

— C'est bien, tu leur téléphones plus souvent qu'avant.

— Ce n'est pas difficile, je prenais rarement de leurs nouvelles… Mais, là, j'en avais besoin. Je devais aussi leur confirmer que je passerais une semaine chez eux pour les vacances d'hiver, avec Maxime.

— Justement, à ce sujet…, hasarda Sébastien.

— Vas-y, dis-moi, fit Elena, pleine d'espoir.

— Je pensais que l'on pourrait passer un moment tous les deux, ça te dit ?

— Oui, bien sûr ! Mais tu ne peux pas quitter la scierie, tu es trop occupé…

— Je me débrouillerai avec Claude. J'attendais ta réponse.

— Tu en doutais ?

— Pour être franc, je me disais que tu préférerais peut-être rester toute la durée de ton séjour avec ta famille. Mais ce n'est pas grave, car tu reviendras sans doute au cours des vacances de printemps ou cet été ?

— Donc, tu doutais ! Et tu serais prêt à attendre cet été pour que l'on passe un peu de temps ensemble ?

— Oui…

Cette fois-ci, Elena ne put se contenir :

— Après tout ce qu'on s'est dit, ou plus exactement après tout ce que je t'ai dit, tu ne devrais pas douter !

— Je suis désolé…

Elena lui coupa la parole :

— Tu n'as pas à être désolé, c'est ainsi, comme tu dis souvent.

— C'est difficile pour moi, Océane, la scierie… J'aimerais te dire tant de choses, mais je n'y arrive pas.

— C'est compliqué pour moi aussi, Sébastien. Je suis ici, à Londres, avec mon fils qui m'en veut, car je l'ai arraché à son père et à ses amis. J'ai une, des décisions à prendre, je suis perdue. J'ai besoin que tu me rassures, j'ai besoin de toi.

Sébastien, s'il te plaît, pense à nous deux, oublie le reste ! supplia Elena.

Sébastien ferma les yeux, la gorge nouée par l'émotion.

— Sébastien, tu es là ?

Tout à coup, Elena entendit des pleurs. Sébastien venait de fondre en larmes.

— Mon Dieu, mais calme-toi, tu me fais peur. Ça va ?

Il se reprit et d'une voix blanche répondit :

— Je ne sais pas si je suis capable de t'offrir autre chose, je n'y arrive pas.

— Sébastien, je t'en prie !

— Plus tard, Elena. Maintenant, je ne peux pas !

— Mais quand alors ?

— Laisse-moi du temps.

— Je n'en ai plus !

— Pourquoi dis-tu cela ?

Elena tenta le tout pour le tout :

— Demain, je dois dire si j'accepte ou non le poste que l'on me propose à Zurich. C'est la date limite !

— Et… tu as pris ta décision ?

— Je crois, dit-elle d'une voix faible.

— Et… c'est une belle opportunité ?

Le mot heurta Elena en plein cœur. Ç'aurait été une belle opportunité pour qu'il lui avoue les sentiments qu'il éprouvait pour elle ! Mais rien à faire. Elena, lasse et désespérée, répondit simplement :

— J'ai encore la nuit pour réfléchir, mais au fond, ma décision est prise. Est-ce la meilleure, je ne pense pas, j'aurais aimé avoir le choix, malheureusement, je ne l'ai pas. C'est fou, la vie quand même, tu espères, tu sais que peut-être... et puis... Bon, j'arrête ma philosophie de comptoir, je vais te laisser, tu dois être épuisé, je t'embrasse.

— Que veux-tu dire ?

— Rien, Sébastien, j'aimerais être avec toi.

— Moi aussi, je t'embrasse.

Elena raccrocha et, à son tour, s'effondra. Elle avait tout essayé, mais en vain. Sébastien ne lui avait rien dit. Elle n'attendait pas une déclaration et se serait contentée d'un : « Peut-être que nous deux, c'est possible ? », ou de : « Et si tu venais passer quelques jours à *La Pignada* ? », ou d'un plus franc : « J'ai envie de vivre avec toi ! » Elle n'avait eu droit qu'à un : « J'ai pensé que l'on pourrait passer un moment tous les deux. » Elena avait rêvé d'une nouvelle vie, mais Sébastien ne lui offrait, lorsqu'elle viendrait passer du temps chez ses parents, que la banquette arrière de son 4 × 4.

À *La Pignada*, Sébastien avait recomposé à trois reprises le numéro d'Elena, mais jamais il n'avait validé son appel. Pour la première fois depuis leur rencontre, il sentait que cette femme lui échappait, et il était conscient qu'il en était le seul responsable.

Océane et Maxime venaient de terminer leur tchat.

— *Et ton père, il est comment ? Ma mère, elle se traîne, elle a changé, je ne la reconnais plus.*

…

— J'ai regardé son portable, ils s'appellent tous les jours !

— Je m'en doutais.

— Tu crois qu'on va les marier ?

— Arrête de délirer. En fait, tu as peut-être raison, pourquoi pas ?

— On dirait deux ados.

— Tu crois qu'ils vont enfin accélérer la cadence ?

— S'ils n'accélèrent pas, là, c'est foutu !

*
* *

Cette nuit-là, Elena ne dormit pas, cherchant désespérément une solution qui ne vint pas. Dès le lendemain matin, elle annonça à Mary qu'elle acceptait le poste à Zurich. Elle lui précisa qu'elle souhaitait partir dans les plus brefs délais. Changer d'air était devenu vital.

Cette nuit-là, Sébastien ne dormit pas, cherchant désespérément des mots qui ne vinrent pas. Dès le lendemain matin, il repartit s'épuiser au travail et s'abrutir autant qu'il le pouvait. Ne plus penser était devenu vital.

15

En passant

Toutes les ébènes ont rendez-vous
Lambeaux de nuit quand nos ombres
s'éteignent
Des routes m'emmènent, je ne sais où
J'avais les yeux perçants avant, je voyais tout

Doucement reviennent à pas de loup
Reines endormies, nos déroutes anciennes
Coulent les fontaines jusqu'où s'échouent
Les promesses éteintes et tous nos vœux
dissous
[...]
J'ai vu des bateaux, des fleurs, des rois
Des matins si beaux, j'en ai cueilli parfois
En passant

En passant, texte de Jean-Jacques Goldman

*
* *

Après avoir fait part de sa décision à Mary, Elena l'annonça à son équipe. Elle n'avait à se soucier de rien, car tous les aspects pratiques étaient pris en charge et financés par la banque. Un appartement de fonction luxueux, compte tenu de son poste au comité de direction, l'attendait dans la ville helvétique. Elena n'imposa qu'une seule condition : qu'une place pour Maxime soit réservée dans un des meilleurs collèges de la ville, au cas où il choisirait de la suivre. Dans l'après-midi, elle eut confirmation de l'inscription de son fils dans un établissement de renom. Tout était donc réglé ! Le soir, elle invita à dîner l'ensemble de ses collaborateurs dans un restaurant réputé où ils avaient leurs habitudes. Elena s'efforça de donner le change et personne, à part Mary, ne remarqua que parfois, son esprit s'égarait. Sa responsable tenta d'en savoir un peu plus, mais Elena lui assura qu'il ne s'agissait que d'une forme de nostalgie, bien compréhensible après avoir passé de très bons moments à la City. Mary n'insista pas, l'ambiance était à la fête. Désormais, le plus difficile était d'annoncer la nouvelle à son fils qui n'avait jamais supporté de partir de Paris pour habiter à Londres. Comment pourrait-il accepter un nouveau déracinement ? Elle ne se faisait guère d'illusions, car Maxime n'aurait qu'un souhait : vivre avec son père. Elena avait promis à Pierre que si elle acceptait sa mutation, la décision appartiendrait à leur fils, et elle redoutait déjà sa réponse. Ce n'est que vers minuit qu'elle rentra chez elle, épuisée nerveusement. Elle prit deux somnifères avant de se glisser dans son lit et de plonger dans un sommeil agité.

Le lendemain matin, lorsque Maxime descendit pour prendre son petit déjeuner, sa mère, les yeux gonflés, assise avec une tasse de café à la main, l'attendait.

— Ça va, mon chéri ? Tu as bien dormi ?

Chaque jour de la semaine, à cette heure-là, Elena était déjà dans la salle de bains à se préparer, pendant qu'il ingurgitait, seul, son bol de céréales.

— Qu'est-ce que tu fais là, maman ? Tu as vu ta tête, tu es malade ? Ta réunion d'hier soir s'est mal passée ?

Elena se racla la gorge et avala une gorgée de café.

— Viens donc t'asseoir. Je t'ai préparé ton petit déjeuner.

Maxime s'exécuta et se frotta les yeux puis regarda sa mère, intrigué.

— Qu'est-ce qui se passe ?

— Rien de grave…

— On ne dirait pas, fit-il en plongeant sa cuillère dans son bol.

— Ce n'était pas une réunion hier soir, je t'ai menti. J'avais un repas avec des collègues de travail.

Maxime ne comprit pas l'importance de cet aveu.

— Oui, et alors ? Ça ne change pas grand-chose, tu n'étais pas là, comme d'hab, à cause du boulot ! répliqua-t-il.

Elena accusa à peine le coup tant elle était focalisée sur l'annonce qu'elle devait lui faire. Elle se lança :

— Je t'en avais parlé il y a quelque temps : la direction de ma banque m'a proposé une promotion. Je l'ai acceptée, c'est officiel.

— C'est vrai ? se réjouit le jeune garçon.

— Oui, mais…

Il ne la laissa pas poursuivre.

— Super, on rentre à Paris, *yes* !

— Maxime, ce n'est pas exactement…

Son fils ne l'écoutait pas.

— C'est quand ? Dis, c'est quand ? répéta-t-il en enfournant une cuillère de céréales dans sa bouche.

— Les déménageurs seront là dans trois jours.

— Trop bon, trop cool ! poursuivit-il sur le même ton enjoué.

Elena prit conscience que la discussion lui échappait, elle devait reprendre le contrôle.

— Maxime, écoute-moi, s'il te plaît. Ce n'est pas aussi simple que ça. Je n'ai pas été mutée à Paris, avoua-t-elle.

— Comment ça ? Mais tu m'avais dit que tu attendais une réponse et que tout allait changer, que mes problèmes allaient se régler.

Elena ne pouvait plus reculer.

— Oui, c'est ce que je t'ai dit, mais tu étais tellement heureux que je n'ai pas osé te dire la vérité.

Maxime paraissait groggy, sonné par l'annonce de sa mère.

— Mais où on va alors ?

— À... Zurich.

Le visage du jeune garçon trahissait une profonde incompréhension. Il fixa sa mère comme s'il attendait qu'elle lui avoue que ce qu'elle venait de lui annoncer était une mauvaise blague.

— À Zurich, mais enfin, maman, qu'est-ce que tu veux que j'aille faire en Suisse !

Elena tenta de trouver des arguments auxquels elle ne croyait pas elle-même :

— C'est une très belle ville, ce sera une nouvelle expérience, et puis, Londres, tu n'en pouvais plus.

— Mais tu n'as rien compris ! s'indigna-t-il. Ce que je ne peux plus supporter, c'est d'avoir dû quitter papa et mes amis. Je n'ai pas eu le choix, tous les deux, vous avez tout organisé et vous m'avez obligé à te suivre !

Elena était effondrée.

— Je suis désolée, Maxime. Nous n'avons peut-être pas agi comme nous aurions dû...

— Maman, s'il te plaît, confirme-moi que j'ai bien compris, que je ne cauchemarde pas. Tu viens bien de m'annoncer que nous partons pour Zurich ?

— Oui...

— Quel délire ! fit Maxime en tapant du poing sur la table.

— Ne t'énerve pas comme ça.

— Et dans trois ans, c'est où que tu m'embarques ? En Antarctique, où je me ferai quelques manchots comme amis ? Non, sur la Lune, c'est mieux, je serai encore plus seul ! ironisa-t-il.

Au vu de la réaction de son fils, Elena ne se faisait plus aucune illusion. Elle devait lui faire part de la discussion qu'elle avait eue avec Pierre.

— Écoute, je comprends ta déception. Avec ton père, nous avons décidé que si j'acceptais ce nouveau poste, tu aurais le choix de me suivre ou de vivre avec lui.

— Ah, OK, fit Maxime, qui retrouva son calme. Et tu partirais toute seule en Suisse, alors.

Elena se rembrunit et caressa la joue de son fils.

— Oui, mais j'espère que tu viendras me voir pour les vacances ?

— Bien sûr…

— Tu décides de ta vie, désormais, tu es en âge de choisir.

— Maman, je peux te demander quelque chose ?

— Évidemment.

— Pourquoi as-tu accepté ?

— C'est une belle promotion, lui répondit-elle.

— Mais avec l'expérience que tu as, tu aurais pu rentrer en France et trouver du travail dans une autre société.

— Sans doute...

— Tu n'en as pas envie ?

L'esprit d'Elena s'évada. Elle pensa à Sébastien et à ces mots qu'il n'avait pas su lui dire.

— J'y ai pensé et puis... La réalité te rattrape bien souvent, tu sais.

— Mais fais-le, maman. Démissionne !

Elena prit son fils dans ses bras.

— Tu es adorable de te soucier de moi. Mais ne t'inquiète pas et pense d'abord à toi.

— Dis-leur d'aller se faire foutre et rentre en France avec moi ! Voilà ce que tu devrais faire !

— Ne parle pas comme ça... Tu sais, ce n'est pas aussi simple. On ne peut pas toujours faire ce que l'on veut.

— Bien sûr que si ! répliqua-t-il, sûr de lui.

Elena préféra ne pas réagir.

— Tu appelleras ton père quand tu le souhaiteras. Tu me diras comment vous comptez vous organiser.

— Je le ferai dans la journée.

— Très bien, allez, bouge-toi. Tu ne veux pas être en retard pour un de tes derniers jours dans ton collège ? fit Elena pour tenter de détendre l'atmosphère.

— OK, j'y vais.

Tout au long de la journée, Elena se traîna, accablée par la décision de son fils qui, même si elle s'y attendait, était devenue une réalité. Si son avenir professionnel s'annonçait radieux, sa vie personnelle ressemblait à un immense champ de ruines.

Elle appela sa famille pour l'avertir de son choix de carrière. Sa mère la félicita, mais sans plus. Elle eut une longue conversation avec son père. Ils évoquèrent son nouveau poste et les changements que cela occasionnait dans sa vie. Elle lui confirma que cela ne modifiait en rien son souhait de revenir plus souvent à Lescot. Son père parut rassuré et, avant de lui passer son frère, lui renouvela ses félicitations. La discussion avec Jérôme s'axa principalement sur sa vie personnelle. Il connaissait suffisamment sa sœur pour sentir, au son de sa voix, qu'elle n'allait pas bien. Il tenta d'en savoir un peu plus, mais Elena n'avait pas envie de se lancer dans de longues explications. Jérôme en prit acte et lui proposa de le rappeler dès qu'elle se sentirait prête à lui en dire un peu plus.

En fin d'après-midi, alors qu'elle s'apprêtait à quitter son bureau, elle reçut un appel de Pierre qui lui fit part de l'échange qu'il avait eu avec Maxime. Elle sentit une hésitation dans ses propos. Il acceptait avec joie de recevoir son fils, mais il insista sur sa nouvelle vie avec sa jeune compagne. Il avait emménagé quelques semaines auparavant avec Magalie, et ce rapide changement de paramètres semblait le contrarier. Elena proposa d'accompagner Maxime à Paris le week-end suivant, afin de le soulager dans l'accomplissement des démarches et des tâches que cela occasionnait. Elle s'était déjà renseignée : l'inscription, en cours d'année, de Maxime dans un collège parisien était possible, car il s'agissait de raisons familiales et non pas de convenances personnelles. Elena, devant le manque de réactivité de Pierre, lui rapporta son contact avec la juge aux affaires familiales afin de valider la modification de garde de leur enfant mineur. Pierre parut soulagé et donna son accord. Lorsqu'elle eut raccroché, Elena s'interrogea sur le manque de motivation de son ex-mari, mais elle chassa rapidement cette idée de son esprit ; le père et le fils avaient toujours été proches, et elle attribua son hésitation à la crainte de mal faire. Avant de rentrer chez elle, elle passa voir Mary. Elle toqua à la porte en verre de son bureau. Sa responsable lui fit signe d'entrer.

— Je ne te dérange pas ?

— Bien sûr que non, j'étais en train de finaliser ton dossier de mutation.

— Alors, ça tombe bien ; je craignais que tu l'aies déjà envoyé.

Mary s'inquiéta :

— Un problème ?

— Non, rien de grave. Maxime va désormais habiter chez son père à Paris et, dans l'affolement, je n'ai pas pensé à bloquer quelques jours pour l'accompagner.

— Pas de souci, confirma Mary. Quand prévois-tu d'être opérationnelle à Zurich ?

— Eh bien, nous partons pour Paris samedi. Je resterai sur place jusqu'au jeudi, puis je prendrai un vol direct pour Zurich. Et je serai d'attaque le lundi suivant. Ça ira ?

— C'est parfait, mais tout cela est super speed. Tu n'as pas envie de prendre un peu de repos ?

— Non ! confirma Elena. Quand une décision est prise, ça ne sert à rien de tergiverser !

— Oui, bien sûr, mais entre laisser traîner et la rapidité avec laquelle tu nous quittes, je vais finir par croire que tu ne veux plus nous voir, plaisanta Mary.

— Bien sûr que non ! Mais il faut savoir passer à autre chose, dit Elena dans un long soupir de lassitude.

Mary ne releva pas, son amie paraissait suffisamment tourmentée. Elle préféra rester sur un plan strictement professionnel.

— Pour ton remplacement, j'ai pensé à Antonio…

— C'est le choix qui s'impose et que toute l'équipe attend, donc je valide ! En plus, avec sa bonne humeur communicative et la chaleur de son accent, il saura booster ses collègues. Il aura juste à gérer quelques jalousies, je ne m'en fais pas.

— Très bien ! Au fait, tu dois t'en douter, on te prépare un pot de départ. Vendredi, c'est bon ?

Elena baissa la tête.

— Vous allez me manquer, dit-elle d'une voix faible.

— Toi aussi, mais nous aurons l'occasion de nous revoir. Et puis, tu te rends compte, un poste au comité de direction, ça en jette quand même !

— Des tas de choses vont me manquer…

Mary l'embrassa et lui souhaita de passer une bonne soirée avec Maxime.

Quand vint le soir, Elena la battante sentit ses certitudes se fissurer ; elle n'était plus sûre de rien. Pourtant, elle aurait dû se réjouir de ce nouveau poste prestigieux, mais elle n'y arrivait pas. Elle marcha lentement dans les rues de la City pour rejoindre son appartement. Les pubs étaient déjà bondés et la bière coulait à flots. Les *golden boys* se détendaient après leur longue journée stressante. Elle s'arrêta devant l'un des établissements et observa l'effervescence qui y régnait. Cela la fit sourire de voir tous ces jeunes costumés et cravatés, construits dans le même moule de la réussite. Elle se revoyait quelques années auparavant : elle était à leur place, avec la même soif de conquête. Elle releva le col de son manteau pour se protéger d'un crachin qui tombait depuis le début de la matinée et qui s'épaississait à mesure que la journée avançait. Au loin se profilaient les lumières du Tower Bridge et de la Tour de Londres. Elle sentit l'émotion lui serrer la gorge. Malgré ces dernières semaines chaotiques et le mal-être de Maxime, la mère et le fils avaient aussi passé à Londres de très beaux moments.

Elena reprit sa marche, glissa sa main dans sa poche et attrapa son portable. Cela faisait deux jours qu'elle n'avait pas eu de nouvelles de

Sébastien. Elle hésitait. Devait-elle le contacter ? Elle craignait d'avoir été trop directe lors de leur dernière conversation et d'avoir définitivement brisé les liens qui se tissaient entre eux. Elle décida de ne rien faire ; s'il devait y avoir encore un timide espoir, ce n'était certainement pas le moment de lui imposer une quelconque pression. Elle préféra laisser passer un peu de temps en espérant qu'il prenne l'initiative. Même si elle en doutait, elle se raccrochait à cette attente.

*
* *

L'Eurostar venait à peine de s'immobiliser le long du quai n° 1 de la gare du Nord que Maxime, sans attendre sa mère, était déjà prêt à descendre du train, sa valise à la main. Apercevant son père sur le quai, le jeune garçon eut bien du mal à retenir son émotion. Pierre arborait un large sourire et serra son fils dans ses bras.

Puis Pierre et Elena échangèrent une légère bise, Pierre se saisit du bagage d'Elena et tous trois se dirigèrent vers la station de métro la plus proche.

— Dis-moi, tu n'as qu'une seule valise ? s'étonna Pierre.

Maxime se tourna vers sa mère.

— Ils arrivent quand, déjà ?

— L'ensemble de ses affaires sera disponible en milieu de semaine prochaine, précisa Elena.

Ça ne te dérange pas ? J'ai pris la liberté de tout faire livrer à ton adresse.

— Tu as bien fait, assura Pierre.

— Tu as pu aménager ma chambre ? demanda Maxime. Tu n'étais pas certain de pouvoir le faire avec si peu de temps devant toi.

Elena fronça les sourcils ; elle n'était pas au courant. Pierre rassura son fils :

— Tout est prêt. Nous avons débarrassé et réaménagé la deuxième chambre. Magalie s'était un peu étalée, mais tout est réglé.

Maxime parut tranquillisé, au contraire de sa mère qui sentit, à nouveau, de l'embarras dans les propos de Pierre. Elle préféra être directe ; son fils devait être accueilli dans les meilleures conditions.

— Tu es vraiment sûr que ça va aller ? On était d'accord !

— Oui, répondit Pierre sans oser regarder son ex-femme dans les yeux.

Elena ne s'appesantit pas sur le sujet, car elle ne voulait pas perturber son fils. Elle fit signe à Pierre qu'elle l'appellerait dans la soirée.

À leur arrivée dans l'avenue où résidait Pierre, Elena embrassa son fils avant de prendre la direction de l'hôtel où elle logerait jusqu'à son départ pour Zurich.

— Je te souhaite une bonne installation, on se tient au courant. De toute façon, on se revoit lundi en fin de matinée chez la juge.

Le père et le fils acquiescèrent d'un signe de tête et s'éloignèrent d'un pas décidé.

Elena se retrouvait désormais seule. Avant de partir de Londres, elle avait contacté ses connaissances parisiennes avec lesquelles elle avait conservé un lien amical. Un rendez-vous avait été fixé le soir même, à vingt heures, dans une brasserie des Champs-Élysées.

Le ciel était bas sur Paris en cette fin de mois de janvier ; la grisaille s'accrochait aux toits des immeubles et une brume épaisse semblait peser sur les épaules des passants qui marchaient tête baissée. Elena arriva enfin, après une bonne demi-heure de marche, devant son hôtel. Avant de pousser la porte d'entrée, elle regarda autour d'elle, l'immeuble d'à côté était en travaux. Elle se remémora la tempête qui, un mois auparavant, s'était abattue sur le pays. Les traces de cette catastrophe étaient à peine visibles dans la capitale. Seuls quelques échafaudages évoquaient les travaux sur les toitures qui avaient subi les assauts des vents cycloniques.

Elena savait que dans les Landes, la situation n'était en rien comparable. Les hommes ne ménageaient pas leurs efforts, et pourtant, les conséquences de la tempête marqueraient le paysage pendant de longues années. Évidemment, elle songea à Sébastien ; cinquième jour sans aucune nouvelle. L'avait-il définitivement effacée de son avenir, ou pire, de ses pensées ? Elena prit la décision de l'appeler en fin d'après-midi ; elle ne pouvait plus supporter ce silence. Elle regrettait de ne pas l'avoir averti de son départ officiel pour Zurich ; elle ne voulait pas qu'il ait l'impression d'un abandon.

Ce qu'elle ignorait, c'est que Sébastien était déjà au courant de son changement de vie. Océane et Maxime continuaient d'échanger régulièrement et, bien évidemment, le jeune garçon n'avait pas hésité à parler à son amie de son retour à Paris et du départ de sa mère pour la Suisse. Océane en avait fait part à son père ; elle était persuadée qu'un avenir était possible entre Elena et Sébastien, mais là, tout semblait compromis. À partir de ce moment-là, les liens entre Océane et son père s'étaient encore plus dégradés. Depuis le début de l'année, les absences répétées de Sébastien avaient déjà affecté la complicité entre le père et la fille, mais là, Océane n'avait pas accepté qu'Elena parte encore plus loin, et elle s'énervait de façon démesurée à la moindre remarque paternelle. Leur relation s'était radicalement transformée en quelques semaines. Ils se parlaient peu et lorsqu'ils échangeaient quelques mots, le ton montait rapidement. La fille exprimait sa déception par de l'agressivité, et le père, qui ne voulait pas perdre le contrôle, se surprenait à imposer sa volonté par une série de punitions dont Océane ne faisait aucun cas. Sébastien lui avait interdit d'utiliser son ordinateur, mais elle ne lui avait pas obéi et continuait à s'en servir comme si de rien n'était. Elle s'était d'ailleurs empressée de faire disparaître la première facture de téléphone. Si son père l'avait vue, il aurait à coup sûr pris des mesures plus contraignantes.

*
* *

Lorsque Maxime découvrit le nouveau logement de son père, il ne put cacher une certaine déception. L'ancien appartement était bien plus spacieux et la chambre qui lui était réservée était, contrairement à ce qu'avait assuré Pierre, encombrée d'une dizaine de cartons.

— Il est super petit, ton nouvel appart, papa !

— Il est… agencé… différemment, bafouilla Pierre.

Maxime écarquilla les yeux.

— Euh, non ! Il est super petit. Et d'ailleurs, pourquoi as-tu changé de quartier ? Ça a l'air guindé ici. En plus, tu travailles toujours au même endroit !

Embarrassé, Pierre expliqua la raison de ce changement :

— C'est Magalie, elle souhaitait quelque chose de plus… cossu.

— De plus « cossu » ? C'est surtout minuscule. Comment on va faire à trois ? Et ces cartons dans ma chambre, ils vont disparaître ?

— Dans quelques jours, tu seras débarrassé de tout ça ; les parents de Magalie doivent les récupérer ! Et puis, regarde, tu as ton ordinateur, je l'ai installé hier.

— Super, fit ironiquement Maxime en balayant du regard les quelques mètres carrés qui constituaient désormais son espace personnel.

— Magalie rentre vers quatorze heures, elle est impatiente de te rencontrer.

— Ah… et elle fait quoi comme boulot ?

— Responsable d'une salle de sport.

— C'est elle, là, sur la photo ? demanda Maxime en pointant du doigt un cadre trônant sur un des meubles du salon.

— Oui.

— Ça fait longtemps que vous êtes ensemble ?

— Trois mois !

— Et vous êtes installés ici depuis peu de temps, si j'ai bien compris ?

— À peine trois semaines.

Pierre se réjouissait de ces questions, persuadé que Maxime s'intéressait à sa nouvelle vie. Sa surprise ne fut que plus grande lorsque son fils, sans aucune forme de diplomatie, lui lança :

— Elle est super jeune ! Quel âge elle a ?

Pierre avala sa salive.

— Nous avons quelques années d'écart…

Maxime ricana :

— Quelques années, c'est une façon de dire.

— Elle a vingt-cinq ans. Et d'abord, ça ne te regarde pas !

— C'est vrai, ta vie ne me regarde pas, remarqua Maxime avec une ironie amère.

— Tu verras, tout va bien se passer.

— Je l'espère, dit Maxime sans aucune certitude.

Avant de rejoindre ses amies, Elena préféra s'installer au bar de l'hôtel plutôt que se morfondre seule dans sa chambre, à zapper d'une chaîne à l'autre, sans voir âme qui vive. Elle commanda un jus de tomate et alla s'asseoir sur un des canapés qui faisaient face au comptoir. Un couple de retraités et une famille avec deux enfants en bas âge profitaient également de la quiétude de l'endroit. Elle reconnut la chanson que diffusaient en sourdine deux haut-parleurs fixés au mur, tout au fond du bar. Il s'agissait de *En passant,* de Jean-Jacques Goldman : « ... *Des routes m'emmènent, je ne sais où, j'avais les yeux perçants avant, je voyais tout...* » Elle se dit que c'était un beau résumé de sa vie passée : des aventures vécues avec assurance et détermination.

Lorsque le barman déposa son verre sur la table basse, le cœur d'Elena se mit à battre un peu plus fort ; c'était le moment d'appeler Sébastien. Quand elle prit son portable, ses mains étaient moites et ses doigts se mirent à trembler en composant le numéro. La chanson se poursuivait, et une larme roula sur sa joue : « ... *Coulent les fontaines jusqu'où s'échouent les promesses éteintes et tous nos vœux dissous...* » Cette fois-ci, c'était un bien triste résumé de sa vie actuelle : la vie continue et l'espoir s'enfuit.

Elle tenta de joindre Sébastien à deux reprises. Ses appels basculèrent directement sur la messagerie. Soit son portable était éteint, soit il était au fond des bois, dans une zone blanche. Elle préféra retenir la seconde hypothèse. Elle lui laissa simplement ces mots : « C'est moi.

C'est Elena. J'espère que tu vas bien. J'aurais aimé te parler. »

Elle essuya ses larmes, puis remonta quelques minutes dans sa chambre pour se remaquiller avant de se rendre à son rendez-vous.

16

S'enfuir

S'enfuir ne veut pas dire abandonner et faire preuve de lâcheté. La fuite représente souvent la seule solution face à une situation qui nous échappe, que nous ne maîtrisons plus.

Partir, c'est chercher une nouvelle respiration, une lueur d'espoir, un espace de liberté où, malgré la peine et la détresse, on guette le moindre indice de lumière.

Rester, quand tout va mal, est un signe de résignation alors que prendre le large est un acte d'espérance.

*

* *

Elena avait pu obtenir un rendez-vous rapide chez la juge aux affaires familiales. Dès le lundi, en fin de matinée, le changement de mode de garde de Maxime avait été entériné. Désormais, Pierre profiterait de son fils la semaine, en période scolaire, et trois week-ends par mois. Quant à Elena, elle se contenterait d'un week-end sur quatre et de l'ensemble des congés scolaires, à l'exception des vacances d'été durant lesquelles les deux parents devraient s'entendre selon les souhaits de leur fils.

Lorsqu'ils descendirent les marches du Palais de Justice, de timides rayons de soleil tentaient de percer la grisaille et de réchauffer l'atmosphère glaciale de cette journée d'hiver. Maxime, qui supportait mal le silence pesant qui régnait depuis la sortie du bureau de la juge, tenta de plaisanter :

— Je ne me souvenais pas qu'il pouvait faire beau à Paris à cette période de l'année.

Son père le prit par le cou et posa sa main sur son épaule.

— Dis donc, tu as fini de te moquer de la météo de ton ancienne et, à partir de ce jour, nouvelle ville ? Londres, ce n'est pas réputé pour être très ensoleillé ! rétorqua-t-il assez sèchement.

Elena ne comprit pas le ton presque agressif de son ex-mari. Il venait officiellement de récupérer la garde de Maxime, et pourtant, il ne cachait pas son agacement. Qu'elle se sente malheureuse était compréhensible ; en revanche, le comportement de Pierre paraissait malvenu.

— Tout va bien ? s'enquit-elle.

— Oui, évidemment ! répondit-il.

— Et toi, Maxime, comment te sens-tu ? Tu vas retrouver tes anciens amis. Tu les as déjà contactés ?

— Tout va bien, maman. J'essaierai, mais après trois ans d'absence, j'espère qu'ils ne m'ont pas oublié.

La voix de son fils était mal assurée ; cela troubla Elena, qui poursuivit :

— Tu es vraiment sûr que ça va ? Quelque chose ne te convient pas ? Nous pouvons encore modifier certains détails si tu le souhaites. N'est-ce pas ? fit-elle en s'adressant à Pierre.

Celui-ci ne dit rien, attendant que son fils s'exprime.

— Je t'assure, tout est OK. Mais tout ça, la juge, le Palais de Justice, ça me chamboule.

Elena sentit qu'il y avait autre chose qui tourmentait Maxime ; il fallait qu'elle lui parle seule à seul.

— Ta rentrée au collège est prévue quand ? Tu as cours cet après-midi ? demanda-t-elle.

— Ils ne peuvent pas m'accueillir avant jeudi matin, le jour de ton départ.

— Très bien, alors je t'enlève pour le déjeuner, nous aurons le temps de discuter. Je présume que ton père n'y voit pas d'inconvénient ?

— Aucun, assura Pierre.

Soulagé par la proposition d'Elena, il ne tarda pas à disparaître, prétextant un changement dans ses horaires de travail.

— Je croyais que le magasin de ton père était fermé le lundi, dit Elena à son fils.

— Moi aussi. Je pense que Magalie a dû lui demander de l'aide.

— C'est normal, ils se sont installés depuis peu. Quelques travaux de bricolage à terminer, certainement, imagina Elena.

— Oh non ! Papa gère l'accueil de sa salle de sport pendant ses jours de repos. J'espère qu'il va s'organiser différemment et dégager un peu de temps pour moi…

Elena devina de la crainte dans la remarque de son fils. Ses doutes se confirmaient.

— Allez, viens, on va s'installer juste en face, cette pizzeria me paraît parfaite !

Au cours du repas, ils évoquèrent tout un tas de sujets. Concernant son emménagement avec son père et sa compagne, Maxime ne voulut pas trop en dire de peur que sa mère s'inquiète.

Il avait imaginé un retour à Paris confortable et paisible dans l'appartement qu'occupait Pierre avant, à quelques rues de son ancien établissement scolaire. La réalité était bien différente. Il venait d'emménager dans une chambre exiguë, à près d'une heure de métro de son nouveau collège. Il devait cohabiter avec une belle-mère non officielle qui ne cachait pas sa réticence à le voir débarquer dans sa vie. Au cours du week-end, il avait déjà eu droit à quelques remarques bien senties. La jeune femme lui avait énuméré la longue liste des règles à respecter. Maxime ne savait comment réagir ; il se trouvait face à une personne qu'il ne connaissait pas et qui lui imposait sa façon de vivre.

Elena eut bien du mal à lui extirper quelques confidences. Ce n'est qu'au moment du dessert qu'il lâcha enfin :

— Tu te rends compte, hier soir, elle m'a carrément averti que seule ma chambre était mon espace privé, et que pour le reste de l'appartement, j'étais un invité !

Elena vit rouge, mais elle ne voulut pas le montrer. Après une série de questions, elle s'efforça d'apaiser ses craintes :

— Ton père n'a pas réagi ?

— Si, alors elle s'est mise à faire la gueule sur le balcon et il est allé la consoler.

— Et à toi, il ne t'a rien dit ?

Maxime haussa les épaules.

— Il est venu me voir dans ma chambre.

— Et alors ?

— Il m'a expliqué que c'était une question de temps, que Magalie avait été mise devant le fait accompli et qu'elle allait s'habituer.

— C'est tout, rien d'autre ?

— Si, que j'étais son fils et qu'il me donnerait toujours la priorité. Je n'ai pas trop compris sa remarque, je ne suis pas là pour briser son couple.

— Ton père a très bien réagi. Je ne connais pas cette personne, mais, pour elle, il s'agit d'un bouleversement. Chacun doit prendre ses marques et c'est à ton père de gérer tout ça. Je n'ai aucune crainte, tout cela va rentrer dans l'ordre, affirma Elena en s'efforçant d'être crédible.

— Tu dois avoir raison. Merci, maman.

Elena culpabilisait, car c'était sa décision qui avait provoqué cette rupture dans la vie de Maxime. Elle savait que son fils était très proche de Pierre, mais elle n'imaginait pas qu'une cohabitation inattendue allait venir bouleverser cette délicate période de transition. Elle prit la décision d'en discuter avec Pierre avant son départ et d'appeler régulièrement Maxime afin de s'assurer que les quelques tensions qu'il venait de lui décrire s'apaisaient.

Elena et Maxime poursuivirent leur journée en se baladant sur les quais de Seine. Le soleil avait enfin décidé de s'imposer et réchauffait généreusement les passants qui en profitaient pour s'asseoir et bavarder le long du fleuve. Maxime tergiversa un moment avant d'avouer à sa mère qu'il conversait régulièrement avec Océane. Il lui expliqua qu'elle aussi vivait mal cette période, car son père était très occupé ; ses absences se multipliaient et tous leurs repères s'effilochaient les uns après les autres. Elena fit mine de ne pas prêter trop d'attention à ses propos alors qu'au fond, elle analysait chaque mot de son fils. Elle se permit de demander des nouvelles d'Éloïse. Océane passait de plus en plus de temps avec sa grand-mère pour ne pas rester trop seule lorsqu'elle rentrait du collège ou pendant les week-ends où son père restait à la scierie. Maxime demanda à sa mère si elle avait eu des nouvelles de Sébastien, et le ventre d'Elena se noua. Elle prit sur elle afin de lui répondre le plus naturellement possible et précisa, sur un ton faussement détaché, qu'effectivement, ils avaient eu quelques contacts qui s'estompaient au fil des semaines. Maxime n'en crut pas un mot ; il connaissait suffisamment sa mère pour savoir que le ton qu'elle employait cachait un intérêt et des sentiments plus profonds.

Au cours des deux jours précédant son départ pour Zurich, Elena passa le plus de temps possible avec Maxime. Elle put, comme elle l'avait souhaité, mettre les choses au point avec Pierre, dont les propos furent rassurants. Il lui expliqua que Magalie n'avait pas apprécié d'être mise devant le fait accompli quelques semaines après leur décision d'emménager ensemble. Il lui assura que tout cela rentrerait au plus vite dans l'ordre ; mais il reconnut que la période qui se profilait n'allait pas être simple à gérer, compte tenu du caractère entier de sa nouvelle compagne. Elena le remercia pour sa franchise.

*
* *

L'installation d'Elena à Zurich se passa pour le mieux. Le logement qui lui était réservé était spacieux, luxueux et payé par sa banque ; cela faisait partie du *package* réservé aux membres du comité de direction. Elle bénéficiait également d'une voiture de fonction, d'une femme de ménage et, pour les problèmes d'intendance de la vie courante, d'un homme à tout faire. Mais Elena, même si elle appréciait ces facilités, n'était pas dupe. Ces multiples attentions n'avaient qu'un seul objectif : qu'elle puisse dégager le plus de temps possible pour son travail. C'était du gagnant-gagnant ; elle avait accepté le *deal*, elle était donc prête à donner le meilleur d'elle-même en échange d'avantages, d'un salaire élevé et de primes importantes.

Ses responsabilités étaient colossales. Chaque membre du comité de direction avait la charge des marchés et des investissements d'un continent tout entier. Tout naturellement, Elena avait hérité de l'Asie, où elle disposait déjà d'une solide expérience. Si, les premiers jours, les chiffres qu'elle voyait défiler sur son écran lui donnèrent le tournis, elle s'habitua rapidement à cette nouvelle dimension. Elle eut un peu plus de mal à supporter les réunions où les instances dirigeantes définissaient la stratégie à adopter. Il n'était pas rare qu'elle s'installe à la table à neuf heures pour en sortir à plus de vingt-deux heures, une journée de treize heures uniquement entrecoupée d'une pause repas de trente minutes. Mais là aussi, Elena prit goût à ces négociations où des milliards étaient en jeu et où son avis comptait autant que celui des autres membres : de l'adrénaline à l'état pur !

Professionnellement, Elena prit donc ses marques plus rapidement qu'elle ne l'aurait cru. En revanche, sa vie personnelle et familiale était un désert encore plus aride que lorsqu'elle était à Londres. Maxime ne vivait plus avec elle et, lorsqu'elle se retrouvait seule le soir, elle déprimait et se reprochait toujours autant d'avoir imposé sa décision à son fils. Les conversations régulières qu'ils entretenaient ne la rassuraient en rien. Pierre, contrairement à ce qu'il lui avait promis, n'arrivait pas à contenir la mauvaise humeur de sa compagne. Les accrochages étaient monnaie courante et s'envenimaient très souvent lorsque Maxime, excédé par l'arrogance de Magalie, n'hésitait plus à lui répondre. Alors, il s'enfermait dans sa chambre et n'en ressortait que le lendemain matin pour se rendre au collège.

Depuis son arrivée à Zurich, Elena avait repris contact avec Sébastien. Elle avait dû insister, sans doute était-il trop occupé, puis il lui avait finalement répondu. Si loin de chez elle, de ses Landes natales, il lui apportait l'oxygène dont elle avait besoin. Leurs conversations ressemblaient à un jeu de séduction où chacun jouait avec les nerfs de l'autre. Elena avait abandonné l'idée que Sébastien lui avoue ses sentiments ; de toute façon, il était trop tard. Mais c'était quand même plus fort qu'elle : elle aimait sentir qu'il était là et qu'ils avaient, tous deux, construit un lien indéfectible. C'était une habitude dangereuse qu'ils avaient mise en place, mais ils étaient prêts à en payer le prix, celui de l'abandon pur et simple quand l'un d'eux se lasserait de cette forme de relation qui ne pouvait déboucher sur rien de sérieux.

*

* *

— Ton fils, c'est vraiment plus possible ! hurla Magalie alors que Maxime venait de claquer la porte de l'appartement.

Pierre se leva du canapé et vint poser la main sur la taille de sa compagne, qui le repoussa d'un geste brusque.

— Ce n'est évident pour personne, mais avec un peu de patience, nous allons trouver nos marques.

— Je n'étais pas préparée à sa présence. Et d'ailleurs, ce n'est pas ce qui était prévu.

À son tour, Pierre s'énerva :

— Que voulais-tu que je fasse ? fit-il en levant les bras. Que je refuse d'héberger mon fils ? Nous étions convenus avec sa mère que si elle acceptait son nouveau poste, on laisserait Maxime choisir entre revenir à Paris ou la suivre. Je suis son père, je me dois de respecter son choix !

— Et ton choix de t'installer avec moi, tu dois le respecter aussi, s'exaspéra Magalie.

— Je t'assure, c'est une question de temps, répéta-t-il comme s'il cherchait à s'en persuader lui-même.

Magalie le regarda droit dans les yeux.

— Et si je te disais : c'est lui ou moi ?

— C'est un ultimatum ?

— Pour l'instant, c'est une question, dit-elle avec une sorte de défi dans la voix.

— Ça n'a pas de sens, ce que tu dis, pourquoi choisir ? Pourquoi l'affrontement ? Il serait plus intelligent de tenter d'aplanir les tensions.

Chacun doit y mettre du sien ! lui répondit Pierre, dépité.

La jeune femme, qui n'avait aucune envie que la situation s'apaise, répéta la remarque de son compagnon qui l'avait vivement vexée.

– « Il serait plus intelligent... » Merci, c'est super sympa, tu me prends pour une imbécile en plus !

— Arrête ! Si tu savais comme tu m'agaces quand tu réagis comme ça, rétorqua Pierre, à court d'arguments.

Magalie, son sac de sport sur l'épaule, saisit la poignée de la porte et, juste avant de sortir, lança à son compagnon :

— Tu as intérêt à ce que ton fils se calme ! À ce soir.

Pierre s'affala sur le canapé, las de ce comportement de gamine qui pensait plus à son confort personnel qu'à trouver un équilibre dans son couple. Il sentait que la situation lui échappait, que tout pouvait basculer à tout instant. Il se trouvait pris entre deux feux : sa compagne et son fils.

Lorsque Maxime rentra du collège, l'appartement était vide. Son père travaillait jusqu'à vingt-deux heures et Magalie ne serait de retour qu'en début de soirée. Il en profita pour prendre ses aises et s'installa à la table du salon pour faire ses devoirs. Les cartons entreposés dans sa chambre, qui devaient disparaître, étaient toujours là, et le manque de place l'empêchait de s'organiser comme il le souhaitait.

Après avoir relu son cours d'histoire, il se dirigea vers sa chambre pour récupérer l'épais livre de mathématiques sur son bureau. C'est alors qu'il vit qu'Océane lui avait laissé un message. Elle s'était connectée bien plus tôt qu'à l'accoutumée. Il n'hésita pas et s'installa devant son ordinateur. Une fois de plus, Océane lui faisait part de son désarroi face aux absences répétées de son père. Elle savait qu'il ne pouvait pas faire autrement, mais elle perdait ses repères et, malgré la présence de sa grand-mère et d'Aude qui passait beaucoup de temps avec elle, les moments de stress étaient de plus en plus courants et d'intensité croissante. Les crises partielles d'épilepsie avaient refait leur apparition. Ces pertes de contact avec le monde extérieur l'angoissaient terriblement et l'entraînaient dans une spirale négative dont elle ne savait comment s'échapper. Maxime lui confirma que son installation était difficile à gérer. Son retour à Paris ne ressemblait en rien à ce qu'il avait imaginé, et il ne lui cacha pas qu'il regrettait de ne pas avoir suivi sa mère. Il avoua à Océane que, depuis quelques jours, il cherchait une échappatoire à cet enfer qu'il n'était plus en capacité d'endurer. Il avait même pensé à fuguer ; son sac était prêt, mais au dernier moment, il n'avait pas eu le courage de franchir le pas. Il était rentré dans le rang et supportait la situation, mais jusqu'à quand tiendrait-il le coup ? Océane s'inquiétait pour son ami. Après l'avoir écouté, elle préféra l'aiguiller sur une conversation qui, elle le savait, le détendrait : leurs parents !

Les deux adolescents avaient pris l'habitude de s'amuser des atermoiements auxquels chacun assistait de son côté. Cela aurait pu les peiner, mais au contraire, cela renforçait leur conviction qu'Elena et Sébastien ne pouvaient pas passer à côté d'une telle évidence. Une part d'insouciance adolescente, sans aucun doute, mais pas que…

Maxime entendit le bruit de la clef dans la serrure et interrompit net son échange avec Océane. Il n'avait pas vu le temps passer, et il fut surpris par l'arrivée de Magalie, qui pesta lorsqu'elle découvrit ses affaires étalées dans le salon. Un paquet de gâteaux secs et un autre de chips posés par terre près du tapis, et dont les miettes tapissaient le sol, finirent de la mettre hors d'elle. Elle hurla :

— Qu'est-ce que c'est que ce bordel ? Viens ici tout de suite !

Maxime ne pouvait nier l'évidence. Il balbutia sa réponse quand il découvrit le visage plein de haine de Magalie.

— Désolé, j'étais… en conversation et je n'ai pas vu… le temps passer. Je vais ranger et nettoyer, ne t'inquiète pas.

Il s'apprêtait à ramasser ses livres lorsque, folle de rage, Magalie donna un violent coup de pied dans le paquet de gâteaux qui vint s'éclater contre le meuble de télévision.

Stupéfait par une telle violence, Maxime était tétanisé.

— Alors, tu te secoues un peu ! Nettoie-moi tout ça ! Je vais prendre ma douche, t'as intérêt à ce que tout soit nickel quand je reviens.

La jeune femme disparut dans la salle de bains. Maxime se dirigeait vers le placard afin de récupérer l'aspirateur quand soudain, il eut un flash, comme s'il se réveillait. En une fraction de seconde, il venait de décider que cela suffisait. Magalie n'était pas sa mère et, quand bien même, elle n'avait pas à lui parler de la sorte. Le jeune garçon ramassa rapidement ses affaires et s'enferma dans sa chambre. Jusqu'à l'arrivée de son père, il dut supporter les interminables ronchonnements de Magalie.

Fourbu par sa journée de travail, Pierre n'était pas en capacité de supporter un énième conflit. À son retour il écouta rapidement les deux versions du problème et demanda à chacun des deux belligérants de faire preuve d'un peu de compréhension. Maxime ne dit plus rien, mais Magalie continua sur le même ton. C'en était trop pour le jeune garçon, qui retourna s'enfermer dans sa chambre. Il n'avait pas accès à la ligne fixe du téléphone, alors il tenta de joindre sa mère sur sa messagerie, mais sans succès. Océane étant encore connectée, il démarra une session de tchat, et une rapide conversation s'engagea :

— *Je me barre, j'en ai ras le bol.*

— *Que se passe-t-il, Maxime ?*

— *J'en peux plus. Demain, au lieu d'aller au collège, je me casse.*

— *Calme-toi, ça va s'arranger.*

— *Non !*

— *Mais où vas-tu aller ?*

— *Je ne sais pas, chez mes grands-parents, peut-être.*

— *Tu viens ici, à Lescot ?*

— *Oui !*

— *Mais, c'est de la folie.*

— *Non, une nécessité !*

— *Bon, tu me dis quand tu es arrivé, d'accord ?*

— *OK.*

Maxime coupa la connexion ; il ressentait le besoin de se replier sur lui-même. Son père tenta de lui parler, mais sans y parvenir. Le jeune garçon glissa toutes les affaires qu'il put faire rentrer dans son sac de collégien. Demain matin, il prendrait le premier TGV à destination de Bordeaux. Il venait de décider de s'enfuir, et sa décision était irrévocable.

*

* *

Le lendemain soir, il était près de vingt-deux heures lorsque Pierre rentra de son travail. Il constata que la lumière de la chambre de son fils était éteinte. Dans le salon, sa compagne, elle, était confortablement installée sur le canapé, les pieds sur la table basse, à feuilleter un magazine. Il l'embrassa et lui demanda où était Maxime :

— Tu l'as vu ? Il est sorti ?

Magalie s'autorisa une désinvolture qui eut pour effet d'exaspérer Pierre.

— Je n'en ai aucune idée.

— Vous vous êtes encore engueulés ? Il est parti faire un tour pour se détendre ?

— Si tu savais le bien que ça me fait qu'il ne soit pas là ! Enfin, retrouver le calme d'avant son arrivée ! affirma-t-elle sans aucune forme d'inquiétude.

— Mais enfin, son absence ne t'a pas préoccupée ?

Avec un naturel déconcertant, elle répondit :

— Pas du tout !

— Jamais ça n'est arrivé depuis qu'il habite ici, il est toujours rentré directement.

Pierre faisait les cent pas dans l'appartement, très agité et ne pouvant cacher son malaise.

— Ah, au fait, il y a un message du collège pour toi sur le répondeur. Ils n'ont pas vu Maxime de la journée.

— Quoi ! s'insurgea Pierre. Et tu ne me le dis que maintenant !

— Ça ne fait que dix minutes que tu es là. Et puis, ce n'est pas mon fils !

Et elle lui fit signe qu'elle était en train de terminer la lecture de son article et qu'elle ne souhaitait plus être dérangée.

Pierre se précipita aussitôt dans la chambre de son fils. Il comprit tout de suite que quelque chose de grave était arrivé. Tous les vêtements de Maxime étaient par terre, comme s'ils avaient été balancés de l'armoire. Le tiroir où il conservait son argent de poche et ses papiers était vide. Pierre se précipita vers le bureau où l'ordinateur était en veille et il le relança. Tous les messages avaient été effacés, et seule l'identité de son dernier correspondant était affichée : « Océane ». Pierre n'y attacha pas plus d'importance que cela. Il n'avait jamais entendu ce prénom, sans doute une copine de classe, pensa-t-il. Il était désormais certain que son fils avait fui cette ambiance qu'il ne pouvait plus supporter. Affolé, il se précipita à nouveau dans le salon.

— Il est parti ! Ses papiers et son argent de poche, il n'y a plus rien !

Enfin, Magalie comprit que la situation était préoccupante. Elle fit preuve d'un minimum de compassion à l'égard de son compagnon :

— Ne t'inquiète pas trop. Tu sais, chez les ados, un coup de tête est si vite arrivé. Il ne va plus tarder.

— Il est vingt-deux heures trente, il serait déjà là. J'appelle la police.

L'officier de service prit d'abord le temps de le calmer, car ses propos étaient parfois incohérents. Peu à peu, il réussit à obtenir de lui, de façon claire, les renseignements dont il avait besoin pour évaluer l'urgence des moyens à mettre en œuvre ; la fugue d'un adolescent n'était jamais prise à la légère. La conversation dura près de trente minutes, pendant lesquelles l'officier s'efforça de gommer le côté émotionnel et de s'en tenir aux faits. Enfin, il jugea qu'il devait s'agir de la fugue classique d'un adolescent mal dans sa peau et tiraillé entre deux foyers. Il demanda à Pierre de contacter la mère de Maxime au plus vite. Pour ses amis et le reste de la famille, il lui conseilla d'attendre le lendemain ; il paraissait inutile de les inclure dans la boucle tout de suite. L'officier ouvrit un dossier officiel de disparition, même s'il n'utilisa pas le terme « inquiétante », et il demanda à être averti à la moindre nouvelle information. Il invita son interlocuteur à le recontacter le lendemain matin.

Pierre fut quelque peu apaisé. Il jeta un regard à sa compagne ; se sentait-elle en partie responsable de la fuite de Maxime ? Pierre voulait aller à l'essentiel et non se lancer dans une conversation stérile qui ne déboucherait sur rien de positif. Il enfila son manteau, car la température flirtait avec le zéro degré, et se dirigea vers le balcon en emportant le téléphone. Il composa le numéro d'Elena, qui décrocha tout de suite, pensant qu'il s'agissait de Maxime, qui avait l'habitude de l'appeler tard.

— Mon fils ! Comment vas-tu ?

Pierre se racla la gorge.

— C'est toi, Pierre ?

— Oui, c'est assez urgent, dit celui-ci du ton le plus posé possible afin de ne pas affoler son ex-femme.

Elena bondit de son lit. Les dossiers qu'elle était en train de relire voltigèrent et s'étalèrent sur la moquette.

— Qu'y a-t-il ? Il est arrivé quelque chose à Maxime ? Il est à l'hôpital ?

— Non… il va bien. Enfin, je crois… Ce n'est pas ça…, bafouilla-t-il.

— C'est quoi, alors ? lança-t-elle, impatiente.

— Eh bien, il a fugué !

Elena marqua une pause.

— Comment ça, « fugué » ?

— Il n'est pas allé au collège de la journée et il a pris quelques affaires, ses papiers et son argent.

— Il faut faire quelque chose ! Mon fils ! Où est mon fils ?

— J'ai contacté la police, l'officier n'était pas très inquiet.

— Pas très inquiet, il est gonflé ! Mais enfin, Pierre, où est Maxime ?

Le ton d'Elena n'avait rien d'accusateur, et pourtant, Pierre se sentait terriblement coupable.

— C'est ma faute, il n'était pas bien ici. Avec ma compagne, ce n'était pas facile. J'aurais dû être plus attentif.

Elena, malgré son appréhension, tint à le rassurer :

— Non, Pierre, ce n'est pas plus ta faute que la mienne. Si je n'avais pas accepté ce nouveau poste, il n'aurait pas fugué. Mais peu importe le responsable, le principal, c'est de le retrouver au plus vite.

— Bien sûr. Je dois refaire le point avec la police demain matin.

— Mais, ils font quoi de concret ? Ils t'ont dit quelque chose ?

— D'attendre demain matin pour faire le tour de ses connaissances, amis, famille.

Elena paraissait sceptique ; elle réfléchissait.

— C'est tout ?

— Oui ! Tu penses à quelque chose d'autre ?

— Des mauvaises fréquentations peut-être ?

— Non, assura Pierre, je n'y crois pas.

— Et son ordi, tu as vérifié ? Je sais qu'il utilisait beaucoup sa messagerie instantanée à Londres.

— Rien, tout est effacé ! Juste le nom de son dernier contact. Ce doit être une copine de sa classe, une certaine Océane.

— Tu es sûr ? questionna Elena.

— Ce doit être une connaissance du collège, qui veux-tu que ce soit ?

Tout à coup, la voix d'Elena se fit plus ferme :

— Tu es sûr du prénom ?

— Oui, mais quelle importance ?

— Et tu as pu voir la dernière heure de connexion ?

— Hier soir, vingt-trois heures dix.

— Non, Pierre, ce n'est pas une camarade de classe. C'est la fille d'un... ami qui réside à Lescot. Je vais la contacter, on ne sait jamais. Je te laisse, il cst déjà très tard et je veux l'appeler tout de suite.

— Bien sûr, tiens-moi au courant.

— Toi aussi, à la moindre information !

— Peut-être devrais-tu venir à Paris ? La police m'a assuré qu'étant mineur, il lui serait impossible de se rendre en Suisse.

Elena marqua un temps d'arrêt.

— Oui, sans aucun doute, mais laisse-moi faire, je ne suis pas certaine que c'est à Paris que je serai le plus utile…

— Que veux-tu dire ? À Zurich ?

— Non… Je dois raccrocher !

17

Il existera toujours un chemin

On résume souvent la vie à une journée : elle débute un matin et se termine un soir. Ne dit-on pas « à l'aube » et « au crépuscule » de l'existence pour désigner une naissance et une disparition proche ?

Toute fin est un nouveau départ, mais vers quelle destination ? Personne ne peut le prédire.

Alors, qu'importe qu'il s'agisse du lever du jour ou du coucher du soleil, il existera toujours un nouveau chemin qui se présentera lorsque nous aurons décidé d'y poser nos pas…

*

* *

Emmitouflé dans son blouson, Maxime tentait de se réchauffer en tapant des pieds sur le parvis de la gare Saint-Jean de Bordeaux. Il attendait le bus à destination de Mont-de-Marsan. La grisaille, tenace sur la capitale girondine, déposait une fine couche d'humidité qui ne faisait que renforcer l'impression glaciale.

Dès sa descente du TGV, le jeune garçon avait appelé Océane pour la prévenir de son arrivée à Lescot en toute fin d'après-midi. Maxime avait pris la décision de ne pas se rendre chez ses grands-parents ; ils auraient vite fait de contacter Elena ou Pierre afin qu'ils récupèrent leur fils. S'il avait fugué, ce n'était certainement pas pour se retrouver dans une situation identique à celle qui avait provoqué sa fuite. Océane avait bien tenté de le convaincre de revenir à la raison, de discuter avec ses parents. Devant le mal-être qu'il exprimait, ils sauraient, ensemble, trouver le meilleur compromis ; mais rien n'y avait fait. Maxime n'était pas parti sur un coup de tête. Bien évidemment, le facteur déclenchant avait été l'accrochage avec Magalie, mais le mal couvait depuis de nombreuses années. Maxime n'était pas heureux, ballotté entre deux adultes qui, aveuglés par leurs propres soucis, n'avaient pas su anticiper sa détresse.

Océane s'était étonnée de sa venue à Lescot ; puisqu'il n'était pas question qu'il se réfugie chez ses grands-parents, où allait-il aller ? Il n'avait aucun endroit où loger ; sa décision lui paraissait une pure folie. Même si elle en avait envie, il n'était pas question non plus qu'il vienne à *La Pignada*. Son père ou sa grand-mère auraient vite fait de le démasquer, et ils n'auraient pas d'autre solution que de prévenir Elena. Alors, que faire ?

Océane le bombarda de questions :

— Mais où vas-tu aller ? Tu ne peux pas rester dehors avec ce froid. Comment te venir en aide ? Et pourquoi ici, à Lescot ?

Pendant quelques instants, Maxime sembla accuser le coup. Il remit des pièces de monnaie dans l'appareil afin que la communication ne coupe pas. Océane n'entendait que les annonces qui résonnaient dans le hall de la gare. Maxime ne prononçait plus un mot.

— Tu es toujours là ? Ça va ? s'enquit-elle.

— Parce qu'il n'y a qu'en toi que j'ai confiance et qu'avec toi que je suis bien, affirma Maxime d'une voix posée, sûr de lui.

Océane fut touchée par cet aveu de son ami.

— Merci, dit-elle d'un ton qui trahissait son émotion.

— On se verra la journée. Pour la nuit, je trouverai bien un endroit…

Elle l'interrompit :

— Arrête de dire des bêtises, tu veux finir congelé ? J'ai peut-être une solution, mais ce ne peut être que temporaire. Appelle-moi quand tu arrives à Lescot. Tu penses y être à quelle heure ce soir ?

— D'après les horaires des bus, l'arrivée à Mont-de-Marsan est prévue à seize heures, et on ne sera pas à Lescot avant dix-huit heures.

— Très bien, il y a une cabine téléphonique à côté de la mairie, je resterai près du téléphone.

— Mais que vas-tu faire ? demanda-t-il.

— Je ne peux rien te dire, j'espère que je vais pouvoir m'organiser.

— Je dois y aller, je ne voudrais pas me tromper, il y a des bus un peu partout dehors.

— Bien sûr. Je peux te demander quelque chose qui me turlupine ?

— Tu sais bien que oui !

— Tu as fugué, mais tu cherches quoi ? Tu as pensé à tes parents, ils doivent être morts de peur !

— Et eux, ils pensent à moi ? s'emporta Maxime. Je crois qu'au fond, je cherche à les faire réagir, surtout ma mère, elle est empêtrée dans ses attentes et ses contradictions... Personne n'est heureux, ni elle ni moi ! Et mon père, il s'éclate avec une jeunette à moitié dingue !

Océane ne trouva rien à répondre. Elle savait que Maxime avait raison, mais sa façon de faire lui paraissait insensée et dangereuse.

Le jeune garçon poursuivit :

— Et toi, ton père, tu crois que... enfin, on en a assez parlé, je crois !

— Oui, bien sûr, fit Océane. À ce soir, et fais attention à toi. Tu sais, tu me surprends ! En fait, j'envie ton courage, avoua-t-elle.

Il sourit.

— Tu verras, tu te surprendras aussi !

— Je ne sais pas.

— J'en suis sûr ! affirma-t-il.

Océane n'avait pas eu cours de toute la matinée. Son professeur de sciences était absent depuis le début de l'année et n'avait toujours pas été remplacé. Après l'appel de Maxime et avec l'idée qu'elle avait en tête, elle décida de ne pas se rendre au collège l'après-midi ; elle avait besoin de temps pour organiser l'arrivée de son ami. Elle savait qu'en si peu de temps, elle aurait beaucoup de mal à tout orchestrer comme elle le souhaitait. Elle appela Aude, la seule personne à qui elle pouvait demander de l'aide en toute confiance. Elle lui expliqua ce qu'elle avait programmé. Après un moment de surprise et d'hésitation bien légitime, Aude lui lança :

— Je suis avec toi, évidemment ! Mais tu es sûre de ton coup ? Il va falloir jouer serré ; les parents ne sont pas idiots.

— Je ne suis certaine de rien, mais je ne peux pas le laisser seul, c'est pas possible ! Pour les parents, on improvisera.

— OK. Et tu veux qu'on aménage quoi ? Tu parles tellement vite que je n'ai pas tout compris.

— Une cabane ! Depuis la... disparition de ma mère, il n'y a que moi qui m'y rende. Je l'entretiens comme je peux. Et au moins, là, il sera à l'abri. Il a besoin d'un sac de couchage, de couvertures et de nourriture pour quelques jours, et après, je verrai. En plus, la tempête a déposé des branches et des aiguilles de pin un peu partout, il va falloir enlever le plus gros.

— Et donc, on doit transporter tout ça là-bas et nettoyer ?

— Oui, et à pied. Avec deux allers-retours, ça devrait être bon.

— Et sans se faire piquer ?

— Euh... oui. Tu es toujours partante ?

— Tu sais très bien que je ne te lâcherai pas. Mais pourquoi tu fais tout ça pour lui ? Tu te mets en danger, alors que tu le connais à peine. Et puis, tu crois que cet affolement, ce stress, cette fatigue, c'est bon pour ta santé ?

— Je me sens bien quand je suis avec lui, ça ne s'explique pas, j'ai besoin de l'aider. Et puis, pour mes crises, eh bien, tu essuieras ma bave quand je convulserai, ironisa Océane.

— Arrête, tu es nulle, c'est idiot, ce que tu dis ! Bon, je vais inventer un bobard pour ma mère, genre que l'on va bosser ensemble. Par contre, je dois être rentrée à l'heure habituelle.

— Ça marche. Je vais commencer à préparer en t'attendant.

— Une dernière chose : tu es certaine que tu n'es pas un peu ou beaucoup accrochée à ce gars ?

Océane prit le temps de réfléchir.

— Comme je te l'ai déjà dit, non ! Ça peut paraître étrange, mais je t'assure, non !

— J'ai du mal à te croire. En réalité, tu ne sais pas…

— Si, je sais ! Allez, bouge-toi, je t'attends.

Les deux jeunes filles ne ménagèrent pas leurs efforts. Océane savait qu'elles ne seraient dérangées ni par son père, qui se tuait toujours au travail, ni par sa grand-mère, qui avait décidé de vider et trier toutes ses armoires à conserves. La tâche était colossale et Éloïse y apportait un soin particulier. Il suffisait de passer par la porte de derrière et personne ne remarquerait les va-et-vient. En fin d'après-midi, la cabane disposait d'un confort rudimentaire, mais suffisant. La mère d'Aude vint récupérer sa fille à l'heure prévue. Tout fonctionnait comme l'avait imaginé Océane, du moins pour l'instant.

*
* *

Lorsque le bus stoppa sur la place de la mairie de Lescot, la nuit était déjà tombée. Quatre personnes en descendirent : un couple de retraités qui rentrait d'un après-midi de shopping à Mont-de-Marsan, un jeune homme qui s'adossa à un lampadaire et alluma une cigarette – sans doute attendait-il quelqu'un – et Maxime muni de son sac à dos bourré de toutes les affaires qu'il avait pu emporter. Il chercha du regard la cabine que lui avait indiquée Océane. Il n'eut que quelques mètres à faire, déposa son sac à terre et se saisit du combiné. Il introduisit deux pièces de monnaie et composa le numéro de *La Pignada*. Une seule sonnerie suffit, car Océane patientait devant le téléphone, comme elle le lui avait promis.

— C'est moi, dit-il simplement.

— Tu sembles crevé, ça va aller ?

Maxime s'efforça de la rassurer :

— Je suis épuisé, mais c'est normal. Demain, ça ira mieux.

— Désolée, mais tu vas devoir marcher dans la nuit, je t'attends au croisement du chemin des dunes. Tu te souviens, celui qui mène à la plage ?

— Oui, je me souviens. Mais pourquoi à cet endroit ? Il n'y a rien !

— Si, la cabane ! Nous l'avons aménagée autant qu'on a pu avec Aude. Personne ne pensera que tu peux être là-bas.

Maxime parut étonné par cette proposition :

— Euh, oui… j'arrive.

— Ne tarde pas trop. Tu suis la route goudronnée, j'espère que tu ne croiseras pas mon père. Tu devrais y être en une demi-heure.

Maxime était comme anesthésié, sans réaction.

— Très bien, j'y vais.

— Tu es sûr que ça va aller ?

— Oui, oui ! J'arrive.

Le jeune garçon raccrocha et d'un pas lent, mais constant, se dirigea dans la nuit vers le point de rencontre. Lorsqu'il aperçut enfin la silhouette d'Océane, son visage s'illumina. Le fou rire nerveux d'Océane combla le silence. Puis Maxime se précipita dans ses bras et se mit à pleurer. Dans un premier temps, elle ne sut comment réagir. Il la serrait si fort qu'elle avait du mal à respirer. Elle était consciente qu'il avait besoin de déverser ce trop-plein d'émotions, de stress et de fatigue. Malgré l'inconfort, elle le laissa faire. Lorsque, enfin, il desserra son étreinte, elle emplit d'air ses poumons, et sa cage thoracique reprit un mouvement normal.

— Eh bien, dis-moi, tu as failli m'asphyxier !

— Excuse-moi, depuis hier soir, je n'ai pas parlé à grand monde, à part aux guichetiers pour acheter mes billets. Toute la journée, je n'ai fait que penser : est-ce que j'ai vraiment pris la bonne décision ? Je ne sais plus !

Océane le réconforta :

— Tu as fait un choix radical, mais essentiel pour toi. C'est sûr, c'est difficile. Comme je te l'ai dit, je t'envie !

— Arrête avec ça !

— Non, je t'assure, affirma-t-elle. Bon, allez, fini de discuter, tu es épuisé et tu dois crever de faim. Viens, encore un petit effort et tu seras installé, enfin, dans la cabane.

Maxime fixa Océane avec la même intensité que la première fois qu'il l'avait rencontrée, dans la cour de *La Pignada*.

— Ne me regarde pas comme ça, ça me gêne.

Sans la quitter des yeux, il poursuivit :

— Ce serait plutôt à moi d'être embarrassé, c'était ton endroit secret avec ta mère, cette cabane. Personne n'y est venu depuis…

— Si, toi, tu y es venu, avec moi ! Et je crois qu'il est temps que certaines choses revivent.

— Sans doute… Allez, on y va ! J'espère que tu m'as préparé un bon petit repas, plaisanta Maxime.

— Oh oui ! Des boîtes de conserve, mais des excellentes, celles de ma grand-mère !

Les deux jeunes se mirent à rire et prirent enfin le chemin des dunes.

Maxime était soulagé de pouvoir se poser, mais il était aussi fébrile. C'était la première fois qu'il allait se retrouver, la nuit, dans un endroit isolé et inconnu, sans électricité, dans une cabane dont certains grincements pouvaient inquiéter.

— Tu n'as rien à craindre, lui dit Océane, sentant son appréhension. Et si tu entends des bruits, c'est normal. Ici, on dit que le bois vit ! Regarde, je t'ai installé un coin nuit, un sac de couchage avec deux couvertures épaisses et une lampe torche. Tu es à l'abri, je reviens demain matin, promis !

La respiration de Maxime s'accéléra, son teint pâlit. Il n'était pas bien, l'angoisse montait et le fit bégayer :

— Tu ne... veux pas... rester... un peu...

Océane regarda l'heure et constata que son père n'allait pas tarder à rentrer. Elle avait laissé la lumière du salon allumée pour tromper sa grand-mère, mais la supercherie serait vite découverte si elle traînait trop.

Maxime était de plus en plus mal. Océane avait peur qu'il ne supporte pas de rester seul, qu'il ne soit pas capable de contrôler sa peur. Elle connaissait trop ces moments d'extrême solitude que lui réservait quelquefois sa maladie et se sentait parfaitement incapable de le laisser ainsi livré à lui-même. Elle devait prendre une décision. Elle s'assit à côté de Maxime et posa sa main sur la sienne :

— C'est bon, je vais rester avec toi pour la nuit.

— Mais...

— Chut, laisse-moi faire !

Océane prit le talkie-walkie qu'elle avait emporté et se cala sur la fréquence de son père :

— Oui, Océane, ça va, je suis en voiture. Pourquoi tu ne m'appelles pas avec le téléphone ?

— La ligne n'arrête pas de grésiller, je ne sais pas, des travaux encore, je suppose. C'était juste pour te prévenir que je dors chez Aude ce soir.

Sébastien ne fut pas plus surpris que cela. Océane passait beaucoup de temps chez son amie pour compenser ses absences.

— Ah, très bien, tu n'as rien oublié ?... Ton traitement ?

Cette fois-ci, Océane n'exprima pas son exaspération. Elle ne souhaitait pas que la conversation s'éternise.

— Non, c'est bon, on se voit demain après le collège. Bises, papa.

— Je vais en profiter pour travailler un peu plus tard ; j'ai de la paperasse en retard à la scierie. Bises.

Océane ne pouvait cacher une certaine fébrilité ; son mensonge avait été organisé dans l'urgence, mais il n'était pas question qu'elle laisse son ami seul.

Les deux adolescents se collèrent l'un contre l'autre et Maxime se calma peu à peu. Il s'excusa à plusieurs reprises. Océane le tranquillisa et lui expliqua que c'était sa décision et qu'elle assumait totalement son choix. Blottis l'un contre l'autre, ils retrouvaient la complicité qu'ils avaient connue durant les deux jours où Maxime et sa mère avaient séjourné à *La Pignada*. Même s'ils conversaient régulièrement par tchat ou téléphone, rien ne pouvait remplacer le bonheur d'être à nouveau réunis. Océane proposa à Maxime de préparer quelque chose à manger, mais il lui répondit qu'il préférait qu'elle reste contre lui. Malgré la faim qui le tiraillait, il avait besoin de sentir sa chaleur. La jeune fille s'exécuta et ne bougea pas. Lentement, elle sentit la tête de Maxime se poser sur son épaule, ses paupières devinrent lourdes, il ne lutta pas et s'endormit. Océane regarda le visage de son ami et dégagea deux mèches de cheveux qui avaient glissé sur ses paupières. Elle se cala contre le mur de bois et son regard balaya la cabane. Des tas de souvenirs lui revinrent à l'esprit. Avec sa mère, elle venait passer des après-midi entières à nettoyer les abords de la petite habitation. Une ou deux fois par an, le père d'Amalia venait les aider à couper les pousses de genêt les plus imposantes, dont elles auraient eu du mal à venir à bout. Trois générations étaient alors réunies, c'était un moment de bonheur simple. Océane fut envahie par une bouffée de nostalgie qui lui serra la gorge ; elle se mit à pleurer, des larmes chaudes et denses roulèrent sur ses joues puis tombèrent sur le parquet. Elle ne fit pas le moindre mouvement pour les essuyer, car Maxime dormait profondément. Elle observa la lune à travers les carreaux de la fenêtre ; de temps en temps, des paquets de brume venus de l'océan cachaient la luminosité et plongeaient la cabane dans une obscurité presque totale. Puis, à nouveau, la lumière de l'astre reprenait ses droits. Les pleurs de la jeune fille cessèrent. Elle ferma les yeux et imagina le visage de sa mère ; elle serra plus fort les paupières, comme si elle voulait capturer cet instant. Elle s'apaisa et ne tarda pas, elle aussi, à plonger dans le sommeil.

Au même moment, Sébastien venait enfin de terminer une nouvelle journée de travail harassante. Lorsqu'il gara son véhicule dans la cour de *La Pignada*, il fut surpris de constater que le salon était éclairé. À peine descendu de son 4 x 4, il vérifia que sa fille était bien absente, comme elle le lui avait annoncé. Il ressentit un étrange pressentiment. Il traversa la cour et frappa à la porte de sa belle-mère qui terminait le rangement de ses centaines de boîtes de conserve.

— C'est toi, Sébastien ? Tu m'as fait peur ! Tu rentres à peine ?

— Oui, des papiers à terminer. À quelle heure est partie Océane ?

La grand-mère écarquilla les yeux.

— Comment ça, partie ? Elle est là, regarde, tout est éclairé, lui répondit-elle.

— Elle m'a prévenu, elle passe la nuit chez son amie Aude.

— Allons, ce n'est pas possible. Elle n'est pas passée me dire au revoir !

— Vous êtes sûre ? demanda naïvement Sébastien.

— Depuis ce matin, j'ai le nez plongé dans mes rangements, mais quand même, je ne suis pas devenue folle. Je n'ai pas vu Océane, affirma-t-elle.

— C'est étrange, fit-il en plissant les yeux de contrariété.

— Téléphone donc chez Aude ! Nous en aurons le cœur net ! proposa Éloïse.

— C'est ce que je vais faire, grommela son gendre avant de se diriger à grands pas vers son domicile.

Sébastien fit le tour du rez-de-chaussée ; toujours la même impression, une ambiance inhabituelle régnait dans la maison. Sa fille semblait être partie en catastrophe ; la cuisine n'était pas rangée, de la vaisselle traînait dans l'évier, le plaid était étalé au pied du canapé. C'était la première fois qu'Océane laissait la maison dans un tel état. Il jeta un coup d'œil rapide à la pendule ; il hésitait à appeler chez Aude compte tenu de l'heure tardive.

Sébastien trépignait, ne sachant que faire, quand la sonnerie du téléphone retentit. Il se précipita.

— Oui, allô !

À l'autre bout du fil, c'était Elena qui, comme elle l'avait annoncé à Pierre, tentait de joindre Océane.

— C'est... moi, je suis confuse de cet appel tardif. C'est urgent, est-ce que je pourrais parler à ta fille, s'il te plaît ?

Abasourdi par le ton directif d'Elena, Sébastien chercha quelque peu ses mots avant de répondre :

— Que se passe-t-il ? Tu sembles bien énervée !

— Je ne suis pas énervée, Sébastien, je suis inquiète, le temps presse, merci ! lui lança-t-elle.

— Mais enfin, tu vas me dire ce qui se passe ?

La réponse d'Elena fusa :

— Maxime a fugué de chez son père, il a disparu depuis ce matin ! Voilà ce qui se passe !

— Merde ! Et pourquoi veux-tu parler à Océane ?

— C'est la dernière personne avec laquelle il a été en contact par tchat hier soir !

Sébastien sentit la peur l'envahir. C'était comme si un puzzle se mettait en place dans son esprit.

— Excuse-moi deux minutes, je reviens, dit-il avant de poser le combiné et de monter quatre à quatre les marches menant à l'étage.

Il pénétra dans la chambre de sa fille et se précipita vers son bureau. Hermétique à l'informatique, il se concentra et fit l'effort de se souvenir des explications d'Océane quant aux rudiments du maniement de l'ordinateur. Il hésita, pianota à plusieurs reprises et put accéder à la page de messagerie. Contrairement à Maxime, Océane n'avait pas effacé leur conversation. Sébastien découvrit les dernières phrases de leur échange ; il n'en crut pas ses yeux et redescendit aussi rapidement qu'il était monté.

— Elena, je sais où est Maxime !

— Ah bon ! Dis-moi, s'exclama-t-elle à travers le combiné.

— Ici !

— Chez toi ?

— Non, à Lescot, enfin, c'est ce qu'il a écrit à Océane !

— Mais où ? insista-t-elle.

— Ça semblait flou, mais il est parti pour venir ici, dans la région, ça, c'est certain !

— Océane est avec toi ? Passe-la-moi !

— Justement, elle est absente, elle m'a dit qu'elle était chez une copine.

— Tu as vérifié ?

— C'est tard, j'hésitais lorsque tu as téléphoné.

— Sébastien, tente de la joindre, il faut savoir !

— OK, j'appelle ! À tout de suite !

Il composa le numéro du domicile des parents d'Aude. Huit longues sonneries furent nécessaires avant que la voix endormie de la mère d'Aude se fasse entendre. Après s'être excusé d'un appel aussi tardif, Sébastien expliqua succinctement ses inquiétudes. La mère d'Aude lui confirma qu'Océane n'était pas chez eux et qu'elle avait récupéré sa fille à *La Pignada* en fin d'après-midi.

Désormais, toutes les pièces du puzzle étaient parfaitement imbriquées les unes dans les autres, à part une : où pouvaient se cacher Océane et Maxime ?

Sébastien rappela Elena.

— Ils sont tous les deux, c'est certain !

— Mais où ?

— Je ne sais pas, je vais me renseigner, fouiller partout, s'empressa de répondre Sébastien.

Elena reprit quelque peu ses esprits. Au moins, elle savait que son fils était dans une région qu'il connaissait, non loin de ses grands-parents et de son oncle. C'était maigre, mais elle se raccrochait à ce qu'elle pouvait.

— Demain, je prends le premier avion, j'arriverai dès que possible.

— Très bien, je t'attends !

Elena contacta Pierre, qui entra dans une colère folle lorsqu'il apprit que son fils s'était vraisemblablement enfui vers Lescot. Il accusa la famille d'Elena d'être responsable de sa fugue. Abasourdie par une telle mauvaise foi, Elena ne chercha pas à discuter et lui assura qu'elle le tiendrait au courant dès qu'elle aurait d'autres nouvelles. Pierre ne lui proposa pas de se rendre dans les Landes à la recherche de son fils. Elle en fut meurtrie et raccrocha.

18

C'est ainsi que naissent les certitudes

C'est toujours comme ça.

Au commencement, rien d'important, un léger chuchotement, une image floue, un souvenir fugace, une pensée qui s'enfuit.

Et puis les jours défilent, le chuchotement s'amplifie, l'image devient plus nette, l'esprit s'agite.

C'est ainsi que naissent les certitudes, par des instants sans importance, des images qui s'incrustent, des doutes qui s'intensifient.

*

* *

Elena avait pu trouver une place disponible dans le premier avion à destination de Bordeaux via l'aéroport de Paris-Charles-de-Gaulle. Le vol se déroula sans encombre et, après un atterrissage en douceur, elle récupéra sa valise. Elle se précipita pour louer une voiture et prit la direction de Lescot. Depuis la veille, son esprit était accaparé par son fils et la priorité de le retrouver au plus vite, mais elle ne put s'empêcher de penser à ce même trajet qu'elle avait effectué quelques semaines auparavant. Aujourd'hui, le temps était calme, la grisaille qui régnait sur la région depuis plusieurs jours avait enfin été chassée par un franc soleil d'hiver. Le long de l'autoroute, la campagne était encore recouverte d'une légère couche de gelée blanche qui donnait à l'atmosphère une certaine quiétude. Lorsqu'elle s'engagea sur la bretelle de sortie de l'autoroute, Elena ne reconnut pas le paysage. Les forêts en grande partie à terre quelques semaines auparavant avaient laissé la place à de vastes étendues presque vierges où seuls les arbres qui avaient eu la force de résister avaient été conservés. À l'endroit où les vents violents l'avaient stoppée, l'horizon était vide, tout avait changé. Quelques kilomètres avant le chemin qui accédait à *La Pignada*, elle aperçut le clocher de l'église de Lescot, indemne, dernier gardien d'un paysage qui ne ressemblait plus à rien. Seules les rangées d'arbres en contrebas lui rappelaient qu'auparavant, le village était situé dans une vaste clairière protégée par la forêt.

Lorsqu'elle emprunta le chemin qui conduisait chez Sébastien, là aussi, elle fut frappée de stupeur. Les arbres enchevêtrés, cassés ou déracinés sur place avaient disparu. Tout le côté ouest de la voie d'accès n'était plus qu'une étendue sans âme, parsemée de souches qui attendaient d'être arrachées et broyées afin de permettre le travail du sol avant de replanter.

Sébastien était au téléphone. Dès qu'il entendit le bruit du moteur, il raccrocha, se précipita vers la voiture et attrapa la poignée avant que le véhicule s'immobilise. Elena descendit et ils se jetèrent dans les bras l'un de l'autre ; un baiser intense scella leurs retrouvailles. Était-ce l'effet du stress et des émotions auxquels ils étaient confrontés, ou était-ce simplement le bonheur de se revoir ? Sans aucun doute, un mélange de tout un tas de sentiments trop retenus. Ce fut seulement lorsqu'ils se détachèrent qu'une forme de gêne s'installa.

— Pardon, dit Sébastien.

Elena baissa les yeux, se dirigea vers l'arrière de la voiture et prit son sac de voyage avant de répondre :

— Nous verrons plus tard pour les « pardons » ! Tu as eu des nouvelles ?

— J'ai contacté tout le monde, personne ne les a vus ! Ma belle-mère a fait comme moi : rien pour l'instant. Et toi ?

— Même chose, j'ai appelé mes parents, discuté longuement avec mon frère. Rien, absolument rien.

Sébastien rebondit sur les propos d'Elena :

— En parlant de parents, cela m'aura au moins permis de recontacter les miens. J'ai pensé que les enfants auraient pu se réfugier chez eux, à Mont-de-Marsan. Peine perdue, sans résultat.

— C'est bien, fit simplement Elena.

— J'ai hésité, mais vu l'importance de la situation, je me suis permis de contacter ton père tôt ce matin, j'espère que j'ai bien fait.

— Bien sûr, dit Elena. Ta fille est en fuite avec son petit-fils, quand même. Il a dit quoi ?

— Il a averti la gendarmerie locale et un avis de recherche a été lancé, il m'a assuré qu'il me tiendrait au courant !

Éloïse se dirigea vers Elena, les deux femmes se saluèrent chaleureusement. Elles échangèrent quelques mots de soutien et de compassion.

Puis Sébastien reprit la parole :

— Je suis d'accord pour l'avis de recherche. Mais je crois qu'il faut d'abord essayer de comprendre la raison de cette fugue, la clef est là !

Elena l'écoutait avec intérêt et ne le quittait pas des yeux. Des images de son dernier séjour lui revinrent à l'esprit. Malgré la terrible situation qu'il vivait, elle le trouvait plus sûr de lui, plus expressif, comme si un verrou avait lâché, comme si quelque chose en lui avait cédé. Depuis son arrivée, Elena retrouvait le Sébastien avec lequel elle aurait tant aimé faire un bout de chemin, son côté fermé, rustre et maladroit paraissait s'être effacé. Elle se remémora la raison pour laquelle elle avait accepté ce nouveau poste à Zurich : ces mots que, elle en était sûre, Sébastien gardait enfouis au plus profond de son être et qu'il n'avait jamais osé lui dire. Pourtant, aujourd'hui, il n'avait pas hésité à l'accueillir comme s'ils étaient deux amoureux qui se retrouvaient après une longue période de séparation. Elena savait que les circonstances exacerbaient les comportements, mais il se passait autre chose, elle en était persuadée. Cela dit, pour l'instant, la priorité était ailleurs.

— Tu as raison, dit-elle simplement.

Sébastien invita sa belle-mère à partager leur déjeuner, mais elle refusa, prétextant qu'elle avait encore de nombreuses personnes à appeler. Son gendre fut surpris ; elle avait déjà passé la matinée l'oreille collée au téléphone, mais il n'insista pas, Éloïse avait déjà tourné les talons. En fait, la réalité était tout autre : la vieille femme souhaitait les laisser seuls. Elle savait qu'ils avaient des tas de choses à se dire, concernant leurs enfants, bien sûr, mais pas seulement.

Elena, son sac à la main, attendait que Sébastien lui propose d'entrer.

— Désolé, entre, bien sûr, dit-il quand il se rendit compte de sa bourde. On est tous un peu chamboulés. Viens, suis-moi.

Elena s'exécuta avec plaisir et Sébastien poursuivit :

— Tu vas t'installer chez tes parents, je suppose ? Je peux t'y conduire juste après le déjeuner, si tu veux.

Elena semblait hésiter. Sébastien le remarqua et ne put cacher un sourire de satisfaction.

— Ce sont nos enfants qui ont disparu… Je crois que c'est en restant ensemble que nous serons le plus efficaces, non ?

— Je le pense aussi !

— Pour le reste, j'ai l'habitude, je connais la maison d'Éloïse : la première chambre à gauche.

— Pas cette fois. Tu restes ici ! Il y a une troisième chambre, dit-il en se dirigeant vers la cuisine.

Elena était intriguée par l'assurance dont il faisait preuve. Elle n'avait plus de doute, c'était un Sébastien bien différent qu'elle avait retrouvé.

— Tu as une piste pour partir à leur recherche ?

— Viens donc d'abord poser tes affaires.

Elena s'installa sur le canapé. Elle regarda cette pièce qu'elle connaissait bien. Elle redécouvrait chaque détail. Malgré l'inquiétude, elle parvint à se confier à Sébastien :

— Où sont-ils ? Que font-ils ? Depuis hier, ça m'obsède. Je n'arrive pas à comprendre. Jusqu'ici, Maxime ne s'était jamais habitué à vivre loin de son père. Or là, il emménage avec lui, et c'est à ce moment que tout explose !

Sébastien, en train de préparer deux assiettes de charcuterie et de fromage, ne dit rien. Elena le relança :

— Tu en penses quoi ?

— J'en pense qu'il a dû s'imaginer que le bonheur se trouvait dans son passé, alors qu'il doit le chercher dans ce qu'il vivra et pas dans ce qu'il a vécu ! Il est jeune, il le comprendra vite !

— Tu as l'air bien sûr de toi..., lui fit remarquer Elena.

— Il le faut, sinon rien n'avance.

Sébastien déposa les deux assiettes sur la table du salon et s'assit à même le sol, face à son invitée.

— Je suppose que, comme moi, tu n'as pas très faim. Voilà quand même de quoi grignoter.

— C'est parfait. Et pour Océane, tu ne t'inquiètes pas trop ?

Sébastien se rembrunit. Il pointa le buffet derrière lui. Elena porta son regard dans la direction indiquée.

— Je ne comprends pas, que veux-tu dire ?

— Je suis soucieux, car je ne sais pas où elle est, bien sûr. Je me dis qu'elle n'est pas seule, ça me rassure… Mais c'est surtout que…

— Que quoi ?

Il répéta le même geste.

— Son traitement est là, à sa place, sur le buffet. Quand elle part, elle ne l'oublie jamais. Elle doit le prendre tous les jours… Que va-t-il se passer ? Elle est à la merci de terribles crises, dit-il d'une voix étranglée.

Elena posa sa main sur la sienne. Il était glacé. Elle s'efforça de le rassurer :

— C'est une jeune fille responsable, adulte pour son âge. Je suis certaine qu'elle ne prendra pas le risque de mettre sa santé en danger.

— Mais elle n'a pas son traitement.

— Tu ne peux pas l'affirmer. Peut-être a-t-elle toujours sur elle quelques comprimés au cas où ?

Il haussa les épaules.

— Je l'espère, fit-il dans un soupir las.

— Je suis persuadée qu'ils sont ensemble, ce n'est pas comme si l'un d'eux était perdu, seul, quelque part, dans cette immense forêt. S'il y a un souci, ils s'entraideront.

Sébastien eut un léger sourire.

— Tu savais qu'ils étaient en contact régulier ?

— Oui, un peu, par l'intermédiaire de leur messagerie. Ils conversent quelquefois.

— Je n'appelle pas ça « quelquefois » ! rétorqua Sébastien.

Elena fronça les sourcils. Sébastien poursuivit :

— Hier soir, quand j'ai découvert leur dernier échange, j'ai fouillé l'ordinateur d'Océane après avoir contacté un copain plus doué que moi en informatique. Je sais, ce n'est pas bien, mais c'est un cas de force majeure.

— Tu as bien fait, et… ?

Elena attendait avec impatience qu'il continue.

— Eh bien, depuis qu'Océane a commencé à se connecter, c'est-à-dire quelques jours après votre départ, leurs échanges ont été journaliers !

— Tous les jours ! Mais de quoi peuvent-ils bien parler ? s'interrogea-t-elle.

— De tout et de rien… Malgré tout, un sujet revient régulièrement…

Sébastien hésita. Il se servit un verre de vin et grignota un bout de fromage. Elena tendit son verre.

— Je t'écoute.

— Nous !

— Nous ? Comment ça, nous ?

— Ils parlent de toi, de moi, de leurs impressions. J'ai été stupéfait de la maturité de leurs propos. Certes, ils s'expriment avec le langage de deux adolescents de quatorze ans, mais ça m'a bouleversé, interpellé, rassuré, un peu tout à la fois. Tu vois, j'y ai réfléchi une bonne partie de la nuit et, au fond, cette fugue, c'est peut-être à cause de nous !

Elena ne put cacher un certain malaise et chercha à se justifier.

— La fugue d'un enfant, c'est toujours la faute des parents. Si je n'avais pas accepté ce nouveau poste…

Il se leva et l'interrompit :

— Un enfant, s'il fugue, c'est parce qu'il ressent un mal-être, c'est évident.

— C'est ce que je dis, confirma Elena, toujours sur la défensive.

— En fait, pour être franc… et je pense qu'il est important de ne pas se mentir dans ce moment délicat…

— Oui, eh bien, vas-y ! s'énerva Elena.

— Ils ont compris que nous étions attirés l'un vers l'autre et que…

Elena lui coupa la parole :

— Ça ne suffit pas pour faire une fugue !

Sébastien poursuivit le plus calmement possible :

— C'est vrai, mais ce qui peut vite devenir insupportable pour un enfant, c'est qu'on le cloisonne dans le passé, qu'on ne lui offre pas d'avenir, qu'on fuie toujours plus loin et qu'on n'accepte pas les évidences.

Elena était perplexe. Elle but lentement une gorgée de vin.

— Et, tout ça, tu le mets dans quel ordre ?

— Je ne crois pas qu'il s'agisse d'ordre, mais de personnes.

— Décidément, tu ne m'avais pas habituée à tant de confidences.

— Ce n'est pas moi, ce sont les enfants, ironisa Sébastien.

— Même si ce n'est pas approprié, au vu de la situation, tu me fais sourire.

— Pour le passé et l'avenir, ce n'est pas très compliqué, c'est de moi qu'ils parlent. Océane se sent prise dans un carcan qu'elle a de plus en plus de mal à supporter, elle grandit et elle imagine une vie bien différente de celle que je lui ai construite. Je ne lui autorise aucune perspective et je l'enferme dans le passé, ou, pour être plus exact, je nous enferme dans le passé.

— Je suppose que le fait de fuir toujours plus loin et de ne pas accepter les évidences, ça me concerne ? demanda Elena.

Tout à coup, la centrale radio de Sébastien se mit à émettre ; il se précipita.

— Ah, c'est toi ! Non, aucune nouvelle, la mère de Maxime est arrivée. On va les chercher cet après-midi, je ne sais pas encore où. OK, merci, Claude.

Sébastien tenta une énième fois de capter la fréquence du récepteur d'Océane, sans succès. Il revint s'installer au salon.

— Mon contremaître et les gars de la scierie ont balayé un sacré secteur ce matin, rien, aucune trace des jeunes.

— Il faut que je bouge, que je le cherche. Je n'en peux plus de rester sans rien faire, dit Elena.

— On va y aller, je préviens ma belle-mère. Pour finir notre conversation, la fuite, effectivement, Maxime l'évoque souvent en parlant de toi dans ses tchats. Par contre, en ce qui concerne les évidences, pas de jaloux, on y a droit tous les deux, et ils n'y vont pas de main morte !

Elena se leva, termina son verre et, avant d'enfiler sa veste, répondit :

— Tu as raison, ils sont plus adultes que nous.

— Ils n'ont pas encore été trop cabossés par la vie, c'est certainement ce qui leur laisse cette liberté d'expression, poursuivit Sébastien.

— Je confirme, c'est plus simple à quatorze ans qu'à trente-huit.

— Nous aussi, nous sommes restés en contact… et pourtant, qu'en avons-nous retiré ? Bien peu de chose.

— Je ne crois pas, fit Elena en cherchant le regard de Sébastien.

— Au fond… peu importe notre cas, l'urgence, c'est de les retrouver.

Sébastien releva le col de son manteau et attrapa les clefs de son 4 × 4. C'est alors qu'Elena se colla contre lui. Leurs visages se rapprochèrent. Sébastien posa ses lèvres sur les siennes et l'embrassa tendrement.

*
* *

Au cours de la matinée, Sébastien avait déjà inspecté les environs de Lescot. Claude et les employés de la scierie s'étaient concentrés sur le sud du village, sans résultat.

Sébastien proposa à Elena de balayer une zone relativement épargnée par la tempête.

Sébastien se disait que si les deux adolescents avaient décidé de se réfugier dans un abri de fortune, ce ne pouvait être que dans ce périmètre. Grâce à son 4 × 4, il s'engouffra dans le moindre chemin ou sentier.

Elena, elle, doutait de la capacité de Maxime à résister en pleine nature au froid, à la peur et à un confort plus que spartiate. Contrairement à Océane, il n'avait jamais vécu à la campagne. Elle doutait de plus en plus d'une installation sauvage, et elle en fit la remarque :

— Je n'imagine pas un instant que mon fils se cache ici, il ne peut pas supporter de telles conditions. Ça ne lui ressemble pas.

Sébastien abonda dans son sens et ajouta :

— Océane connaît les pièges de la forêt, surtout en cette période de l'année, et après ce que nous venons de vivre en décembre. Je ne la crois pas capable de prendre de tels risques.

Alors qu'il remontait dans le véhicule pour scruter les abords d'une nouvelle piste, Sébastien eut une réflexion qui rassura Elena. Il posa sa main sur sa cuisse et lui dit :

— C'est peut-être pour cette raison qu'ils ne vont pas tarder à réapparaître !

— Tu y crois vraiment ?

— Oui. Ils viennent de passer une nuit en pleine nature, il est quasiment impossible qu'ils poursuivent leur fuite !

— Tu dis ça pour me rassurer.

— Non, c'est la stricte vérité. Ou alors, on se plante complètement, et ils se cachent chez quelqu'un !

— Mais enfin, chez qui ? dit Elena, accompagnant ses paroles d'un geste de fatalisme.

Sébastien haussa les épaules et redémarra.

Ils poursuivirent leurs investigations jusqu'à la tombée de la nuit. Leurs enfants étaient introuvables. Elena commençait à douter de leur présence dans le secteur. Elle évoqua une autre hypothèse qui naissait dans son esprit : peut-être avaient-ils fui à l'étranger, jusqu'en Espagne. Sébastien ne savait que penser de cette éventualité ; lui aussi doutait. L'avis de recherche lancé à l'initiative du père d'Elena n'avait encore rien donné, personne n'avait signalé la présence des deux adolescents.

Lorsque Sébastien emprunta le chemin de *La Pignada*, il aperçut, dans la lumière de ses phares, un véhicule garé devant chez Éloïse. Un voisin, se dit-il. Ce n'est que lorsqu'il s'approcha qu'il reconnut Aude et sa mère, en grande discussion avec sa belle-mère. Il pensa qu'elles venaient aux nouvelles.

— Qui est-ce ? demanda Elena.

— La meilleure amie d'Océane.

Sébastien descendit de son véhicule et vint les saluer. Elena s'approcha et se présenta. Elle remarqua chez Aude une forme de gravité dans le regard. Malgré son jeune âge, elle avait les traits tirés.

Sa mère intervint :

— Aude souhaiterait vous parler, lâcha-t-elle.

— Oui, bien sûr, fit Sébastien. C'est gentil de ta part de t'inquiéter. Malheureusement, je n'ai aucune nouvelle à te donner.

Aude trépignait, hésitant à répondre.

— Je vous ai menti, avoua-t-elle non sans courage.

— Comment ça, menti ?

— Enfin... On vous a menti, Océane et moi. Il n'a jamais été question qu'elle dorme chez moi.

— Je le sais répondit Sébastien d'une voix calme. Tu n'as pas menti, tu n'as rien dit pour ne pas trahir ton amie. Mais alors...

Elena qui, depuis leur arrivée, était très attentive au comportement d'Aude, se permit d'intervenir :

— Bon, je suis certaine que tu as des choses à nous dire et que tu n'es pas simplement là pour t'excuser d'avoir menti. Je me trompe ? demanda-t-elle en fixant la jeune fille, qui acquiesça d'un signe de tête.

— Comment ça ? s'étonna Sébastien. Tu sais quelque chose ?

Aude regardait ses chaussures, n'osant pas croiser le regard du père de son amie.

— Oui !

Éloïse proposa à tout le monde de rentrer se mettre au chaud. La fraîcheur était tombée avec la nuit, et les corps, déjà soumis à rude épreuve avec le stress et l'inquiétude, avaient besoin d'un peu de chaleur réconfortante, les esprits aussi.

Sébastien les invita chez lui. Ils s'installèrent autour de la table. Un silence de cathédrale s'imposa. Aude était tétanisée. Elena, assise à côté d'elle, posa sa main sur son épaule.

— Tu peux parler sans crainte. Personne n'est là pour te disputer.

Aude hésita encore quelques instants et se lança :

— Je sais où sont Océane et Maxime !

Sébastien tenta d'intervenir, mais Elena lui lança un regard désapprobateur. Il se retint. Elena était consciente de l'importance de ce moment et ne voulait en aucun cas qu'Aude soit interrompue.

— Continue, lui dit-elle d'une voix rassurante.

— J'ai aidé Océane à préparer la cabane sur la plage, hier après-midi, pour accueillir Maxime. Ce n'était pas prévu qu'elle dorme dans la cabane, mais il ne se sentait pas capable de rester seul dans un endroit isolé.

Elena tenta de contenir ses larmes ; elle n'y parvint pas et essuya son visage à plusieurs reprises pendant qu'Aude poursuivait son récit :

— Je suis allée les voir en début d'après-midi. Ils étaient fatigués, mais ils allaient bien. Ils ont froid et sont un peu perdus. Ils s'inquiètent pour vous et craignent votre réaction. Au fait, monsieur Dervain, ne vous faites pas de souci : Océane prend bien son traitement. Depuis qu'elle vient chez moi plus régulièrement, elle y a laissé un blister de comprimés, que je lui ai apporté. Vous savez, je n'aurais jamais trahi mon amie, mais j'ai senti qu'Océane, sans me le dire, souhaitait que je vous parle, alors j'ai pris mes responsabilités.

Aude se tut. Un silence pesant s'installa dans la pièce. Sébastien fut le premier à réagir :

— La cabane ? Dans ce coin, tout a été détruit !

— Non, elle a résisté, précisa la jeune fille.

— Mais ils ne sont pas à l'abri, le toit a dû s'envoler.

— Je vous assure que non.

Sébastien se leva brusquement.

— Bon, allez, on va les chercher.

Aude se permit de le retenir par le bras.

— Monsieur Dervain, non !

— Comment ça ?

— Laissez-leur encore jusqu'à demain.

— Que veux-tu dire ? demanda Elena.

— Océane a envie de vivre… quelque chose avec Maxime, une activité que vous lui avez toujours refusée à cause de… son épilepsie. J'ai tout organisé, ils viennent les prendre à la cabane, puis ils les ramèneront. C'est pour demain, en milieu d'après-midi, si le temps le permet.

— Quelle activité ? Qui, « ils » ? Tu crois que c'est le moment de s'amuser alors que nous sommes morts d'angoisse ? Pas question ! hurla presque Sébastien, hors de lui.

— Laisse-la nous dire de quoi il s'agit, tempéra Elena.

— Ce sont des professionnels, ne vous inquiétez pas. C'est… sa mère, un jour, qui le lui avait promis. Survoler les dunes le long de l'océan en deltaplane.

Éloïse eut un sourire discret.

— C'est vrai, Amalia y tenait. Elle m'en avait parlé.

— Non, non, c'est bien trop dangereux, s'offusqua Sébastien. Plus tard, peut-être, pas maintenant !

Elena demanda des précisions :

— Ils seront chacun avec un instructeur ?

— Oui, bien sûr, je vous en prie, laissez-les faire. Demain soir, ils vous attendront à la cabane.

La mère d'Aude ajouta :

— Ma fille a omis de vous dire que c'est un de mes cousins qui les guidera, c'est son métier. Habituellement, en cette saison, il ne le fait pas, Aude a su le convaincre. Il a déjà des centaines de vols à son actif.

— Monsieur Dervain, s'il vous plaît ! Océane en a besoin. Laissez-les passer cette dernière soirée ensemble et faire cette activité, supplia-t-elle. Si vous donnez votre accord, je fais l'aller-retour pour les prévenir. Cela les rassurera !

Sébastien se tourna vers Elena. Du regard, il la questionna.

— Certes, ils sont jeunes, mais ils ne revivront jamais un tel moment, seuls. Sébastien, demain, il sera temps de nous retrouver.

Sébastien retourna s'asseoir et prit sa tête entre ses mains, les yeux rougis de larmes contenues.

— Tu as sans doute raison. Pourquoi ai-je toujours si peur pour elle ? Demain. Nous irons les chercher demain !

— Merci de leur accorder cette escapade, dit Elena. Je sais que ça te choque, mais ça leur fera du bien.

Sébastien ne répondit pas. Une seule chose s'imposait à lui : il allait devoir changer d'attitude avec sa fille, lui laisser plus d'autonomie. Il en était à la fois heureux et bouleversé.

Pendant ce temps, à un kilomètre de *La Pignada*, deux adolescents se réchauffaient en se serrant l'un contre l'autre dans une cabane. Ils avalaient avec appétit le contenu d'une boîte de conserve. À cet instant, malgré l'inquiétude, le monde leur appartenait.

19

Comme il est doux…

Comme il est doux d'imaginer qu'il y aura un lendemain à espérer, une main à saisir, un visage à embrasser.

Comme il est urgent de s'aimer, de ne plus se cacher, de s'autoriser à revivre.

Comme il est essentiel de se tourner vers les étoiles, de sentir la chaleur d'un corps, de lâcher ses peurs et, à nouveau, de faire confiance.

Comme il est doux de redécouvrir la tiédeur d'un matin, la tendresse d'un regard, la promesse d'un nouveau jour.

*
* *

Épuisés par cette journée forte en émotions, Elena et Sébastien, assis l'un à côté de l'autre sur le canapé, semblaient incapables de réagir, toujours abasourdis par les révélations d'Aude. Chacun s'interrogeait sur le bien-fondé de sa décision. N'étaient-ils pas allés trop loin dans cette liberté qu'ils accordaient à leurs enfants ?

— Ce sont sans doute eux qui ont raison ! lâcha enfin Sébastien.

Elena eut un petit sourire. Elle fixa Sébastien avec bienveillance, puis se dirigea vers la cuisine afin de récupérer deux verres et une bouteille de vin.

— Tu me parais bien pensive…

Elena revint s'asseoir et remplit leurs verres. Elle leva le sien.

— Trinquons, nous sommes désormais certains qu'ils ne risquent rien, affirma-t-elle.

— Tu es bien optimiste ! Je ne sais pas si nous avons bien fait, murmura Sébastien en buvant nerveusement deux petites gorgées.

Elena le prit par le bras et lui exposa clairement sa vision des choses :

— Sébastien, arrête de te cacher derrière les soucis de santé d'Océane. Elle doit faire attention, c'est certain, mais cesse de t'interdire presque de respirer à cause d'une mission que tu t'es inventée pas seulement pour la protéger, elle, mais pour te rassurer, toi ! Je suis confuse, mais il fallait que ça sorte. Tu ne peux pas continuer comme ça, tu as le droit de t'autoriser à vivre !

Sébastien baissa la tête et murmura :

— À revivre…

— Je n'osais pas le dire ainsi, s'autorisa Elena.

Sébastien se lança alors dans un long monologue :

— Cela fait plus de quatre ans qu'Amalia a disparu. Je n'ai pas compris sa détresse et la culpabilité dans laquelle elle avait sombré. Plus exactement, je n'ai pas été capable de me rendre compte qu'elle était arrivée… au bout. Après sa disparition, j'ai souvent entendu dire qu'Amalia nous avait lâchement abandonnés, mais c'est faux, elle n'en pouvait plus de souffrir et de culpabiliser. Je m'en veux, si tu savais comme je m'en veux ! J'aurais dû être plus présent, l'épauler et ne pas la laisser se perdre dans des faux espoirs ; je pensais que cela lui apportait une forme de réconfort, je me trompais. Alors, oui, je compense ce que je n'ai pas su faire à l'époque, je surprotège ma fille, mais cela ne fera pas revenir sa mère et Océane en souffre.

Sébastien s'interrompit pour boire lentement une gorgée de vin, comme s'il avait besoin d'un peu de force. Elena remarqua ses yeux rougis. Il y a parfois des remords si intenses qu'ils n'arrivent pas à sortir. Elena le laissa récupérer, elle ne le relança pas. Sébastien prit son temps et poursuivit :

— Et puis, il y a eu la tempête, et puis il y a eu… toi ! Quand je t'ai aperçue, seule dans cette voiture, à la merci d'un arbre qui aurait pu s'écraser sur ton véhicule, je n'ai pas réfléchi, ce fut comme un flash. Je me suis dit : tu peux faire quelque chose et la sauver, alors vas-y ! Je ne savais pas qui tu étais, et au fond, je peux te le dire maintenant, je m'en fous que tu sois la fille Dejean. Toutes ces histoires n'ont plus aucun sens. On s'accroche à des croyances, à des on-dit, on se transmet des fâcheries de génération en génération. À quoi ça sert ? À rien ! Si ce n'est à entretenir de fausses querelles. Je n'ai pas pu sauver Amalia, mais je t'ai sauvée toi !

Elena avala sa salive, elle paraissait contrariée. Sébastien le remarqua.

— Quelque chose ne va pas ? Je me confie, je parle de moi, je ne fais même pas attention à ce que tu ressens. Je n'ai jamais été très doué pour ça...

Le naturel d'Elena refit surface, et elle répondit avec une ahurissante franchise :

— En fait, c'est comme si tu avais sauvé Amalia à travers moi, une sorte de compensation.

Confus, Sébastien bafouilla sa réponse :

— Non, bien sûr... que non ! Comment... peux-tu penser ça ?

— Je ne sais pas, une impression.

— Amalia était ma femme, elle a disparu, je ne l'oublierai jamais, mais elle fait partie de mon passé. Toi, tu es Elena, tu es apparue et tu as chamboulé ma vie. Je pensais que c'était la tempête qui m'avait fragilisé au point d'en devenir désagréable avec toi. Non, c'était toi, je me mentais au point de refuser l'évidence.

— Je confirme, tu as été particulièrement odieux parfois, fit Elena en se collant à son épaule.

— On dit souvent qu'il faut des déclics dans la vie, je pensais que c'était des conneries tout ça. Pourtant, tu as été ce déclic apparu au beau milieu d'un désastre qui a dévasté le pays !

Elena le fixait, s'étonnant que cet homme puisse, désormais, se confier si facilement.

— Au cours de nos échanges téléphoniques, il aurait suffi que tu me parles comme ça une seule fois, et jamais je ne serais partie en Suisse.

— Et tu aurais fait quoi ?

— Comme me l'a dit Maxime, il y a des tas d'établissements bancaires en France prêts à m'accueillir.

— Tu serais revenue à Paris ?

— Ou ailleurs…

— On ne le saura jamais, puisque je n'ai rien dit.

— Tu en as dit suffisamment ce soir. Il aura donc fallu une tempête, dit Elena en lui prenant la main.

Sébastien tremblait légèrement.

— C'est dommage…

— Quoi donc ? demanda Elena.

— La tempête qui a tout foutu par terre, elle a été baptisée Martin, moi, je l'aurais baptisée Elena.

— C'est mignon, c'est gentil… Et j'ai donc… tout foutu par terre ?

Sébastien bascula la tête en arrière contre le rebord du canapé. Il éclata de rire :

— Tu veux me le faire dire, je commence à te connaître !

— Moi aussi, alors tu vas me le dire.

Sébastien redressa la tête et approcha son visage de celui d'Elena. Elle pouvait sentir sa respiration. Elle avait envie de caresser sa barbe mal rasée, de passer ses doigts dans ses cheveux bouclés, mais elle se retint.

— Bien au contraire, tu n'as rien foutu par terre, tu m'as ouvert les yeux et tu m'as relevé !

Elena ne pouvait plus contenir son désir. Elle posa sa main sur la tempe de Sébastien et descendit lentement jusqu'à son cou, puis remonta. Elle n'avait qu'une envie : ressentir la rudesse et la douceur de cet homme. À plusieurs reprises, elle recommença ce même mouvement, de plus en plus appuyé. Leurs respirations s'accélérèrent, elle n'attendait plus qu'un geste de lui. Il l'embrassa ardemment et passa sa main derrière sa tête pour l'allonger sur le tapis. Elena s'abandonna ; elle le laissa faire, elle était à lui. Sébastien s'étendit à ses côtés. D'un léger coup de pied, il fit glisser la table du salon, et les deux verres tombèrent à terre. Elena sourit. Sébastien ne le remarqua même pas ; il effleurait les lèvres de sa partenaire, qui mordillait son doigt. Leurs caresses étaient lentes, prudentes, comme s'ils ne voulaient pas gâcher ce moment, comme si chacun avait peur de décevoir l'autre. Sébastien ôta le pull d'Elena, déboutonna son chemisier et dégrafa son soutien-gorge. Il la caressa pendant qu'elle lui enlevait son épaisse chemise de velours. Torse contre torse, ils se frottaient l'un contre l'autre. Elena aimait cette rudesse retenue dans les gestes de Sébastien. Mais le désir était trop fort. Elle fit glisser son jean jusqu'à ses pieds. Sébastien s'allongea sur le dos pour retirer le sien. Elena, à genoux, vint le chevaucher. Ils ne faisaient plus qu'un, des mouvements saccadés de plus en plus rapides rythmaient leurs ébats.

Les mains puis les ongles d'Elena glissèrent le long du torse de son amant, laissant quelques traces de griffure sur sa peau. Elena gémissait de plus en plus fort, Sébastien se contenait. Elle accentua les mouvements de son bassin ; elle voulait que, là aussi, il se lâche ! Qu'il exprime son désir aussi fort qu'elle ! Peu à peu, le souffle de Sébastien s'accéléra, et, tout à coup, son corps tout entier eut un spasme ; il se raidit tandis qu'Elena suspendait tout mouvement pour mieux sentir le plaisir de son partenaire. Ils restèrent ainsi autant que leurs muscles le leur permettaient, puis, dans un long soupir, Elena bascula à côté de Sébastien.

Seul le crépitement des bûches de chêne se faisait entendre. Étendus sur le tapis, les deux amants reprenaient leur respiration. Elena, mutine, revint s'allonger sur Sébastien et planta ses yeux dans les siens.

— Je crois que cette fois-ci, tu l'as vraiment dit ! ironisa-t-elle.

Sébastien se mit à rire.

— Tempête Elena a soif ? Je crois qu'il va être nécessaire de racheter de la vaisselle, dit-il en regardant les verres brisés par terre.

— J'ai faim aussi, va donc chercher les assiettes que l'on a à peine entamées à midi.

Ils se rhabillèrent. Sébastien se dirigea vers la cuisine tandis qu'Elena remettait en ordre la table du salon et le tapis. Tous deux se restaurèrent avec appétit et burent un peu plus que de raison, ce qui eut pour effet de délier définitivement les langues.

— On va faire quoi maintenant ? demanda-t-elle.

— Boire, manger, récupérer nos enfants et puis recommencer, s'amusa Sébastien.

— Arrête de dire des bêtises. Plus sérieusement, qu'attends-tu de moi ?

— Que tu continues à me relever, comme je peux le faire avec les arbres.

— Au moins, c'est clair. Et toi, tu es prêt à faire quoi ?

— Dis-moi ce que tu souhaites, et je verrai si ça fait partie de mes compétences.

À son tour, Elena se lança dans une forme de confession :

— Depuis que je suis à Zurich, même si le travail est super intéressant, j'ai l'impression d'avoir fait une erreur. Mon fils est malheureux chez Pierre, moi, je suis seule. Certes, j'ai un super salaire et des primes en conséquence, mais à part ça, le néant. Alors, je réfléchis et je repense souvent à une conversation que j'ai eue avec mon père.

— Quoi ? Travailler avec ton père ? Tu as trop bu ! s'exclama Sébastien qui fit semblant de lui retirer son verre.

— Bien sûr que non, c'est impossible ! Avec mon frère à la limite, et encore !

Les yeux écarquillés, Sébastien attendait impatiemment la suite.

— Mon père m'a parlé des quelques propriétés céréalières très rentables qui se trouvent dans la région et m'a dit que, sans aucun doute, certains sylviculteurs n'allaient pas replanter des pins, mais s'orienter vers d'autres productions sur les parcelles détruites. J'ai étudié les marchés et il y a quelque chose à faire.

— On commence à en parler, c'est vrai ! Le profit serait plus rapide et moins risqué. Si tu perds une culture, tu perds un an. Là, avec les pins, il faudra vingt ans pour s'en remettre malgré les aides et la vente des bois. Et tu proposes quoi ?

— Mon expérience !

— Tu peux être plus précise ? Je ne vois pas trop. Tu veux leur apprendre, d'un clic d'ordinateur, à passer du pin au maïs ? ironisa Sébastien.

— Bien sûr que non ! Mais actuellement, ils sont suivis par qui, tous ces propriétaires ?

— Ton père, ton frère, moi et tous les autres.

— Techniquement, je sais, mais financièrement ? Qui les conseille pour savoir s'il vaut mieux s'engager sur tel ou tel marché, telle ou telle production, en fonction de divers paramètres de surface, de souhaits, de rentabilité ?

Le scepticisme de Sébastien laissait, peu à peu, la place à la curiosité.

— Eh bien... les banquiers ! Pour parler d'argent, à part eux...

— C'est bien ce que je pensais. Tes propriétaires, ils engraissent leurs agences bancaires avec leurs dépôts sur les comptes, mais à part ça... Je suis persuadée qu'il y a de la place pour une vision plus globale.

— Continue, tu m'intéresses.

— Mon idée serait de créer un cabinet de conseil pour leur permettre de prendre la meilleure décision compte tenu de la situation de chacun.

— Je ne suis pas certain que ton approche soit comprise par les gens d'ici. Ce sont des paysans, pour la plupart, et un sou est un sou, alors un... cabinet de conseil, je doute qu'ils adhèrent à l'idée.

Elena insista, sûre d'elle :

— J'en ai convaincu des plus coriaces. Et puis, ce ne sont plus les petites fermes d'autrefois avec simplement quelques lopins de terre. Ce sont des propriétaires qui possèdent des surfaces imposantes et qui savent où est leur intérêt.

Sébastien acquiesça, mais en silence, comme si quelque chose lui manquait. Elena le sentit, hésita un instant puis avoua :

— Et puis... j'ai envie d'être plus en connexion avec la réalité. Tu as raison, les clics de souris, c'est sacrément impersonnel.

— En fait, tu es en train de m'expliquer que tu comptes révolutionner ta vie.

Elena grignota une tranche de saucisson et hocha la tête.

— La réajuster serait plus conforme à mes souhaits.

— Tu te rends compte ? Passer de Paris, Londres puis Zurich à Lescot ! Et Maxime, comment réagirait-il ? Il resterait à Paris avec son père ?

— J'y ai longuement réfléchi, je suis prête. En ce qui concerne mon fils, il aura le choix, nous avons déjà fonctionné de cette façon avec Pierre.

— Et financièrement ? C'est un pari énorme !

— J'ai de la réserve.

— En fait, tu as réponse à tout.

— Non, certainement pas, mais il faut savoir prendre des risques parfois…

Sébastien sourit en picorant dans l'assiette de fromage. Une question le taraudait.

— Et… tu comptes t'installer chez tes parents ?

— Là, tu vois, je n'en ai aucune idée. C'est ma dernière incertitude ! Tu en penses quoi ?

— Euh, rien, c'est toi qui décides…

Elena sentait une forte hésitation chez Sébastien. Elle aurait aimé qu'il lui propose une solution, ce qu'il ne fit pas. Peut-être, une fois de plus, attendait-elle trop de lui. Elle n'insista pas, préférant laisser le sujet en suspens, et changea de conversation :

— Tu crois qu'ils s'en sortent, nos deux ados ?

— J'en suis persuadé, assura-t-il.

— Tiens, tu as changé d'avis, lui fit remarquer Elena.

— Que veux-tu, il faut savoir prendre des risques, c'est bien ça ?

— Tu apprends vite.

— J'essaie !

Elena réchauffa son verre entre ses mains ; elle paraissait réfléchir.

— En pleine introspection ! lui fit remarquer Sébastien.

— Non, fit-elle. Je pensais simplement à Maxime, je suis persuadée qu'il ne risque rien avec Océane. D'abord, elle connaît par cœur la région, et puis… elle dégage tellement de force pour son âge.

Sébastien haussa les épaules.

— Il a bien fallu qu'elle surmonte cette saloperie de maladie qu'elle traînera comme un fardeau jusqu'à la fin de ses jours, mais… c'est la disparition de sa mère qui l'a le plus endurcie !

— Tu lui diras un jour… la vérité sur…

Elena temporisa.

— La raison de sa mort ? précisa Sébastien.

— Oui…

— Elle la connaît, et depuis bien longtemps, assura-t-il.

— Ah ! s'étonna-t-elle. C'est sans doute mieux ainsi. Quelle volonté, je confirme !

— Ton fils n'est pas mal non plus. Traverser le pays seul !

C'est alors qu'Elena parut s'affoler :

— À propos, que fait-on pour l'avis de recherche ? Je sais qu'il y a peu de chances qu'une patrouille de gendarmerie se perde jusqu'à la plage des Cabanes, mais si par hasard c'était le cas et qu'ils découvrent nos deux fugueurs ? Ça ferait désordre d'avoir menti aux forces de l'ordre.

— Ne t'inquiète pas, dit Sébastien. Personne n'ira là-bas, mais je vais quand même aller voir l'officier pour faire le point et lui assurer que nous avons fouillé ce secteur, sans succès. Au moins, on sera tranquilles ! Et puis, ce n'est qu'un seul jour de mensonge. Demain, lorsque Océane et Maxime seront rentrés, j'irai annuler l'avis. C'est le mieux, non ? Qu'en penses-tu ?

Elena se détendit et parut rassurée.

— C'est très bien ainsi. Parfait, je te laisse faire !

— Prendre des risques, quelquefois, c'est bien ça ? ironisa Sébastien.

*

* *

Le lendemain, comme prévu, le cousin d'Aude vint chercher Océane et Maxime en milieu d'après-midi. Le temps offrait des conditions optimales : une température fraîche, un franc soleil et pas un brin de vent. Les deux ados, chacun accompagné de son pilote, découvrirent la côte atlantique vue du ciel. Ce fut un moment magique, surtout pour Océane qui avait, pour la première fois, l'impression de vivre un rêve sans se poser la question d'un quelconque danger pour elle. La sortie dura près d'une heure et s'acheva par le survol de la plage des Cabanes. Les pilotes, ayant eu le temps de jauger la capacité de leurs passagers à résister à la crainte d'une première sortie en deltaplane, n'hésitèrent pas à jouer avec les courants d'air chaud ascendants qui, couplés avec la puissance du moteur, permettaient quelques sensations fortes. Océane cria à plusieurs reprises lorsque la chute ou la montée était trop brutale, plus par surprise que par véritable appréhension.

Durant le trajet du retour en voiture, Océane sembla ne pas être encore redescendue sur terre, les yeux rivés vers le ciel. Elle ne savait ni quand ni comment, mais elle promit à Maxime qu'ils recommenceraient, avec leurs parents cette fois, ce qui eut pour effet immédiat de provoquer chez le jeune garçon un immense éclat de rire. Il n'imaginait absolument pas sa mère s'adonner à ce type d'activité.

Une fois arrivés à la cabane, les deux adolescents rangèrent leurs quelques affaires. Une sorte de vague à l'âme s'installa. Ces deux jours qu'ils avaient passés ensemble, loin de tout, resteraient à jamais une expérience inoubliable de liberté. Océane ferma avec application la porte ; le jour commençait à baisser, il était temps de partir. Après quelques minutes de marche, ils aperçurent, tout en bas du chemin, au bord de la route goudronnée, leurs parents qui les attendaient. Chacun était heureux et apaisé, le temps des explications viendrait plus tard.

Comme prévu, Sébastien téléphona au commandant de gendarmerie pour l'avertir que les deux adolescents venaient de rentrer à *La Pignada*, épuisés, mais sains et saufs. Il lui expliqua qu'Océane et Maxime avaient bivouaqué dans la forêt, qu'ils étaient transis et dans l'incapacité de tenter une nouvelle nuit dans ces conditions, que la raison l'avait emporté. Un mensonge qui ne parut pas surprendre l'officier qui annula sur-le-champ l'avis de recherche et informa Sébastien que les deux jeunes fugueurs recevraient une convocation officielle pour répondre à quelques questions ; c'était la procédure.

Ce soir-là, Éloïse refusa l'invitation de son gendre à dîner, prétextant une migraine tenace due à sa trop longue marche de la matinée. En fait, elle voulait les laisser tous les quatre, juste entre eux. Ils avaient des tas de choses à se dire et elle savait qu'elle aurait du mal à entendre certaines paroles. Elle préféra s'isoler.

Épilogue

Un souvenir qui insiste, une certitude qui doute
Une vie qui s'enfuit, une autre qui sourit
Deviner l'espoir au hasard d'une route
Découvrir un visage, s'autoriser l'envie
Des jours, des mois, des années
Il en aura fallu du temps
Pour recommencer à croire, à aimer
Une main qui tremble, un geste hésitant
Une caresse, un désir, un monde de douceur
Soixante secondes de bonheur.

*
* *

Trois mois plus tard

Elena et Maxime avaient profité des vacances de printemps pour déménager à Lescot. Contrairement à ce qu'elle avait initialement prévu, Elena ne s'était installée ni au domicile de ses parents ni chez Sébastien. Elle avait préféré louer une maison dans le village, le temps de prendre ses marques et de réfléchir calmement à ce changement radical de vie et à toutes les conséquences que cela engendrait. Même si la volonté de rester ici était bien présente, que ce soit pour la mère ou pour le fils, elle ne voulait plus se tromper. Les événements des derniers mois l'avaient poussée à être prudente et à ne pas précipiter des décisions qui affecteraient significativement son avenir et celui de son fils.

Si ses parents n'avaient pas forcément compris son choix, ils l'admettaient, trop heureux de voir leur fille et leur petit-fils poser leurs valises à quelques kilomètres de chez eux. Quant à Sébastien, la décision d'Elena le satisfaisait pleinement. Au fond de lui, il voulait aussi se donner du temps pour que chacun, de son côté, réfléchisse sereinement à ce qui était le mieux, pour eux, bien sûr, mais aussi pour leurs enfants. Une installation directe à *La Pignada* aurait été un chamboulement trop difficile à assumer pour cet homme qui, pendant plus de quatre ans, avait vécu reclus, tel un ermite, avec sa fille et sa belle-mère, refusant toute autre présence féminine.

Elena avait choisi une maison à deux niveaux, à la surface imposante, avec un grand jardin. Les prix de l'immobilier dans le petit village des Landes n'avaient rien à voir avec les montants délirants pratiqués à Paris, Londres ou Zurich. Elle avait déjà prévu d'installer son bureau dans une des pièces du rez-de-chaussée, qui donnait sur le jardin à l'arrière de la maison. Elle pouvait ainsi séparer son espace professionnel et son domaine privé. Maxime, après une longue discussion houleuse mais franche avec son père, avait choisi de suivre sa mère. Il bénéficiait d'une chambre de près de vingt-cinq mètres carrés, au confort qu'il n'avait encore jamais connu. Au début, il s'inquiéta de changer à nouveau d'établissement scolaire et d'avoir à se reconstituer un réseau d'amis. Son inquiétude s'estompa rapidement, car avec l'aide d'Océane et d'Aude, son intégration au collège se fit plus facilement qu'il le pensait. D'ailleurs, quelquefois, Océane exprimait sa jalousie de le voir passer de plus en plus de temps avec ses nouveaux copains plutôt qu'exclusivement avec elle. Il s'en amusa ; ils savaient tous deux que leur amitié n'en souffrirait pas. Ils seraient là l'un pour l'autre, comme depuis le jour où ils s'étaient rencontrés.

Elena démissionna de son poste à Zurich dans l'incompréhension générale : comment pouvait-on abandonner une telle opportunité de carrière ? Elle avait attendu qu'un remplaçant soit nommé pour quitter définitivement ses fonctions. Mary n'en était pas revenue, et leurs relations en pâtissaient encore, son amie refusant une explication en tête à tête.

Avant l'ouverture officielle de son agence de conseil à Lescot, prévue pour le début du mois de juin, Elena avait déjà noté de nombreux rendez-vous dans son agenda. Sébastien et son père, les meilleurs ambassadeurs possible, s'étaient chargés de lui faire une efficace publicité. Elle savait qu'au début, la curiosité l'emporterait sur un véritable besoin d'accompagnement, mais elle fut satisfaite de constater que son projet était viable et ne laissait pas indifférent.

Elena et Sébastien passaient plus de temps ensemble. Le plus souvent, c'était lui qui était à l'origine des moments, soirées, repas ou nuits qu'ils partageaient. Elena aurait aimé recevoir encore plus de cet homme ; mais si, depuis la nuit du 27 au 28 décembre 1999, elle avait retenu une unique leçon pour donner du crédit à leur bonheur, c'était qu'elle ne devait en aucun cas le brusquer ou lui imposer sa décision. Elle ne doutait pas de ses sentiments, il les lui avait prouvés à maintes reprises, mais il avait encore besoin de temps pour totalement se libérer d'un si lourd passé. Elena était prête à foncer, lui à marcher d'un pas sûr. Leur direction était la même et leur destination aussi, il ne leur restait plus qu'à trouver le bon rythme. Une question de temps !

La fougueuse Elena et le ténébreux Sébastien s'étaient rencontrés une nuit de tempête, mais désormais, ils n'aspiraient qu'à une chose : vivre dans la sérénité, entourés de leurs enfants. Océane allait mieux, ses derniers examens médicaux étaient rassurants. Maxime découvrait la région de ses racines, et même si, quelquefois, il s'amusait des habitudes des « paysous », expression qui avait le don d'agacer Océane, il ne regrettait en aucun cas son choix de vivre ici.

Éloïse se referma sur elle-même ; tous ses repères étaient bouleversés. Elle était heureuse de voir sa petite-fille plus épanouie et son gendre partir vers une nouvelle aventure, mais le souvenir d'Amalia était là, toujours bien présent. Éloïse avait parfois l'impression que Sébastien et Océane oubliaient le passé, il n'en était rien, ils se tournaient, tous deux, vers la vie. Elena eut la délicatesse de comprendre son désarroi et respecta sa tristesse. Le temps apaiserait les douloureux souvenirs, il ferait son office, et la vieille dame, malgré son âge, se tournerait à son tour vers l'avenir en regardant sa petite-fille grandir.

*

* *

En cette fin d'après-midi du premier dimanche du mois de mai, le soleil était enfin apparu au milieu des nuages, après une matinée copieusement arrosée. Elena était occupée à préparer son bureau lorsqu'elle vit apparaître sur la place du village, face à sa maison, le 4 × 4 de Sébastien. Par la fenêtre, elle lui fit signe de s'approcher et lui expliqua tous les aménagements qu'elle souhaitait apporter à son nouveau logement. Elle se rendit compte qu'il n'était pas totalement concerné par ses propos. Elle en fut surprise. Il lui proposa d'aller faire une balade puisque, enfin, cette satanée pluie avait décidé de quitter les étendues encore meurtries par la tempête.

Sébastien stoppa son véhicule là où, un soir de début février, ils étaient venus récupérer Océane et Maxime, juste au bas de la dune qui conduisait à la plage des Cabanes. Sébastien offrit son bras à Elena et ils cheminèrent lentement dans le sable encore mouillé. C'était la première fois que Sébastien emmenait Elena seule sur cette plage.

Les deux parents ignoraient que leurs enfants avaient gardé un secret depuis leur fugue de deux jours : lorsqu'ils avaient du temps, ils restauraient patiemment la cabane ; désormais, ce serait la leur.

Lorsque Maxime, occupé à poncer un des volets, aperçut sa mère en haut de la dune, il se plaqua au sol, ce qui eut pour effet de surprendre Océane qui, sans trop savoir pourquoi, fit de même. Maxime n'eut qu'un geste à faire, elle comprit. Ils se cachèrent et observèrent leurs parents.

Elena et Sébastien avaient ôté leurs chaussures et relevé leurs pantalons ; ils s'enfonçaient dans le sable. Depuis la cabane, on pouvait les entendre rire.

Maxime avait envie d'aller vers eux, mais Océane l'en empêcha. Au loin, au-dessus de l'océan, l'astre de lumière se rapprochait lentement de la ligne d'horizon. Sébastien posa son manteau sur le sable et invita Elena à s'asseoir. Ils restèrent ainsi blottis l'un contre l'autre jusqu'au coucher du soleil, ce moment si précieux.

Des larmes de joie coulaient sur les joues d'Océane et Maxime partageait son émotion. Ensemble, et sans se concerter, les deux adolescents égrenèrent un lent compte à rebours de soixante secondes…

Soixante secondes de bonheur !

Lettre aux lecteurs

Ça restera entre nous…

Chères Lectrices, Chers Lecteurs,

Vous venez d'arriver au terme de *Soixante secondes de bonheur*. Tout d'abord, je tenais à vous remercier d'avoir été, une fois de plus, fidèles à ce nouveau rendez-vous.

Aux côtés des personnages, vous avez traversé la terrible tempête que la plupart d'entre nous ont connue en cette fin d'année 1999. Sans aucun doute, des images plus terrifiantes les unes que les autres vous sont revenues à l'esprit au cours de la lecture.

Les terribles intempéries que nous impose la nature nous traumatisent par leur violence et meurtrissent les paysages pour des décennies, mais il existe des secousses moins visibles qui nous touchent au plus profond de notre être et auxquelles chacun doit faire face. Dans ce roman, à travers le personnage d'Océane, j'ai souhaité parler de sa « tempête » à elle : l'épilepsie. Si j'ai évoqué ce sujet, ce n'est pas un hasard, c'est un choix réfléchi, car c'est également ma « tempête » à moi. Contrairement à de nombreux enfants et adultes qui doivent supporter un lourd handicap, ma vie est tout ce qu'il y a de plus normale malgré quelques passages orageux parfois. Mon propos n'est pas de me lancer dans une plainte larmoyante, ça ne servirait à rien et ça n'atténuerait pas la souffrance. Mon but, à mon humble échelle, est juste de faire sortir de l'ombre cette maladie la plupart du temps chuchotée, méconnue, et qui suscite des réactions d'un autre temps.

Je fais le vœu qu'un jour personne ne tourne plus la tête quand un enfant convulse et que ces manifestations parfois impressionnantes n'engendrent plus de moqueries. Je souhaite que la prise en charge des malades soit synonyme de bienveillance et non plus de solitude, que le quotidien de ces 600 000 Français atteints ne soit plus accompagné d'un silence étouffant, la plus violente et facile des excuses.

Mes chers lecteurs, merci d'avoir lu ces lignes, j'avais besoin de les écrire, et au nom de tous ceux qui luttent contre leur « tempête », merci de penser à eux.

Et prenez soin de vous !

TABLE